文 庫

警視庁公安J

クリスタル・カノン

鈴 峯 紅 也

徳 間 書 店

目次

序

【Jボーイ、白ナイルに遺骨は沈めたよ。花の葬列が綺麗《きれい》だった。画像、送ろうか。えっ、要らないって。連れないね。いや、冷たいのかな。私はこんなに、親愛なる君に寄り添おうとしているというのに。

――まあ、そうだね。寄り添うという言葉は、たしかに難しい。距離の感覚は人それぞれだ。私でさえもね。

ときに南スーダンのサバンナや、はたまた仙台の居酒屋から、私も君を想ったものだよ。月に想えば、どちらにいても同じくらいに寂しく切なく、通信で会話をしたなら、どちらにいても嬉《うれ》しく、楽しい。

この物理的な距離の差をゼロにする、感情の基底にあるものはなんだろう。バーチャルとリアルは呆《あき》れるくらい、私の中でも曖昧《あいまい》だ。

原初、世界はひどく遠いものだった。おそらくね。徒歩や船、人力だった頃は少しの距離も、はるばるとしたものだったはずだ。間違いなくね。

それが動力船になり、自動車、飛行機は言うに及ばず、ＳＮＳで繋《つな》がるようになって、実に世界は近くなった。狭くなったと言い換えてもいい。――うん。こっちの方が正解かな。近くなりすぎて、狭くなった。窮屈なくらいに。息苦しいくらいに。リアルとバーチャルは混在で、ありとあらゆる三次元的存在は理由も意味も懐疑的であり、場合に拠《よ》っては無に等しい。

Ｊボーイ。最近、私は思うんだ。リアルの手触り、距離と言ったものを再構築する必要があるのかもしれないと。

もう一度、人も国も、離れてもいいのかもしれない。人と人、国と国のパーソナルスペースを、生の声で遣《や》り取りする程度にまで落とし込むには、さて、どうしたらいいだろう。

人がリアルでなければ、神は神として万物の中に存在しえない。

ならばあなたが一人、バーチャルな万物の中でリアルを保てばいいんじゃないの、と言ったのはクラウディア・ノーノだったか、ヴェロニカ・リファールだったか。

ふふっ。そういうことを忘れる私の記憶力の衰えこそ、リアルの最たるもの、最近の悩みの種だが。

ああ。そうそう。Ｊボーイ。そう言えばこの前、クラウディア・ノーノがよろしくと言っていたよ。これはたしかだ。直近の話だからね。

え、何を今更って？　いや、もちろんこれは、ノーノから君への単純な挨拶などではないよ。

　そう。君のファミリーも関わるファンベル・アメリカの文化事業に彼女が一部をパトロネージュしているようだ。本人が熱心なのは、主にはクラシック・バレエのようだがね。

　Jボーイ、そのファンベル・アメリカが援助する何人かのミュージシャンと幾つかのグループが、近々日本に行くらしい。そちらの、ファンベル本社で大きなイベントがあるんだって？　何、知らない？　ははっ。相変わらず、君はファミリーとは縁遠いのだね。その切り離され方、切られ方はまさしく、先程から私が言っていることの具現だ。実にいい。

　えっ。ああ、ノーノからの伝言だったね。――そう。彼女はフロリダに、最近よく使う別荘を構えていてね。輝くフロリダの太陽には、陽気なイタリア女性がよく似合う。日本ではなんと言ったか。そう、アラフィフ？

　にも拘《かかわ》らず、相変わらず彼女は美しく精力的だ。それが証拠に、今付き合っているのはたしか、二十歳《はたち》を超えて間もないバレリーノだったか、バレリーナだったか。

　え、どちらかくらい、はっきりしないのかって？　そうだね。美とは、様々な〈壁〉を超越するものだ。私も最近、そう思えるようになってきた。普《あまね》く降り注ぐ愛によって美は潤い、花開く。華になる。

　そう。華は華なのだよ。Jボーイ。バレリーノだろうとバレリーナだろうと、そこに違いはない。言わば、究極の美。これこそ、神の御業《みわざ》、つまり、私の目指すところだろう。

え、長いって?　ふふっ。これはいけない。また話が横道にそれたようだ。

彼女が住むボカラトンの近く、マイアミを拠点に活動する二胡《にこ》奏者がね、どうやら彼女にはこのところのお気に入りのようだ。少し前から、ファンベル・アメリカの文化事業支援者に登録があってね。ノーノが主宰するサロンで、何度か演奏も披露したらしい。最初は、二胡というアジア的な楽器こそノーノの興味を引いたらしいが、次第に複合的な好奇心が湧いたようだ。

Jボーイ。今度の公演でね、そのマイアミの二胡奏者も日本に行くという。——純粋なチャイニーズで、たしかな音色を奏でる女性だそうだ。

ふふっ。Jボーイ。そんな女性が、君のファミリーの関わりで日本に行くとは、奇縁だろうが、縁は縁だ。奇縁は合縁を呼び、重なると愛縁を導くとも言う。さてさて、この縁はいったい、どういう縁になるのだろうか。

ともあれ、クラウディア・ノーノのよろしくとはその辺に釘を刺す、複雑というか、微妙な感情なのだろうね。

近くにいてくれ、いや、近付かないでくれ。

日本では、秋の空とか山の天気とか言ったかな。

複雑なことを簡単な言葉で言い切る。七五調の音律は、欧米のどんな楽器よりリズミカルで端的に人の心を表すかもしれない。

ふふっ。それにしても人の縁とは、どんなに離そうとしても濃ければ近く、懸命に近付こうとしても薄ければ遠い。

生々流転の人の世で、どう結びつくか、どこへ納まるか、それは神のみぞ知るところだ。え、私は知らないのかって。

知るわけもない。

ふふっ。何年か前にも言ったが、いずれ取って代わる予定ではあるけど、いまだ私は神ではなく、リアルな人だからね】

第一章　脅迫

一

十月最終週の土曜日は、秋晴れの穏やかな一日だった。

小日向純也《こひなたじゅんや》はこの日、輝くチタンシルバのBMW M4を、KOBIXミュージアムに向かって走らせた。

助手席に座るのはM4のオーナーである、祖母の芦名春子《あしなはるこ》だ。

ただし春子の場合、M4のオーナーではあるが、オーナードライバーではない。矍鑠《かくしゃく》とはしているが卒寿を迎えた春子は、すでに随分前に運転免許を返納していた。

かくて、M4は限りなく春子の〈愛玩車〉に近く、ときおりこうして純也が維持管理も兼ねて動かすことになる。

「風が気持ちいいわね」

助手席で窓を開け、春子は終始ご機嫌だった。

Ｍ４だけでなく、春子も久し振りの外出になるからだろう。

このところ、春子の一人での行動範囲は目に見えて狭くなっている。九十ともなればさすがに、寄る年波は大きいようだ。

この日は小日向一族が一堂に会する、盆と暮れ年二回〈恒例〉の、晩餐会《ばんさんかい》の日だった。〈恒例〉といっても実は、Ｍ４の走行や春子の外出以上にこの晩餐会の間隔は開いた。久し振りの開催になる。

前年七月末に、ＫＯＢＩＸの会長を務めた小日向家の長兄、良一《りょういち》がこの世を去った。当然、この年の八月の晩餐会は急遽《きゅうきょ》取り止めになった。それ以来だ。

前年暮れと今夏は中止になったというより、誰も集まりを呼び掛けなかった。それで、開催自体が話題にもならなかった。

今回の、回数にして〈三回飛ばし〉になる晩餐会の発起人は良一の末弟である和臣《かずおみ》ということになるが、陰の主催者は春子だ。

――和臣さん。お忙しいのでしょうけれど、あなたが率先して声を上げるべきなのではないのかしら？

そんなことを、良一の一周忌法要の集まりで和臣に告げたと、後で春子自身から聞いた。

この法要に、純也は参加していなかった。

南スーダンの自衛隊派遣に絡んだ一件に掛かり切りだったということもあるが、まあ、これはいいわけだ。

純也の兄、和也《かずや》の一人娘である麻里香《まりか》が夏休みを利用して、港区の自宅から国立《くにたち》にある祖母の家に、一人で泊まりに来るということを純也は前もって知っていた。

わずか一泊二日ではあったが、小学一年生には胸躍る大冒険でもあるようだ。

春子も、曽孫《ひまご》の初めての〈お泊り〉にたいそう喜んでいた。

だから純也は、遠慮した格好だった。ダブルジェイの一件に〈託け《かこつ》〉たが、ちょうど相模原の牧里《まきさと》工業団地にフリオを訪ねた日で、そのまま町田のホテルに泊まった。

この翌日が、一周忌法要の日だった。

和也が春子と麻里香を迎えに来て、そのまま今度は、春子が和也の家に何泊かすることになっていた。

純也には出来ない、〈祖母孝行〉だ。

手出しも口出しもしようがなかった。この一点で、間違いなく自分は和也に劣るのだ。

だからこの、晩餐会を和臣に要望した話を聞いたのは春子が和也宅から戻った後、八月に入ってからだった。

八月三日の朝、湯島へ向かうBMW M6の車内でだ。この日は、矢崎《やざき》が晴れて春子が所有する湯島のビルに入居する、その契約の日だった。

春子は助手席で、麻里香との絵日記のような思い出を語り、その後に和臣との遣り取りを話した。

――いえ。お義母《かあ》さん。それは良隆《よしたか》の役目でしょう。ＫＯＢＩＸの社長でもあり、小日向の直系ということになりますから。

最初、和臣は首を横に振ったらしい。

――あら。それ、良隆さんと話したのかしら。

――いえ。

――あなたと良隆さん。どちらの言葉が重いか。考えなくとも、ご自分でお分かりではなくて？

和臣は苦笑していたという。

恒例なら十二月と言うことになるが、早々と十月の下旬に設定されたのはひとえに、渋々とでも引き受けた和臣のスケジュールを優先した結果による。

翌十一月の三日に第四十五代アメリカ大統領が来日することになっており、その後、大統領の旅程を追うように和臣もアジア歴訪に出る手筈《てはず》になっていた。

となると、帰国してからの年末年始、和臣の予定が過密になるのは明白だ。それで、この時期になった。

「芦名様。ご壮健で何よりです。純也様、お久し振りですが、遅刻癖はどうにも治りませんな」

「えっ。遅刻？　今でちょうどだけど」

「人はそれを、遅刻と申します。——ようこそ。遅いお越しを」

慇懃《いんぎん》に腰を折る前田《まえだ》総支配人の出迎えを受け、純也と春子はバロックの調べが流れる貴賓室の大広間に通った。

長いテーブルの向かって左手の一番手前が春子、その向こう隣が純也の定席だった。

最奥の誕生席、主座には去年までは良一が座っていたが、この日からは和臣が座る予定で、すでに着席していた。

その他、左側に故良一の妻である静子《しずこ》、現ＫＯＢＩＸ社長の良隆が座り、その妹の恵美《えみ》子《こ》が座る。

対面には、和臣が主座に繰り上がったことによってひと席昇格した和也とその家族が座り、以下、左右の席には小日向一族の血縁、外戚《がいせき》のお歴々が並ぶ。

ＫＯＢＩＸ建設会長にして和臣のすぐ上の兄である憲次《けんじ》や、姉である栄子《えいこ》とその夫、一部上場を果たした㈱ファンベル社長の加賀浩《かがひろし》もおり、憲次の娘の望《のぞみ》も夫のダグラス・キースとともに出席していた。

外戚には四葉《よつば》銀行顧問の山形文宏《やまがたふみひろ》が健在であり健啖《けんたん》で、現衆議院議員の三田将司《みたまさし》とその家族も集い、新日本重工社長の三田伸次郎《しんじろう》の姿もあった。

純也達の到着を待って、晩餐会は粛々と始まった。

いや、すでに上手の席では良隆や憲次がほろ酔い加減ではあった。

いつも通り、鬼っ子である純也に、面と向かって話し掛けてくる者はいない。ただ、好奇心丸出しの視線は、大人数になればなるほど絶え間ない。

これも、晩餐会の〈恒例〉ではあったろうか。

ただ、そう言えば——。

最奥に近い席から、良隆だけはこれまでと違った。

意識だけははっきりとこちらを意識しているようで、そのくせ、視線は努めて無視するように純也を避けていた。

（ああ）

負い目を感じているのだ。

もしかしたら、怖いのかもしれない。

——純也。いや、純也君っ。た、助けてくれぇっ。

良隆の情けない懇願は耳に新しい。

ＫＯＢＩＸが賊に１５５ミリロケットアシスト弾を盗まれたという一事は、未だ純也の手の内にあった。

「いや、総理。来年は総裁選ですが、このままなら言うことなし。万全でしょう」

赤ら顔の良隆の声が、やけに大きく響いた。

平静を装おうとして、すでに呑《の》みが過ぎているのだろう。

良一もそうだったが、酒には呑まれる方なのかもしれない。今や父という重しが取れ、実に伸び伸びとしているようだが、けれど、結局していることは父に成り代わって父そのものだ。

反面教師という言葉が染みる。

和臣は特に、肯定も否定もしなかった。

前年三月末に、任期満了に伴う衆議院議員総選挙があった。国会会期中だったが、国会法により、その時点を以《もっ》て閉会、総選挙の流れは最初から決まっていた。

それにしても総選挙と言えば解散総選挙がまるで恒例、吉例のようになっていて、任期満了による総選挙はこれまで一九七六年、三木《みき》政権時のただ一回しかなかった。

それも国会閉会中の十二月のことだ。

国会常会会期中の任期満了による総選挙は実は、それまで前例のないことだった。

これを世論は広く、小日向和臣の自信の表れとして主には評価したようだ。政権に対する世論調査も常に五十パーセントオーバーの支持で好意的に推移していた。

和臣は圧倒的有利を予想された総選挙の争点に、それまで党則第八〇条一項により三年二期とされた民政党総裁の任期を、三年三期に変更することを掲げた。一政党内のいわば私事ではあるが、政権与党である民政党総裁は、必然的に内閣総理大臣を兼任することになる。つまり、総理の任期を六年から九年に延長することに等しいのだ。

〈安定こそが、改革を為す〉

小日向和臣という大政治家を担いだ、この民政党の戦略は大いに当たった。各地の民政党公認、あるいは推薦の候補者は、挙《こぞ》って以下の文言を連呼したようだ。

――私への一票は、安定政権への一票。

結果は、火を見るよりも明らかだった。民政党は単独過半数の大安定を勝ち得た。

その余勢を駆り、民政党総裁任期は三年三期へと全会一致で変更されたばかりだった。

今、良隆が口にした来年の総裁選とは、この三期目を窺《うかが》う総裁選挙のことを指す。

このままなら万全とは、これといった対抗馬が見当たらないからだ。

主だった閣僚や党役員を見渡しても、強《し》いて挙げるなら前年の総選挙後に再任された鎌《かま》形幸彦《がたゆきひこ》防衛大臣一択だとマスコミは書き立てるが、本人に今のところその気はないようだ。

現状は防衛大臣として、陸上総隊の整備に全力を挙げる、と至極殊勝なことを高らかに宣言して、総裁選には見向きもしなかった。

オリエンタル・ゲリラやダブルジェイの件での鎌形本人に関する、あるいは関わる諸々《もろもろ》は、純也達J分室の面々が浮き彫りにした。

それらがある意味の弱みや、ある面の綻《ほころ》びとして鎌形の奔放な政治活動を制限する楔《くさび》となって大いに機能している、とする考えもないではない。

そうであれば浮かばれる者、浮かぶ瀬もあろうというものだが、さて――。

「万全か」

和臣も、良隆に倣《なら》ってワイングラスに口をつけた。

「違うとは言わないが、万全にも悩みはあるものだ。蟻《あり》の一穴。無いとする油断が招いた惨たる結果を、私はいくつも見てきた」

「ああ。あのオリンピックの交代劇とか。ははっ。あれは見物《みもの》だった」

誰かがふとした呟《つぶや》きを漏らした。外戚の誰かだったが、周囲からも同意を示すような笑いが漏れた。

この発言には、和臣もさすがに苦虫を嚙《か》み潰《つぶ》したような顔になった。

オリンピックの交代劇とは、角田幸三《かくたこうぞう》の就任から辞任までのドタバタを指す。

特別措置法の成立により、前年六月から内閣に東京オリンピック競技大会・東京パラリンピック競技大会推進本部が設置され、本部長に和臣、副本部長に房州《ぼうしゅう》内閣官房長官が就任し、このときにそれまで担当大臣だった文部科学大臣の兼務を解き、和臣は初代の専任大臣に重守義男《しげもりよしお》を当てた。重守は農林二世議員で、〈腰巾着《こしぎんちゃく》〉以外の才能はないと揶揄《やゆ》される和臣の腰巾着だが、本人は年齢的にも民政党の重鎮の一人に数えられ、外野の声など気にしたふうもなかった。

あからさまな論功人事ではあったが、〈腰巾着〉以外の才能がなければ波も立たず風も起こらず、重守は約一年にわたる五輪担当相の任を〈無難〉にこなし、最後は高齢による体調不良でその任を辞した。

ちなみに、犬塚啓太《いぬづかけいた》の恋人である重守彩乃《あやの》は、この義男の孫娘に当たる。

そして、重守義男の後任として大臣になったのが、今し方外戚の口に上り、和臣が苦虫を嚙み潰した、角田幸三だった。

角田は和臣の腰巾着として、重守と〈両輪〉と陰口を叩かれたりもするが、かつては現内閣府特命担当大臣防災担当兼国家公安委員会委員長を務めたこともある男だ。

それにしても、論功以外の何物でもないという意味では重守となんら変わるところのない人事だったが、これが最悪だった。

まずは六月の就任会見で、パラリンピック自体の開催を知らず、その名称すら正式に言えず、その場に集まった記者一同の失笑を買ったところからして先行きは怪しかった。

そして案の定、角田は事あるごとにその無知蒙昧《むちもうまい》振りを曝《さら》け出した。

最後には、とある仲間の政治資金パーティーで挨拶し、

――オリンピックやパリピ、パラピ、パピック。とにかく、五輪より大事なのがこのパーテーと、主催者の＊＊君であります。どうかよろしく。

とやって、和臣もとうとう国務大臣五輪担当相からの更迭《こうてつ》を決めざるを得なかったよう

だ。

建前は本人からの申し出による辞任だが、事実上は解任だ。

就任期間はわずか五カ月にも満たず、小日向政権の閣僚中でも最短の任期となった。

当然、野党は任命責任を問うが、マスコミは全体として問い詰めるというより、論調は失笑混じりの呆れ加減、そんな感じだった。

小日向和臣にとっては汚点というも、羞恥《しゅうち》の部類に違いない。

蟻の一穴は誰にでも開き得る。

そんなことを教えた一事ではあったろう。

(蟻の一穴ね)

和臣に角田幸三、鎌形に薄暗い過去と現在、良隆に前代未聞の弾薬の盗難。

(誰にでもあるなら、僕には良くも悪くも、この婆ちゃんかな)

隣で周囲に話を合わせ、コロコロとよく笑う春子を思う。

純也にとって、掛け替えのないものはさほど多くはない。

多くはないが、だからこそ万が一のときには全力を尽くして守る。守る力が湧くというものだ。

そんな思いを知るや知らずや、

「ほら。純ちゃん。ブロッコリーを残さない。栄養の宝庫よ」

「えっ」

春子が純也の皿を見て、たしなめるようにそう言った。

二

晩餐会は、約三時間の後に全体会としてはお開きとなった。

その後、家族や個人、グループに分かれ、帰宅するも繁華街に出るも、自由だ。

純也は、前田総支配人が食後のコーヒーとは別に淹《い》れてくれた自慢の逸品を楽しみながら、ダグラス・キースと話をした。

前田のコーヒーは、グァテマラSHBのブルボンを焙煎《ばいせん》したものだ。オーダーしたのは純也だが、気軽に誰にでも出してくれるものではない。

――わかる方と、わかっても鼻に掛けない方だけに味わって頂きたいので。

前田にはそんなポリシーがあるようだ。

そうして秘かにこのコーヒーに付けた名前が、〈小日向一族には出さないコーヒー〉だと聞いたことがあった。

前田は純也にとって、愛すべき男だった。

『やあ。いい香りですね』

キースと話し始めたのは、このコーヒーのまろやかな香りが切っ掛けだった。

前田はキースにも、何も言わずコーヒーを出した。

ダグラス・キースはこの年で四十五歳になる男で、小日向憲次の娘婿というより、海外を飛び回るモデルであった憲次の娘、望の夫としてこの晩餐会に臨席していた。自身が立ち上げたキース&ホープというアパレルブランドのCEOを務める男で、フランスを拠点にしている関係上、滅多に日本には来ない。

思えば純也も、顔を合わせたのは四年前に遡《さかのぼ》った、この晩餐会の席だったように思う。

そんな男が今回日本に来てまた晩餐会に参加したのは、社業のPRのためであるらしい。キース&ホープはこの度、シンガポールのオーチャード通りに、念願の直営一号店を出店したようだ。

——是非、ご来店とお力添えを。

キースは臨席の全員に声を掛けて回った。

このキース&ホープという社名は言わずもがなで、キースと望という意味だ。

目的はどうあれ、というより、目的なしで出席する人間の方が少ない晩餐会だ。透けて見えるキースの目的はいっそ好もしい。

加えて、キースは晩餐会の席において、純也の来歴を知ってか知らずか、いや、知ってなお、避けもせず対等に接してくれる数少ない人間だった。

『君が警察官なんかでなければ、即イメージモデルをお願いしたいところだが。純也君も機会があれば是非、オーチャードの店に』

『そうですね』

『シンガポールは？』

『ええ。その昔、一度』

細かくは口にしないが、フォート・カニングの丘から見下ろすシンガポールの町並みは格別だった。

隣にダニエル・ガロアが立ち、リー・ジェインもクラウディア・ノーノも、アンワル・ムーサもマイク・コナーズもヴェロニカ・リファールもいた。皆が迷彩服に身を包み、銃を持っていた。

良くも悪くも、月日は流れた。

良くも悪くも、思い出は尽きない。

『ダグラス。行くわよ』

望に呼ばれ、じゃあ、と離れてゆくキースを見送る。

少し離れた所で、春子と加賀夫妻が談笑していた。

春子に少し疲労の影が見えた。人疲れかもしれない。

帰宅を告げようとして寄って行くと、先に加賀浩から声を掛けられた。

「やあ。今、芦名さんをコンサートにお誘いしてるんだが。君もどうだい？」

七十三歳になる加賀は、毛量こそだいぶ減ったが、好奇心に満ちた目の輝きも柔らかな物腰も、出会った頃と変わらない男だった。

「あら。それはいいわね」

夫と同い年の栄子が脇から同調した。こちらも見る限り、元気そうだ。

「純也君のエスコートがあれば、春子さんも安心でしょうし。そうしなさいな」

早くして小日向の家を出た栄子は、純也にさほど敵愾心《てきがいしん》を持たない。そもそもの気性も捌《さば》けていて、そう言った意味では、この夫婦もキースと望の夫婦同様、小日向一族の中では純也に近い二人だ。

「コンサートですか」

「そう。様々なジャンルの、様々な音色やリズムを集めたコンサートだ」

「へえ。――ああ。もしかして主催は」

「そう」

加賀は胸を張って頷《うなず》いた。

「私のところだよ」

なるほど、これがダニエル・ガロアが言っていた、クラウディア・ノーノの縁か。

加賀の話すところに拠ればコンサートは、そもそもはファンベルの創立五十周年事業の一環なのだという。

「純也君も、私の会社が各地にコンサートホールを持つことは知っているよね。東証二部上場記念が最初だから、もうずいぶん昔のことになるが」

もちろん知っている。純也は頷いた。

ファンベルが東証二部上場を果たした頃、一九九六年はちょうど、日本では企業メセナがある意味、〈流行〉していた。実はその先駆けとなったのがＫＯＢＩＸであり、一九九一年に完成したＫＯＢＩＸミュージアム、現在純也達がいる場所だ。

「まあ、もっとも」

加賀は大広間の天井を見上げた。

「このＫＯＢＩＸミュージアムほど大きくも立派でもないが。その分、十年近くは新しいし、芝浦を始めとして七カ所は持った」

「あら。それって負け惜しみでしょ」

「そんなことは――。まあ、名前だけ買ったホールもあるのはたしかだけど」

「ほら」

栄子が笑う。

加賀も苦笑いだが、ああ、なかなかいい夫婦だ。

春子も笑顔で、二人の遣り取りを聞いていた。

春子もこの二人には、少なからず親しみを持っているようだ。

「ま、なんにせよ、五十周年だ。それで、うちの広報と総務が、約一年掛かりで準備をしてきてね。純也君は、〈鉄心《てっしん》〉は知っているかね。〈シンフォニック・プラン〉とか」

「ええ」

さすがに、流行り物に疎《うと》い純也でも、その名前はどちらも知っていた。

〈鉄心〉は、今や日本を飛び出し、パリを中心に海外で活躍する和太鼓集団だ。ファンベルが最初に注目し、後援についたと聞いたことがあった。

〈シンフォニック・プラン〉の方はと言えば、東海岸、主にニューヨークを中心に活動を始めた弦楽五重奏のグループで、すぐに注目された。こちらもファンベルのグループ企業である、ファンベル・アメリカが初手から後援を続けていたはずだ。

どちらもファンベルの企業CMに楽曲が採用され、特に〈鉄心〉は演奏パフォーマンス映像も込みにして、日本ではその認知度は高い。

「うちのメセナもね、盛衰の時期はあるが、一度も途切れることがなかったのは私の自慢でね。もう二十年になる。ジャンルに拘らず、様々なミュージシャン達を応援してきたつもりだ。〈鉄心〉や〈シンフォニック・プラン〉のようなグループもいれば、なかなか芽の出なかった者達もいる。これからの若人《わこうど》もいる。ま、そう言う連中も含めてね、総勢で三十組はいるだろう。飛び入りもあると聞いている。お祭りだ。お祭りにして、その後は何組かに分けて各ホールを回る」

芦名さんをお誘いしているのは、その初演だよ、と加賀は言った。

「もちろん、各ホールごとにチケットは一般発売もされるが、招待の方が多いかな。といって、ＶＩＰ扱いの招待はさほどない。私としては、本当に五十周年の恩返しのつもりなんだ」

「いいことね。素晴らしいわ。是非」

春子は手を叩いて喜んだ。

となれば、同行はやぶさかではない。

エスコートなどと大げさなことは言わず、運転手でもいい。

こういう肉体労働しか、純也に出来る〈祖母孝行〉はない。

約二週間後、十一月十二日の日曜日。

そんな先のプライベートなことは決まってもいないし、決めるようなプライベートなどそもそも純也にはない。

それが常に緊急と待機を繰り返す、警察機構に奉職するということだ。

決まっていない以上、春子が喜ぶなら断る理由はなかった。

承諾すると、加賀夫妻もたいそう喜んだ。

「よかった。招待状は会社から送らせる。じゃ、当日、会場で」

加賀夫妻が離れ、純也は春子と共に大広間を後にした。

エントランスで春子には椅子を勧めて待たせ、駐車場のM4を取りに外に出ると、

「純也様」

と、待ち構えていたように前田が寄ってきた。先程までとは違って、口調も表情も引き締まっていた。

すぐにわかった。

KOBIXミュージアムは常に、閑静な場所だ。現役の総理大臣が訪れようと、これは大して変わらない。だが、配置された人員が少ないということと、無警戒とは決してイコールではない。

国内有数の核シェルタという一面も持つこの場所は、百台を優に超えるカメラアイと二十台以上のモニタを駆使する専門のスタッフにより、常時二十四時間体制の厳重な警備システムでコントロールされていた。

ミュージアムの総支配人である前田は、自慢のコーヒーの一杯も淹れれば、核シェルタの稼働までも差配する。

「表ゲートから五十メートルの下り車線に、引き上げない者達がおります。おそらく反対車線側にも」

「そう」

つまりは、そう言うことだ。

オズだろう。一時期、あからさまな監視はなりを潜めていたが、このところ目につくようになった。

氏家《うじいえ》の後釜としてオズの指揮者になった、夏目《なつめ》裏理事官が珍しく自発的に動かしたかもしれない。

あるいは、純也に大きな弱みを握られている皆川《みながわ》公安部長辺りが、起死回生を狙《ねら》って夏目を動かしたか、唆《そそのか》したか。

いずれにしても、そんな連中の行確などないに越したことはない。特に、春子と一緒のときには鬱陶《うっとう》しい。

とはいえ、中途半端に潜られるとその方が面倒で厄介だ。だから今までも、平時にはたいがいのときは放っておいた。

今回も、ただ付き回るだけなら放っておこうと考える。

と――。

胸内のポケットで携帯が振動した。

メインの携帯は常にメンテナンスを怠ることなく、定期的に新機種で番号も変えている。が、エス及び一般の協力者に繋がる物は番号を変えることなくそのまま管理し、転送で送られてくるようにしていた。

多機能になった昨今の携帯は実に便利だ。今では一元管理するサブ携帯は、数十台を数える。

今、携帯の液晶画面に表示される番号は、自身のそんなサブ携帯の一つだった。

「はい」

出れば、相手が名乗った。

純也の口元に、チェシャ猫めいた普段の笑みが浮かんだ。

癖ともいうべき、いつもの表情だ。

今日を懸命に生きる一般人に、純也は限りなく優しい。

「そちらから連絡とは、珍しいですね」

電話の相手は、藍誠会《あいせいかい》横浜総合病院理事長、桂木徹《かつらぎとおる》だった。

ブラックチェイン事件のときの、一部加害者であり、大きくは被害者だ。

桂木は日本に売られてきた、黒孩子《ヘイハイツ》と呼ばれる無国籍の子供だった。

黒孩子は独生子女政策、いわゆる一人っ子政策が生み出した、中国という国の闇だ。

その闇が、徐才明《じょさいめい》という軍事将校の私利私欲のために日本に投下されたのが、爺夫《イエフ》から九夫《ジョウフ》までの十人で構成されるブラックチェイン、〈黒い鎖〉の異名を持つグループだった。

ブラックチェインは日本に売られた、本来なら〈仲間〉であるはずの黒孩子を、その出自を公表すると脅し、非合法活動の片棒を担がせた。

これが、いわゆるブラックチェイン事件の全貌《ぜんぼう》だった。

桂木はそのとき、純也達J分室に摘発された一人であり、また、救われたはずの一人だった。

――こ、小日向さん。

桂木の声は緊張感を滲《にじ》ませていた。

何言かの言葉を交わし、純也はM4のドアに手を掛けた。

「へえ」

このときすでに、純也の目には冴えた光が宿っていた。

三

翌朝、純也は自宅のテラスで春子が作ったというか、レンジアップした物の多い朝食を摂《と》り、愛車BMW M6に乗り込んだ。

自宅前の一方通行にM6の鼻先を出せば、この日も前方に〈わ〉ナンバーの黒いセダンが確認できた。

ある意味、定位置と言えた。

〈国立市＊＊＊に停車中の車両があった場合、その車両がわナンバーの黒いセダンであっ

たときに限り、職質・駐禁その他、一切の接触の禁止〉

管轄の立川署にはないが、方面本部にはそんな、日付の記載のない電子申請が深い階層にあることを、純也は警察庁の警備企画課に配属になったときから知っていた。

そんな階層に日付もない強引な厳命を潜り込ませるのは、間違いなく公安であり、現在ではオズだった。

監視車両は、芦名家を一方通行方向に行き過ぎて、五十メートルほど先のカーブの手前に停まっていた。

前日もそうだが、このところよく見掛けるようになった。

スモークの濃いセダンのウインドウを見つつ通り過ぎ、大通りに出る。

オズのセダンはあからさまについてきた。

純也はそのまま走り、府中街道を下った。

道は日曜日にしては、気持ちが悪いほどに空いていた。

この日の純也の目的地は、陸上自衛隊の横浜駐屯地、通称、保土ケ谷《ほどがや》駐屯地だった。

と言って、陸自の人間や、そこでミックス・マーシャルアーツを学ぶ、亡きJ分室員・犬塚健二《けんじ》警部補の息子、啓太に会うためではない。

目的は、昨日電話を受けた、藍誠会横浜総合病院の桂木に会うためだった。

待ち合わせ場所に陸自の駐屯地を選んだのは、セキュリティーの強度を上げるためだ。

――近日中に、なんとかお時間、頂けないでしょうか。

昨日、電話口の桂木は、いやに深刻な声でそう言ってきた。

今や平凡に生きることを許された一市民が純也に連絡を取って来ることは、それだけで只ならぬ一事、ＳＯＳのアクションに違いなかった。

ならば、盗聴・傍聴の可能性さえ考えるのが公安だ。

その場で深く尋ねることはしなかった。近々会いましょうか、調整しますと、それだけを決めた。

――そうそう。明日はたしか、桂木さんは朝から陸自の保土ヶ谷駐屯地で予防接種でしたね。僕も打ちたいところですけど、あいにく時間が取れなくて。

そんな話の振り方をした。

都内も考えたが、まだ細かな内容も把握してはいない状態で、病院や桂木の自宅のある横浜地区から外に出て会うことも躊躇《ちゅうちょ》された。

細心は、細心にして細心であることがセキュリティーの強度に繋がる。

陸自の駐屯地というのは、そんな細心の一つのアイテムだった。

道が空いていたので、時間的に予定より少し早かった。

同様にして、道が空いている分、背後にオズの追尾が煩《わずら》わしく、気になった。

この日に限っては、早い到着はあまり頂けなかった。

（となれば）

時間調整に、オズの排除は持ってこいだ。

一台ならまだしも、この日は途中からもう一台加わり、バイクも一台、間違いなくついてきた。豪勢なことだ。豪勢だが、どう見ても未熟な追尾などは、純也の前では無力だ。とはイコール、血税の無駄遣いに等しい。

（夏目新理事官に挨拶しに行こうか）

諸事にかまけ、就任から丸一年以上、オズの裏理事官就任後の夏目は、顔さえ見ていなかった。

まあ、オズのトップなど誰に替わろうと、純也にとってはそんな扱いだが――。

通りの先に、小高い丘を含んだ緑地公園が見えた。

「じゃあ、手土産の持参は礼儀だね」

そう独り言《ご》ち、純也はステアリングを公園に向けて切った。

さほど広くない駐車場に、駐停車中の車はなかった。近隣住人の生活圏を拡充する、憩いの場として設定された公園だと思われた。

駐車場からは丘を巡る遊歩道が延び、その手前、丘の裾《すそ》に遊具も点在する広場があった。砂場も見える。

奥のベンチには、午前中の秋の陽を浴びる老夫婦が座り、砂場とジャングルジムには親子連れの姿があった。

そんな庶民の日常の場所にさて、純也はこれから非日常を持ち込む。

いや――。

(大人のかくれんぼ、いや、鬼ごっこかな)

少し笑えた。

遊歩道に入ると、背後にまずバイクのエンジン音が聞こえた。駐車場に入ってきたようだ。

続いて、セダンのエンジン音もした。

何気なく歩く風で樹木の陰に回り、そこから一気に音と気配を消して少し戻った。

遊歩道の真上に太い枝を張り出す、一本の百日紅《さるすべり》があった。

こういうとき、ビブラム底の靴は便利だ。枝の根元の股《また》の辺りに登り、そのまま樹間に佇《たたず》んで駐車場全体を俯瞰《ふかん》した。

一台のバイクと二台のセダンから、計五人の男達が降りた。

互いに目で合図するに留め、無言で遊歩道に入ってくる。

ワンチームとしての鍛えは出来ているようだが、遊歩道という公共の場であることを意識し過ぎだったろう。

整然と一列なのはこの場合、自ら戦力を著しく削ぐに等しい。

一人目、二人目が過ぎたところで純也は張り出した枝の上に踏み出し、飛び降りた。

ちょうど真ん中になる三人目の頭上だった。

そのまま肩に乗って体重を預けた。

おそらく何があったかは判断の付かない一瞬だったろう。そう純也も演出した。

武道に曰《いわ》く、虚を突く、というやつだ。

男は為す術《すべ》もなく前方に倒れ、そのまま遊歩道に激突した。

男を踏んだ状態で、けれど純也に躊躇はなかった。

動きを止めることなく、振り返った前方二人目の男のがら空きの喉元《のどもと》に拳を叩き込んだ。

それだけで男は白目を剝《む》き、その場に崩れた。

バックステップで三人目の背から降り、純也は跳んだ勢いのまま身体《からだ》を預けるようにして、四人目の腹に肘《ひじ》を突き入れた。

「ぐえっ」

男が出来たのは苦鳴を発し、膝からアスファルトの遊歩道に落ちることだけだった。

前後、少し離れたところに二人だけが残った。

現状把握はまだ追いつかないようで、二人とも気配も身体も固まったようだった。

目でそれぞれを威圧し、純也は足元にうずくまる四人目の男の上着を探った。

案の定、男は警察手帳を所持していた。

通常の公安作業中なら絶対に持たないだろう。一切の身元不詳は最初に叩き込まれる公安の基本だ。

手帳を所持しているのは、純也番としての行確だから、ということは理由にならないはずだが。

死生ギリギリの公安作業ではなく、定時に始まり定時で終わる、通常勤務の一種だとでも思っているのだろう。

舐《な》められている、緩んでいる。

舐められているだけならいいが、緩んでいるなら締める必要がある。

本人たちのために。

少なくとも、不慮で死なないために。

手帳を抜き取り、純也はそれを〈預か〉った。二番目と三番目の男も同様だ。

その間に、最後尾の男が回り込んで先頭の男と列んでいた。

純也は二人の前にゆらりと立った。

列んだことで、互いを頼みつつ膨れ上がる怒気があった。

が、一人立ち向かってくる覇気なき気配など、何ほどのこともない。

冴えた光を宿した目で二人を順に射貫《いぬ》き、怒気を断ち切る。

「自分の未熟を知った方がいい。自分のためにも、仲間のためにも。今のままでは、有事のときに確実に死にますよ」

　これで終わりだった。

　怒気は霧散し、二人は声もなく、その場で塑像《そぞう》と化した。

　ゆっくりと駐車場に戻った。

　奥にいたベンチの老夫婦が帰ろうとするところだった。

「おや。外人さんかねえ」

　婦人がそう呟いた。

　出来るだけの笑顔を返す。

「日本は、いいところだよ。頑張ってね」

　ガンバリマス、と告げ、純也はM6を発進させた。

　いい時間になっていた。

　駐屯地へは、予定通りの時間に到着した。

　話は前もって矢崎に依頼し、通してあった。

　横浜駐屯地はその司令を中央輸送隊隊長をもって任じ、中央輸送隊は防衛大臣直轄部隊だ。矢崎が防衛大臣参与である限り、顔パスは通るだろう。

「おう。白衣のお客さんな。ちゃんと聞いてた時間に来たぞ。指示通り、そのまま下に通しといた」

正門受付の中からそんな声を掛けてきたのは、純也もよく知る古参の曹長だった。

「それにしても、尾花《おばな》副隊長が残念がってたよ。今日は輸送任務で外だから」

尾花とは中央輸送隊副隊長の、尾花二等陸佐のことだ。金メッキの陸上自衛隊格闘徽《き》章《しょう》、部隊指導教官の資格を有し、鬼教官で通る。横浜の精華《せいか》インターナショナルスクールに通っていた十代の頃、純也もずいぶん鍛えられたものだ。

「留守ですか。それは残念」

「それ、本心かい？」

「半分」

「ははっ。半分でも、鬼教官のことをさらっと口に出来るってのは凄《すご》いよ。若さかな」

肩を竦《すく》め、場内に入って駐車場でＭ６を停める。そこからは徒歩だ。

目の前の坂を下れば、運動場に出て体育館がある。

体育館の館内は、思い思いに身体を動かす猛者《もさ》達で静かに賑《にぎ》わっていた。

が、純也の向かう場所は今日は、そこではなかった。

館内付属の準備室に、白衣の桂木はいた。身長百七十くらいの、中肉の男だった。無造作に置かれたライン引きと石灰の袋の脇で、パイプ椅子に座って本を読んでいた。

「お待たせしました。すみません。粉っぽい場所で」

「いえ」

純也が現れると、立ち上がって頭を下げた。

それが、横浜だけでなく名古屋と福岡にも総合病院を展開する藍誠会の二代目理事長、今年で三十八歳になる桂木徹だった。

「さて、出来るか出来ないか。関わるか関わらないかは別ですが。まずは詳しくお聞きしましょう」

「はい。実は――」

桂木は、淡々と話した。

純也は黙って聞いた。

話から不純物を取り除くには、ただ聞く、それが最善の手法だ。

一人語りは、十五分ほどで終わった。

「なるほど」

そうとだけ、純也は口にした。他に言葉はなかった。

陽の下で生きる者達には、なんとも暗闇から袖をつかみ、引き摺《ず》り込もうとされるような話だった。

陽の下で懸命に生きようとすることは、いけないことなのだろうか。

いや、そんなことは、断じてない。

「わかりました。こちらで対処しましょう」

「あ、有り難う御座いますっ。お願いします」

桂木は立ち上がり、純也の手を取った。

冷たい手の、熱い謝意だった。

その後、今後の方向性や連絡の方法などを確認し、最後に現在時刻を確認した。

桂木が駐屯地に入って、間違いなく二時間は過ぎていた。

もう大丈夫だろう。どこかで誰かに桂木が見張られていようと、駐屯地来訪の目的を疑われることはないはずだ。先に帰した。

遅れること五分で、純也も体育館を出た。

駐車場に上がってM６に乗り込もうとすると、ゲートの方向から荒々しいエンジン音が聞こえた。

見れば、輸送隊のトラックが数台、連なって入ってくるところだった。

先頭の助手席側から、いきなり飛び降りる男があった。丸太のような腕をしていた。

「はっはっ。間に合ったぁ」

「うわ」

純也は右手で目を覆った。

「そのまま帰るのは無しだ。なあ、鬼っ子。ちょっと付き合ってもらおうか」

笑顔の尾花が、駆け足で近寄ってきた。

四

翌月曜日は、小雨の降る朝だった。

秋の走りとなる雨は、少し肌寒さを伴った。

この朝、純也は横浜のグランドインターコンチネンタルホテルを、九時近くになってM6で出発した。

前日は尾花に付き合う形で格闘術の相手をさせられ、そのまま退勤時間を待って中華街に付き合わされた。

酒席は間違いなかったので、車で帰ることを諦《あきら》めホテルを予約すると、

「ああ。俺も行こうか」

と、隊長も同席することになった。

現在の隊長は、浪岡《なみおか》という一等陸佐だ。古くは私大卒の駐屯地司令兼隊長もいたようだが、純也が通う頃からは防大卒、つまり、矢崎の後輩が歴代を継承している。

そうして、駐屯地司令兼隊長はこの保土ヶ谷の任を終えると、多くが陸将補に昇任する。

つまりは、エリートだ。

現在の浪岡も矢崎からは二十数期を数える後輩で、かつては守山駐屯地で、矢崎の直属

の部下でもあった。純也もよく知っている男だ。

中華街へはその他、これも見知った警務隊の陸曹長と、輸送隊総務班長の一等陸尉もついてきた。どちらも格闘MOSを有する強者だ。ガタイもいい。

当然呑めや歌えやになり、まあ、この呑めや歌えやは、悪くはなかった。

調子っ外れの歌もガロン呑みも、筋肉自慢も陸自らしくていいが、ただ騒ぐだけではなかったところも、またいい。

「少し前にな。先輩が来たよ。一升瓶をひと括《くく》りにして、五升の酒を下げて」

宴席もたけなわになった頃、騒がしさの中に混ぜるように、浪岡がそう言った。

先輩とは、矢崎のことだとわかった。

敢《あ》えて先輩、と言った気がした。口調が、しみじみとしたものに改まっていた。

浪岡は、グラスを弄《もてあそ》ぶようにして、正面に見た。

「ふらりとやってきたんだ。本当に、ふらりと」

――浪岡。風間《かざま》を知ってるな。堂林《どうばやし》は、知ってるか。土方《ひじかた》はどうだ。

そんなことを聞いたという。

「全員知ってますよ。部下でもありましたと答えたら、満足そうに頷いたよ。頷いてそれから」

――献杯しよう。

そういうことになった。

そうとだけ言った、らしい。

「それで十分だった。あの先輩のな、背中が哭《な》いていたよ」

いつも毅然《きぜん》として揺るがない、あの人の背中がな、と言って、浪岡はかすかに笑った。

「多くは知らない。聞きもしない。けれど、今年の総火演でのことは、伝聞として陸自の中を駆け抜けた。一瞬だがな。伝聞には、幾つかの名がついてきていた。――全員知ってますよ。部下でもありましたとはな。そういうことなのだ」

浪岡のグラスの中で、氷が砕けた。音が鳴った。

「みんな、世話になったようだな。奇妙な縁だが、その縁が嬉しい」

いつの間にか、バカ騒ぎが止んでいた。

居並ぶ全員が、純也を見ていた。

赤心の侠《おとこ》達の、澄んだ綺麗な目ばかりだった。

そういうことか。

そういう日か。

「なら、呑みましょうか」

――おうっ。

悪くなかった。大いに呑んだ。

前夜にそんなことがあり、ホテルからの出発はだいぶ遅れた。

警視庁に到着する頃には、十一時近くになった。

前日と違って、道はどこも混んでいた。

地下駐車場にM６を停め、A階段で一階に上がって玄関ホールに出る。そうして、受付にひと声を掛けてから分室に向かうのが、純也にとっては登庁の〈手順〉のようなものだった。

壁際の受付に近づけば、大橋恵子《おおはしけいこ》と菅生奈々《すごうなな》と、ふた色のダリアが純也を出迎えた。

濃く深い赤の大輪と、レモンイエローの中輪の、どちらも艶《あで》やかなダリアだ。

「あ、おはようございます」

奈々が勢いよく立ち上がり、頭を下げた。

「決して早くはないですけど」

口調は厳しめだが、それでも恵子も、席から軽く会釈をした。

奈々は、受付に座ってたしか三年半を超えたはずだ。定着したというか、安定感が出てきた感じだ。

一方の恵子は、かつて〈ブラックチェイン〉事件に絡み、心身に大きな傷を負った。その結果、警視庁を退職したが、純也はJ分室に嘱託員として採用した。

そこから現在の恵子は、警視庁の受付に職場復帰して、もう一カ月以上が過ぎていた。

これは、純也が皆川公安部長に捻《ね》じ込み、〈警視庁職場復帰プログラム〉の推薦枠を使用させた成果だった。

J分室員として不足があったわけではない。むしろ、助けられた事案は多かった。けれど飽くまでJ分室は、ともすれば不安定な恵子の心身を見守るためのICUでしかなかった。そんなつもりで、純也も業務を嘱託した。

――もう、大丈夫じゃないですかい？　花は花の場所へ。帰しましょうや。

J分室の主任、鳥居《とりい》洋輔《ようすけ》警部の言葉は、いみじくもJ分室の総意だった。

結果、恵子は晴れて警視庁職員として受付に返り咲いた。

花は花の場所で、花開く。

「さすがにこの時間は、最近なかったと思いますけど。また昔に逆戻りですか」

恵子が受付カードを整えながら言った。

「いやあ。久し振りに全身が筋肉痛でね。二日酔いも重なって、さすがに起きられなかった」

「へえ、意外。スーパーマンも筋肉痛とか二日酔いになるんですか？」

横合いから奈々が受付台の上に頬杖《ほおづえ》を突いて身を乗り出した。

朗らかに明るく、奈々も恵子が隣にいると、伸び伸びとして弾けるようだ。

純也は肩を竦めた。

「そうだね。どうやったって、どちらも陸自の筋肉ゴリラには敵わないかな」

「筋肉ゴリラって、いいんですか？　言うに事欠いて、矢崎さんをそんな風に」

「あれ。奈々ちゃん。これは師団長のことじゃないけど」

「――うわぁ」

奈々が口元に手を当てて身を退《ひ》いた。

「まあ」

恵子が、花のように笑う。

笑えるようになった。

ああ、いい感じだ。

いい感じに戻っている。

登庁時に受付を通ることは昔からの〈手順〉ではあるが、現在は恵子の様子を窺うことでもある。

純也は花瓶のダリアを見た。

「何か」

恵子が聞いてきた。

「いや。このダリアの品種名を思い出していてね。どちらも、大橋さんによく似合う」

「うわっ。興味あるしぃ」

なんですかぁ、と奈々が聞いてきた。

「大輪の赤が黒蝶、そして、明るい黄色が」

希望だよ、と言って純也はその場を離れた。

エレベータで十四階に上がり、桜田通りに面した法務省側ウイングのドン突きに向かった。

そこが純也の居場所、J分室だった。

「あ、お早うございます」

鳥居がいた。猿丸《さるまる》もいたが、ドーナツテーブルの右端、いつもの席で顔にハンドタオルを乗せ、足をデスクに振り上げたままの姿勢で動かない。

動かないが、起きてはいる。呻《うめ》いていた。

いつものことだ。二日酔いというか、まだ酔っているのだろう。

入ってすぐの受付台の上には、一階と同じ艶やかな黒蝶と希望のダリアが活けられ、芳香を放っていた。

恵子か奈々によって、分室の花は一階の受付と同様、毎日替えられる。

どちらの花も、その費用を負担しているのは純也だ。その昔は恵子の自腹だったが、それを見かねて払いを持つようになって以来、分室の花は一階受付とのバーターになった。

ダリアの花の香りが、有り難かった。なければ間違いなく、分室中に猿丸から漂う、濃い酒の臭いが充満していたことだろう。

恵子が分室からいなくなってからそれは顕著だ。

気兼ねなく二日酔いのままでいられる、ということだろうか。

J分室の、男所帯の哀しさだ。

「へい。どうぞ」

これまでコーヒーは恵子が淹れてくれたものだが、と思わないでもないが、このときは鳥居が淹れてくれた。

KOBIXミュージアムの前田はコーヒーを自慢するが、この分室にも純也拘《こだわ》りの逸品がある。

ペルーのコーヒー農園と特約し、完熟させたティピカ豆だ。一流デパートの外商部でも、そうそう扱えるものではない。

コーヒーカップを純也の前に置き、鳥居はドーナツテーブルの一番奥、窓側に移動して座った。そこが鳥居の定位置だ。

馥郁《ふくいく》たるコーヒーの香りの中で、純也はおもむろに桂木の話を始めた。

即座に、鳥居の目に炯《けい》とした光が宿り、猿丸の呻きが止まった。

二人ともさすがに、一流以上の公安マンだ。

依頼の内容もそのままに話した。

「へえ。重守を、ですか」

鳥居が腕を組んだ。

「そう。一昨日《おととい》の夕方、携帯に知らない番号から、男の声で連絡があったそうだ」

衆議院議員三世にして、財務金融委員会に属する重守幸太郎《こうたろう》を紹介しろと、そんな脅迫電話があったらしい。相手は重守の娘、彩乃の腎臓が、非合法な臓器売買で得たことを知っているようだという。

――縋《すが》ったんですよ。消え入りそうな小さな命を前にして、どうしても私は、なんとかしたかった。

以前、桂木は純也にそんなことを吐露した。

患者である彩乃を助けるため、桂木はブラックチェインの五夫《ウーフ》に仲介を頼んだという。

それだけでも爆弾、脅迫の理由に値するが、五夫と桂木の関係がそもそも、桂木が黒孩子であることに端を発する、非合法なものだ。

議員としての重守三代、彩乃の人生、そして桂木個人、ひいては藍誠会横浜総合病院全体の威信。

腎臓や黒孩子のことが表に出れば、それらのどれか、あるいはすべてが、一瞬で崩れ去るだろう。

「どこからっすかね」

猿丸がやおら、顔のタオルを取って起き上がった。二日酔いは微塵《みじん》も感じさせなかった。

「さて。ただ、その辺の居酒屋やクラブで洩《も》れる話ではないね」

「そりゃそうだ」

鳥居も相槌《あいづち》を打つ。

「ことはもっと、高次だと思う。だからね。これは案件だ。いや、案件にする。頼まれたんだ。僕らが守ると約束した人から」

猿丸と鳥居が、ほぼ同時に頷いた。

純也はそれから鳥居に潜入を指示した。

「入り方は、テクノクリンサービス、でいいかと思うけど」

「テクノ？　ああ。シノの」

鳥居が呟いた。

シノとは、死んだ犬塚健二警部補の通称だ。公安マンはみな、滅多に本名で呼ばない。愛称を持つ。

ちなみに、鳥居はメイで、猿丸はセリだ。

「そう。一度使っているからね。それが手っ取り早いし、折角シノさんが作ったスジのルートだ。錆《さ》び付かせるのは勿体《もったい》ない」

テクノクリンサービスは病院関係の清掃を手広く受ける会社で、その社長が、死んだ犬塚警部補、通称シノの遠いスジだった。脱税と献金で〈知り合った〉と純也は聞いていた。前回、ブラックチェイン事件の折りに犬塚が藍誠会病院に潜入したときも、このテクノクリンサービスの清掃員を装った。

「メイさん。まずはテクノで入ろう。その後、アップタウンを使う使わないは任せる。なんたってそれは、メイさんのスジだから」

鳥居は首筋を掻《か》き、ただ頭を下げた。

「さて」

純也は手を叩いた。

「おっと。J分室、始動っすか」

猿丸が勢い込んで立ち上がるが、純也は笑って首を横に振った。

「いや。まずは昼飯と行こう。僕も二日酔いの、しかも筋肉痛でね。今日は朝から何も食べてないんだ」

「ありゃ」

猿丸が拍子の抜けた顔をした。

それでいい。

肩肘張ると、心身が硬くなる。疲弊する。

それくらいでいい。

（シノさん。ゆるゆるとまた、藍誠会に関わるよ）

純也は目を細め、窓の外に問い掛けた。

五

昼食は、鰻《うなぎ》にした。

日比谷公園近くの、晴海通りに面した場所にある老舗《しにせ》の鰻屋だった。いつもの鰻屋だ。何を食べても少々値は張るが、奥まった壁際にある小上がりが便利だった。

カウンターも見通しがいい。誰が来てもすぐわかる。

「いやあ。やっぱり秋の鰻は美味《うま》いっすよねえ。旬っすよねえ」

と、二日酔いはどこへやらで猿丸は鰻を頬張り、上機嫌だった。

「馬ぁ鹿。何が旬だってんだ」

鳥居が言えば、

「あ。メイさん、知らないんすか。鰻の旬は秋から冬っすよ。土用ってのは、ありゃあただの宣伝文句っすよ。平賀源内が考えったってえ」

猿丸は米粒を飛ばしながら説明した。

「へん。講釈を垂れるなってんだ。おい、セリ。そりゃあ、天然物の話だろ」

「――へ？」

「ここの鰻は、養殖だぜ。つまりよ、いつ食っても美味《うめ》ぇってなもんだ。なあ、大将」

鳥居が声を張れば、厨房《ちゅうぼう》から、有り難うございぃっ、と声が返った。

猿丸が重箱に顔を埋《うず》めた。

賑やかしく、陽気と鰻を堪能《たんのう》した。

その後、ブラブラと戻り、純也は桜田門の交差点で足を止めた。

警視庁は目の前だ。

「うぅん。なんか、感じが嫌だな」

「なんすか」

猿丸が、口にした爪楊枝《つまようじ》を噛み締めながら聞いてきた。

「そう、ね」

前日の、桂木と会う前のオズの話をした。

「うわ。放っときゃいいじゃないっすか」

猿丸はそう言うが、何もしなければ人は嵩《かさ》に掛かる。いや、人に限らずだ。

生き物には上下関係も、躾《しつけ》もときには大事だ。

「婆ちゃんにちょっかい出されると、もう笑い話では済まないからね」

ああ、と鳥居が納得顔をした。そのままの顔で聞いてきた。

「で、感じってなあ、なんですね」

「これが氏家理事官だったら、まず間違いなく昨日のうち、遅くとも今朝方には呼び出しが掛かるはずなんだ」

それがない。

「あっさり尻尾《しっぽ》を巻いたんじゃ」

「オズの配備は、ルートはどうあれ、間違いなく最終的には夏目理事官が指示したことだ。僕がしたことは、彼の権威をプライドごと折ったに等しい。向こうからの仕掛けであろうと、キャリアという生き物はね、そんなことには関係なく、勝手に怒り心頭に発するものさ。なのに、この時間になっても何もないのはおかしい。不思議だ」

「けっ。相変わらず、七面倒臭《くせ》えもんすね」

猿丸が爪楊枝を歩道に吐き捨て、鳥居に小突かれてばつが悪そうに拾った。

横断歩道を渡りながら、純也は視線をやや左手に向けた。

中央合同庁舎二号館がある。

その二十階に上がれば、警察庁長官官房や会計課、そして、警察庁警備局が入っている。

夏目の執務室もある。

「ま、現実に、先に手を出したのはこっちだ。先手ついでに、ちょっと釘を刺してこようかな」

鳥居も猿丸も、特に止めようとはしなかった。

猿丸などはかえって、

「俺なんかじゃ胃もたれの原因っすけど。分室長にゃあ、腹ごなしにちょうどいいかも知んないっすね」

とけしかけてくるようだった。

先に帰ってますという二人と別れて、純也は合同庁舎に向かった。

二十階に上がる。

かつては純也も勤務した。勝手知ったるフロアだ。

警備企画課長が席で怪訝《けげん》な顔をしていたようだが、無視だ。異動があって今はもう福島《ふくしま》ではない。一瞥《いちべつ》したが、あまり純也の記憶にはない男だった。

アポイントなど取ることなく、勝手に夏目理事官の執務室に向かった。

先手ついでの奇襲に等しい以上、手順と礼儀は愚の骨頂だ。

廊下を進むと、右手側のドアが開いた。

そこはいみじくも、純也が目指す部屋だった。

どうやら先客があったようだ。ちょうど退出時に重なったらしい。

濃紺のスーツが、妙に良く似合う男だった。

身長は純也の方が少し高いくらいだったが、身幅は明らかに相手の方が厚かった。

鍛えた身体だということはすぐに明らかだった。黒髪は刈り込んで短く、顎《あご》は丸みを帯びていたが、印象から来る緩みはそれだけで、全体の風情《ふぜい》としてはどこまでも硬く、締まって見えた。

純也に当てる視線が、何気なく見るだけにも拘らず鋭かった。

擦れ違いざまに香りくる匂いに、純也はアジアの大陸を感じた。

中国。

そう瞬時に当たりを付けたのは、純也の感性ならではだったろうか。

〔ご用はお済みですか？　ずいぶん、長かったですね〕

興味に従い、男の背に中国の普通語、いわゆる統一言語で問い掛けてみた。

鎌を掛けた、の方が正しいか。

男は足を止め、振り返った。

胸を張り、実に姿勢のいい立ち姿だった。

〔何か〕

〔いえ〕

〔あなたは誰ですか〕

滑らかな普通語だったが、やや上海訛《なま》りが感じられた。

〔ただの、夏目の後輩です。お気になさらず〕

純也は会釈で背を返した。

男の強い視線は追ってきたが、夏目の執務室前でドアをノックしたら消えた。

いや、先に純也の姿が男の視界から消えたのかもしれない。

ノックはしたが、夏目からの入室許可は今は必要なかった。

この日は、和気藹々《わきあいあい》とした話をしに来たわけではない。急襲だ。

「なんだ」

応接ソファから少し癇性《かんしょう》に聞こえる声が掛かった。

顔が上がる。

睨《にら》んできた。

軽い癖毛、軽い肥満、いや、身体つきは見ない間にメタボになったか。仕立てのいいスーツが、だいぶ窮屈そうだ。

それが、夏目紀之《のりゆき》という警察庁キャリアだった。

警察庁警備局警備企画課の理事官にして、極秘で動き、非合法にも手を染める作業班、通称オズのトップだ。

二人いる警備企画課の理事官のうち、オズのトップは裏理事官と呼ばれる。

夏目は現警察庁警備局外事情報部国際テロリズム対策課、通称国テロの情報官にキャリアアップした氏家利道《としみち》警視正の後継者として指名された、裏理事官だった。

純也は夏目の詰問に答えず、無言で対面に進んだ。

勝手にソファに腰を下ろす。

応接テーブルの上には、コーヒーカップが二セット置かれていた。夏目と、先客の物だったろう。

このままこの場所で待ったところで、純也の分は出るわけもない。

押し掛けの客、いや、招かれざるただの後輩だ。

「今の男は」

単刀直入に聞いた。

ふん、と夏目の返事はそれだけだった。

想定はされたが、やはり居心地のいい部屋ではなく、長居して益のある場所とは到底思えなかった。

「では」

やおら、純也は上着の内ポケットから警察手帳を取り出し、テーブルに投げた。

三冊が乱雑に散らばった。

当然、自分の物ではない。

前日の午前中に取り上げた、純也を行確するオズ課員のものだ。

「あなたからいつ呼び出しがあるかと、待っていたんですけどね。いつまで待っても梨《なし》の礫《つぶて》でしたので、こちらから罷《まか》り越した次第です。連絡は、入ってますよね」

当然だ、そう言って夏目は足を組んだ。

「昨日のうちに聞いている。メールだがな」

「聞いていて、そのままですか」

「昨日は私にとっては休日だ。動かなければならない道理はない。だから今日に持ち越した。出来の悪い部下と後輩に関してなら、通常業務の時間内で十分だ」

「へえ。それにしても、もう午後ですが」

「愚問だな。今、外で見たのだろうが。先客があったのだ。だから後回しにした。それだけだ」

「そうですか。なら、今でいい。何か、私に言うことはありますか」

「そうだな。――いい気になるな」

「いい気、ですか」

「調子に乗るな、でもいい。籠《かご》の鳥と言う立場を弁《わきま》えることだ」

「それで凡庸なあなたは、せめて点数稼ぎですか？」

夏目の顔に、わずかに血の気が上った。

「ああ。大いに点数稼ぎだ。こんなところで立ち止まる気はないからな」

「――いいでしょう。やればいい。ただし」

純也は頭を掻き、立ち上がった。

語気は強く、けれど声そのものは少し冷えていた。

上った血は、冷やして帰る。

それがわざわざ、警察庁まで来た意味だ。

「た、ただし、なんだ」

「僕にちょっかい出しているうちはいい。けど、部下に手を出したら、警視正。いや、僕の祖母に、祖母の生活に、かすかにも影響が及んだら、理事官」

硬質な気を乗せれば、言葉はそれだけでも鋭利なナイフになる。心胆を刺す。

「この世の裏を見て貰いますよ。見なければよかったと後悔しても遅いような。二度と陽の光の下に立てないような」

瘧《おこり》のように、夏目は身を震わせた。組んだ足がだらしなく崩れた。

無様だ。

見るに堪《た》えないが、それが〈平凡〉なキャリア、〈普通〉にこの国を統率するキャリアというものの在り方だろう。

（まあ、僕みたいなのばかりなら、破滅だからね）

口元に、チェシャ猫めいた笑みが浮かんだ。

悲しくも可笑《おか》しい。可笑しくも、悲しい。

泣き笑いを極めた純也ならではの笑みだ。

では、最後にもう一度。

「今の男は」

青い顔ながら、汗を垂らしながら、それでも夏目は、噤《つぐ》んだ口を決して開こうとはしなかった。

せめてもの抵抗か。キャリアの意地か。

「ああ。上々です。まだ、あなたにも買える部分はあるようだ」

返答を待たず、執務室から廊下に出た。

ふと思いつき、手を打つ。

「うん。来たついでで一石二鳥なら、寄らない手はないな」

純也は、長島敏郎《ながしまとしろう》警視監の執務室を目指した。

長島が在籍する警察庁長官官房首席監察官室は、今いる場所と同じフロアにあった。

第二章　潜入

一

午前六時半、水曜日の朝だった。

東の窓から入る朝陽を眩しく感じながら、鳥居は町屋の自宅で朝食の席についていた。

二世帯住宅の階下には、鳥居の母が住んでいる。

朝食の卓に並ぶものは階下と一緒だ。鳥居の妻の和子《かずこ》が作って同じ物を階下に運ぶ。もうそんな生活が、十年も続いていた。

思えば娘の愛美《まなみ》も、あと数カ月で、セーラー服を来て中学校に通う。そんな歳になった。

月日の経《た》つのは早いものだ。

鳥居自身、今年で五十八歳になる。

「まったくよぉ」

焼きサケを皮ごと口に運びながら呟いた。

言葉は当然ながら、モゴモゴとしたものになった。

「はいはい。食べながらしゃべらないのよ」

咎《とが》める声が掛かった。

「ああ？」

和子だと思って顔を向ければ、その隣に座る愛美だった。

「んだよ。驚かすない」

「え？　何がよ」

「ほくろの位置だけじゃなく、声まで似てきやがって。お母さんかと思ったぜ」

「えぇ。ちょっとやだなあ」

愛美は茶碗を置き、ごちそうさまぁ、と席を立った。

和子も席を立ち、後片付けを始めた。

「なあ。あいつ、もう行くのか。少し早くねえか」

「今週の文化の日に、区の文化祭で合唱があるみたいですよ。その朝練だって」

「文化の日って、もう明後日《あさって》じゃねえか」

愛美がランドセルを背負って玄関に向かった。防犯につけた鈴が軽い音を立てた。

「行ってきまぁす」

「ああ。行ってきやがれ」

「お父さんも、遅れちゃだめだよ」

「五月蠅《うるせ》ぇ。人のことはいいから、しっかりやって来いよ」

「はぁい」

　それで、鈴の音が去った。

「なあ。あの鈴ってなあ、中学の鞄にもつくのかな」

　どうでしょう、と和子は洗い物をしながら答えた。

　自分で急須からお茶を注ぎ、飲む。

　こういうとき、変わらない朝は掛け替えのない朝であると実感する。

「文化の日か。愛美の合唱ってなぁ、聞いてみてぇ気もするけどな。小学校最後かもしれねえし」

　無理はしないでくださいよ、と和子が水音の中で言った。

「無理。ううん。無理か。まあ、そうだな。無理しなきゃ、無理かもな」

　湯飲みの中に囁《ささや》いた。

　この日はこれから、藍誠会病院に潜り込む予定だった。

　和子には出張、と言ってある。いつものことだ。

　帰る日は言わない。これもいつものことだ。

警察官という仕事柄で、ある程度は飲み込んでくれているのだろう。

そんな生活も、間にほんの少しのタイムラグはあるが、二十年を超えた。

変わらない朝。

掛け替えのない朝。

繰り返す日常。

それが、木を隠すなら森の喩《たと》えではないが、法の外の任務を隠す。

「さぁて。んじゃ、俺も」

身支度を整えて家を出る。

山下町にある藍誠会横浜総合病院は、町屋から向かうなら駅はJR根岸線の石川町だ。

そこから徒歩になる。。

鳥居が藍誠会病院の正門ゲートに到着したのは、九時少し前だった。

開け放たれたゲートは広く、敷地内にはINとOUTを分ける中央分離帯が、二車線の車道を仕切って大きく周回していた。

バス専用路もあり、エントランス近辺にはタクシーの乗り場や待機場所まであった。

周回道路の中央部は、病院前面に作られた大きな芝生広場になっている。入院患者にも、来院者にもいい憩いの場所だったろう。

ゲートの左右には歩道があり、その左右や奥には、雑木林や色鮮やかな花壇が整えられている。

「ふうん。建物は工事中かよ」

独り言ち、鳥居は歩道から病院の敷地内に入った。

現在、藍誠会病院はどうやら、外壁の大規模修繕工事中だった。十階建ての病院全周全体にはビケ足場が掛けられ、落下受けの養生シートが張り巡らされていた。

工事の車両も作業員も入って、こういうときの潜入は楽だが、逆もまた真で、胡乱《うろん》な連中の出入りも見えづらくなる。

改めて潜入の心得を、腑《ふ》に落とす。

「へっ。それにしてもよ。シノの奴の最後の〈職場〉だと思えば、なんとも、ひとしおだわ」

犬塚はこの病院に潜入したのが、公安マンとして最後の作業になった。

鳥居は正面入り口からは入らず、病院の真裏に当たる救急外来口と兼用の職員入り口に向かった。職員用の駐車場もそちらにあった。

北西に向いた病院は裏面が南東に開け、この時間帯はそちらの方がはるかに明るい。

大病院らしく広い職員駐車場だったが、今は工事の仮設事務所も設《しつら》えられ、工事車両も多く停まって、空きは見るからに少なかった。

八時を回った現在は、すでに工事も始まっているようで、作業員の往来や作業音がひっきりなしにあった。

時間を確認し、周囲を確認し、鳥居は裏口からひっそりと入った。

出入りの作業員や職員は多かったが、出来るだけ地味に、目立たないように通る。

顔無し、無理無し、印象無し、痕跡《こんせき》無し。

これは、作業に取り掛かる公安マンの基本中の基本だった。

そのままエレベータで五階に上がり、病院正面側の角方向にある一室に向かう。

真鍮《しんちゅう》製のプレートが出ていた。

そこが理事長室だった。

一応のアポイントは九時だったが、午前中は開けておきますということは聞いていた。

ノックをする。

「テクノクリンサービスから参りました、松田《まつだ》です」

当然偽名だが、そう伝えてあった。

「どうぞ」

ドアを開けると、桂木は窓を背負い、木製の机の向こうにいた。

入ってすぐ右手の応接コーナーを勧められたが、鳥居は無言で一礼し、まず理事長室の最奥まで〈進入〉した。

何か言おうとする桂木を手で制し、各コンセント、机上の電話、観葉植物を調べた。机の引き出しもゼスチャで開けてもらった。

取り敢えず、盗聴器の類《たぐい》は見当たらなかった。細工された痕跡もない。

それからようやく、ソファに向かった。

座ると沈むようで、天井照明が目に入った。全灯が点《つ》いていた。

たしかに、昼間でも午前中は照明が無ければ少し暗い部屋だった。しかも今は、窓の外にはビケ足場のパイプやエキスパンドの歩み板が接し、養生ネットが張られて貴重な外光を遮る感じだ。

「暗いですよね」

呆気《あっけ》に取られるようでいた桂木が気を取り直し、机を回って応接コーナーに歩いてきた。

「父が考えた配置です。患者こそ明るい南東側に。職場としての病院は、患者と病室に寄り添う場所にって。なので理事長室も、窓はあっても、御覧の通りです」

「なるほど」

「直接お会いするのは、初めてですよね」

「そうなります。私は、ここのロビーまではお邪魔したことはあるんですがね」

「そうですか」

桂木が名刺を出し、鳥居の対面に座った。

「桂木です。色々と、よろしくお願いします。ええと」

「松田です。名刺はご勘弁を。私は、ここでは松田以外の何者でもありませんので」

「ああ」

桂木は納得したようだ。

その後、鳥居は桂木の口から直《じか》に脅迫について聞いた。

土曜日の夕方、自宅でくつろいでいた桂木の携帯に電話があったという。

携帯番号は、鳥居が貰った桂木の名刺にもはっきりと記載されていた。

「ちなみに、この名刺はいつから」

名刺を配った人数を測る意味で聞いてみた。

ロゴタイプを変えた十年前から変わっていないという段階で、そのことは頭の中から排除した。膨大だということだけはわかった。

「男の声だとは思いますが、どうでしょうか。聞き取りづらくなりそうなギリギリのところで、ボイスチェンジャーを使ったような声でした」

桂木さんかい？　と聞かれたという。

そうだと答えると、相手はいきなり重守の名を出してきたらしい。

——紹介して欲しいんですよ。えっ。駄目なことはないでしょう。臓器移植ってキーワードは、なんでも有りなんじゃないですか？　なんでも有りで、かつ、すべてを封じる、なんて。ああ。難しく考えることはありません。これは単に、ビジネスの話です。お互いに潤う。悪い話にはしないつもりですよ。まあ、そちらの出方次第ですが。また電話します。

簡単明快に、それだけだったらしい。

以降、現在まで特に連絡はないという。

「そうですか。じゃあ、うちの分室長と話した通り、今日から――」

と、桂木のデスクの上で内線電話が音を立てた。

失礼、と言って桂木はデスクに動いた。

スピーカにした。

「何かな」

――お約束ということで、アップタウン警備保障の方がお見えです。

「えっ。アップタウン」

桂木は一瞬怪訝な顔をしたが、鳥居にはわかっていた。桂木に向けて頷いてみせた。

紀藤《きとう》は、昨日のうちに連絡を取り、鳥居が呼び付けた男だ。

五分もしないうちに、一人の男が理事長室に姿を現した。

半白の頭髪を七三に分け、百八十はある肉厚の身体付きを、光沢のあるダブルのスーツに収めていた。

「初めまして」

コーポレートカラーの赤を全面に使った名刺を桂木に差し出す。

男は、アップタウン警備保障横浜営業所長の、紀藤雄三《ゆうぞう》だった。

監察官室の小田垣《おだがき》とブルー・ボックス。アップタウン警備保障の紀藤と、田之上《たのうえ》組の田之上洋二《ようじ》。

直近で、そんな辺りが関わる一件があった。

このとき、田之上は鳥居の目の前で、詫《わ》びながら自死した。

鳥居には悲しい一件となった。

田之上は鳥居のスジ、得難い協力者だった。

この一件を、清濁合わせて丸飲みにしたのが、小日向純也という警視正が率いるJ分室だ。

本来なら分室全体の協力者という位置づけでいいはずだが、純也は紀藤との窓口を鳥居一本にした。

「メイさん。傷はどっちにもある。その深さ、痛さは負った者にしかわからない。だから任せるよ。メイさんをか、紀藤さんをかは、さて、これからの関係が決めるかな」

そう言って純也は、いつものはにかんだ笑みを見せたものだ。

以来、紀藤は鳥居のスジだった。

今回はテクノクリンサービスで〈入る〉と決めたが、紀藤のことも考えないではなかった。

　アップタウン警備保障は、業界をキング・ガードと二分する最大手だ。その横浜営業所長は、本社以外の関東甲信越の長《ちょう》と言っても過言ではない役職らしい。

　ならば直接会わせてしまえと、これは昨日、ふと思いついた鳥居の発想だった。

　慢性的人手不足のJ分室ならではというか、中でも、そろそろ身体に無理の利かなくなってきた鳥居ならでは、かもしれない。

　紀藤は桂木に、ひと通りの業務内容を説明した。

　紀藤の営業トークを鳥居は初めて聞いたが、なかなか流暢《りゅうちょう》だった。

「なるほど。理事長はれっきとした現役のお医者さんでしたか。最近、医師免許がペーパーになっている経営者も多いもので」

「ええ。現役と言っても、私は小児科医ですけどね」

「生まれ出《いず》る命を守る。小児科医は立派なお医者さんです」

「有り難うございます。そう、臨床の現場には今でも出てます。土曜も出てますよ。ただ、今度の日曜からは小児学会やらなんやらで金曜まで出張ですが」

「ほう。お忙しくされて」

「ええ。なかなか、休む暇もありません」

　そんな会話の中で、ふと鳥居は思いついた。

「おっと。ちょうどいいや」

手を打った。

「なら、その間に紀藤所長。理事長の自宅のシステム、アップタウンでやってくれないかい。そっから関係を始めようや」

「承知しました」

「理事長と詳細は詰めてくれれば。どうしてくれてもいい。金はこっちで払うから」

「いえ」

紀藤は首を横に振った。

「お近付き、と言ってはなんですが、これは横浜営業所の処理で」

「そりゃあ駄目だ。俺が分室長に怒られちまう」

「と、言われましても」

紀藤は腕を組んだ。

どっちも引かない感じになった。

なら私が、と桂木が見かねてか、割って入った。

渡りに船だった。

「そうですか？　まあ、その方が長い付き合いにもなるでしょうが。まあ、所長と詰めて、無難なところで契約してみて下さい」

では、と先に腰を上げる。後は二人に任せればいい。

「私は、作業に入ります」

桂木が、何か私に出来ることはありませんかと聞いてくれた。

「そうですね。では外科部長に」

時刻を確認する。

「今から掃除屋が行く。部長室にいろと」

それだけ頼んで、部屋を出た。

外科部長の浅野《あさの》順一《じゅんいち》。

この病院に外科医として居座り、ただ金のためだけにブラックチェインに関わった男。

優しさも情もここまで。

浅野を、まずは生きた盗聴器に仕立て、院内に放つ。

それが苛烈《かれつ》な公安マンとして、まず鳥居が最初に手を付ける作業だった。

二

鳥居が藍誠会病院に潜入した翌日、純也は少し遅めの登庁の後、中央合同庁舎二号館に回った。

この日の目的は、オズの夏目などではなかった。

月曜日の脅しが効いたものか、国立の自宅前からオズの車両は消えていた。またぞろ、いつ再開されるかはわからないが、消えているならそれで良かった。わざわざ寝た子を起こすつもりはなく、それほど暇でもない。

この日は、登庁してすぐに掛かってきた電話で、長島に呼ばれた。

――今なら空いている。すぐに来い。

有無を言わせぬ口調だったが、指示や命令は簡単明瞭《めいりょう》な方がいっそ気持ちがいい。

「了解です」

二十階に上がり、首席監察官室の別室に詰める秘書官に挨拶する。

「警視庁公安部の小日向分室長、お見えです」

内線のインターホンに告げれば、間髪容《い》れず、通せと言う鉄鈴《てつれい》の声が返った。

ノックし、入室する。

「失礼します」

窓辺を背にしたデスクの向こう、上質な肘掛け椅子に長島は座っていた。

首席監察官室は西陽をまともに受ける部屋で、午前の陽はあまり差さなかった。

長島は老眼鏡の顔を下向け、何かの決裁書類に押印作業をしていた。

空いていると言いながら、暇というわけではなさそうだ。

執務デスクに積まれた書類の厚さを見れば、午前中一杯は掛かりそうだった。

デスクには寄らず、応接セットの脇に立った。長島を正面に、入ってきたドアを左手に見る位置だ。

座るも立つも、その辺がちょうどいい。首席監察官の印が必要な書類など、そもそも警視庁の組織図にも載っていないＪ分室の長が見るものでもなければ、かえって毒になるかも知れない。

長島が書類からゆっくりと顔を上げ、老眼鏡を外した。

目を細め、眉間《みけん》に皺《しわ》を寄せる。

「遠いな」

「パーソナルスペースならぬ、ビジネススペースを広く取ってみました」

「そうか。都合のいい距離だな。そんな所に立たれては、座れというしかない」

「では、お言葉に甘えまして」

純也は革張りのソファに腰を下ろした。

「例の中国人だが」

純也が座るなり、長島はすぐに本題を切り出した。

呼ばれたのはそのことだと純也も思っていた。

月曜日、夏目の執務室を訪れた後、同じフロアにあるこの首席監察官室を回った。

このとき長島は不在だったが、別室の秘書官に伝言を残しておいた。

今日、夏目理事官の部屋を訪れた中国人は何者でしょう。

呼び出しは、この疑問に対する答えだった。そう思ったから、反抗しなかった。

「名前は全道安《ぜんどうあん》。国家安全部第九局の一級警司だそうだ」

中国国家安全部は一九八三年、共産党中央調査部をメインに、党統戦部、公安部政治保衛局、同敵偵局などを統合して生まれた部署で、位置付けは国家公安部同様、国務院に所属する政府情報機関だ。その中でも第九局といえば、対内部反動組織や外国組織の監視、告発、逮捕が主な職務となる。

一級警司は、一概に日本警察の警視庁のそれと比べられるものではないが、階級としては警部補から警部に相当するだろう。

「安全部、第九局ですか」

純也は眉を顰《ひそ》めた。

そう聞けば、脳裏に浮かぶ男があった。

弟の死を知り、警視庁の地下駐車場で慟哭《どうこく》した男。

死の直前、海ほたるで笑った男だ。

「そう。劉永哲《りゅうえいてつ》のところだな。それにしてもそこから先、今回の目的などは判然としない。大使館を通じて、いきなりやってきたようだ。オズの理事官、と名指しでな。夏目は、堪《たま》ったものではなかったはずだ」

「なるほど」

「だが、指名された以上、夏目なら全道安の目的は知っているだろう。ただ、それが自身にどう波及するか。利害やら損得の、その辺のプラスマイナスを今のところ測りかねているようだ。まあ、煙たがっているのは間違いのないところだがな」

　監察官室の小田垣観月《みづき》による一連の自浄作用、いわゆるＱＡＳの発動は、非合法に手を染めるオズ課員を直撃した。

　本庁だけでなく、所轄の課員もずいぶん引っ張られたようだ。

　夏目はＱＡＳの結果、監察官室の捜査が自身にまで及ぶのではないかと疑心暗鬼の塊になったらしい。

　血相を変えて前任者であり、二年次先輩でもある氏家情報官の部屋に怒鳴り込んだと聞いた。

　曰く、

　――氏家さんは狡《ずる》い。

　嵌《は》めましたね、とも言っていたという。

　結果としては無傷で済んだが、夏目という男はオズの長にして腹の据わらない、そう言うキャリアだ。

「ああ。そういうことですか」

長島の推察は、純也にも納得だった。

「夏目は、だから俺にもなかなか説明しない。聞いてはみたんだがな。のらりくらりと、よくもイライラさせるものだ。まあ、それなら、直接の方が話が早いと思ってな。今なら全道安を捕まえるのは簡単だった」

「へえ。それはまた、どういう」

「前回のことがある。大使館付きだからと言って、それを全活動の免罪符にさせるわけにもいかない。まずは向こうへの身分照会だ。そのくらいのルートは今も俺にはある。だから、その調査確認が済むまでは、活動エリアを警察庁に限定させてもらった」

「ええっと」

純也は頭を掻いた。

「それってつまり」

「そう。つまり」

長島が頷き、別室へのインターホンを押した。

「今はただ、当てもなく庁内を理由もなくうろついているだけだ。だから、本人をここへ呼んだ」

通せ、と長島が告げれば、すぐにノックがあり、一人の男が入ってきた。

月曜日の中国人、国家安全部第九局だという、全道安だった。

純也は、軽く睨むようにして長島を見た。

何食わぬ顔で老眼鏡を掛け、

「俺は、中国共通語はあまり得手ではないからな。話だけは通しておいた。そこから先は、お前がやれ」

長島はふたたび、机上に積まれた別の書類を手に取った。

そのまま顔を落とし、決裁の押印作業を再開する。

〔初めまして〕

全道安が純也に近付き、握手を求めてきた。

応じて、ソファに座った。

話はすぐに始まった。

〔私は、劉警督の忠実な部下でした。彼のときも、今も〕

劉警督とは、三年前に来日し、日本にいる黒孩子に死を勧告して回った劉永哲二級警督のことだ。

〈私は、ブラックチェインを終わらせるために来た。だが、この国に売られ、この国で偽りの資格を得たお前達は別だ。これまでの罪は自分で償え。自分で終わらせろ。そうしなければ、すべてを公表する〉

そんなことを言い回り、何人もの日本にいる黒孩子が、万事に窮して自ら死を選んだ。
これがブラックチェイン事件の、ある一面ではあった。
〔警督が国家安全部に所属以来、行方の知れない弟を探していたのは、近しい間では周知のことでした。もちろん、警督を信頼する上層部の間でも。――日本だ。まずは日本に行かなければ、自分は国家のために力を尽くせない。私は正義に踏み出せない。警督は私に、そうも言いました〕
〔ああ。それは、私も聞きました〕
〔あなたも?　ならば、警督はあなたをよほど信頼したということでしょう〕
全道安は深く頷き、話を続けた。
〔徐才明の摘発の過程で、警督は弟に繋がる何かを日本に見たのだろうと、誰もが口にはしませんでしたが、そう思って送り出しました。徐才明の悪事の摘発には限りがなく、徐を追い落とした張源《ちょうげん》上将の手前もあった。私達は、劉警督の穴埋めもしなければならなかった。本当に忙しかったのです。警督が日本で死んだと知っても、どうすることも出来ませんでした。私達は、手足を休めることすら出来なかった。腐った財産の摘発という、暗い水底を探るような作業から顔を上げ、新鮮な空気を吸うことも。だからこそ――〕
言葉を一度切り、全道安は自嘲《じちょう》した。
〔いえ。愚痴になりました。覆水盆に返らず、です。仕方ありません。けれど今なら、と。

ようやく私達は、少しですが余裕が出来ました。行って来い、行って来てくれと、私は、警督を見送った面々に背を押されて、海を越えました〕

〔なるほど〕

大筋では理解出来る話だった。

たしかに徐才明は病を得て失脚した後、いや、死去してからこそ、草の根を分けるようにしてあらゆる財産を没収、あるいは略奪され続けたようだ。それこそ、墓石さえ持ち去られたらしい。

徐才明の栄誉と富は、一体どれほどの憎悪と悲哀の上に積み上げられたものか。

目的の説明は、それで終わったようだ。全道安は純也に視線を据えた。

〔小日向分室長、でしたか〕

真っ直ぐな目、に見えた。

〔長島監察官に聞きました。最期を看取《みと》ったのはあなただと〕

純也は首を横に振った。

〔手も届かず、見送っただけです〕

〔それだけで、私達以上です。私達には羨《うらや》ましい。私には、尊い〕

いずれ、お力をお貸し願えれば。

全道安はそう続けた。

〔いえいえ。警察庁の夏目理事官には、権限も動員出来る人数もまったく及びませんから〕

やんわり固辞すれば、

〔夏目ですか〕

全道安は鼻に手をやり、緩く笑った。

〔彼は駄目でしょう。中国語をまったく理解しないし、英語もあまり得意ではないようだ。それだけで、推して知るべしではないでしょうか。語学力と実務能力は別物だとはいえ、私は、夏目が役に立つとはあまり思えない〕

吹き出しそうになるのを、なんとかこらえる。

全道安は気付いただろうか。

〔とにかく、私は徒手空拳。この身一つで来日しました。ただ、警督が日本で何をしたか。それをまずは辿《たど》るつもりです。それで、当時、警督についた課員に話を聞きたいと夏目に依頼しましたが、すぐには繋がらないようですね。そう、異動やら何やら。QASとかも言ってましたか。QASの意味はわかりませんが、全体的にはわからないでもない。タイミングが悪いということでしょう。そのときのリーダー、氏家とのアポイントもどうやらすぐには取れないようだ。私は、拙速は好みません。今のところ、行動も長島から制限されています。まずは腰を落ち着け、我が国と我が安全部の、決して揺るがない覚悟を見せ

られれば、と思います〕
〔いい心構えだと思います〕
〔そうですか〕
〔そう。少なくとも、日本に不利益はありません。きっと〕
全道安は席を立った。
また握手をした。
部屋を出て行った後、長島の視線を感じた。
押印の手は止まっていた。
「中国語はあまり得意ではない。流れだけでも聞かせてもらおうか」
タダでですか、と思わず言いそうになったが、〈出来る〉上司とはそういうものかもしれない。
「特に深い話はありません。劉警督の死を悼《いた》む旅路。巡礼路。私も辿った、サンティアゴ・デ・コンポステーラ。そんなものでしょうか。ああ。それと、国家安全部相手に、ひとまず夏目理事官はよく躱《かわ》していると」
「なんだ？　そんなことも、あの男が言ったのか」
「いえ。今、私が考えました」
チェシャ猫めいた笑みを浮かべ、純也は肩を竦めた。

三

金曜日は祝日、文化の日だったが、純也は普段通りに登庁した。

時間はさほど早くはないが、やはり祝日だけあって一階ロビーに人は少ない。地下駐車場からA階段で上がれば、素通しに近い感じでホール隅の総合受付までが見渡せた。

祝日の受付は、大橋恵子一人だった。下を向き、何かの仕事をしていた。

純也は真っ直ぐ、受付に向かった。登庁時のルーティンだ。無事に一日が始まり、そのまま終わるためのジンクスと言ってもいい。

花瓶には、オレンジ色が強いスプレー菊とカスミソウが活けられていた。

秋が香った。

恵子は受付カードの仕分けに没頭しているようだった。

没頭出来るくらい、この時間は来庁者が少ないと言うことの裏返しでもあるか。

「お早う」

純也は受付カウンターに右肘を乗せ、声を掛けた。

恵子は驚いたように顔を上げた。

だが、すぐに間近に純也の顔を確認し、笑顔を見せる。

「あら。お休みですのに。また勤勉に宗旨替えですか」

「休みだからね」

「――ああ。そうですね」

恵子は頷くと共に、まぶたを伏せたようだ。少しの憂いが感じられた。

休みだから出る。

この言葉の意味は、J分室では重い。

「でも、鳥居主任にも猿丸さんにも、言ってるんですよ。無理はしないで、任せられることは任せてくださいって。ここにいても、私も分室員のつもりはあるんですって」

「そうだね」

「あなたも、ですよ」

「了解」

いつもの笑みを見せ、片手を上げて受付を離れる。

エレベータはすぐに来た。

十四階も静かなものだった。人気《ひとけ》もない。

もっとも、J分室がある桜田通り側ウイングは、公安第一課の大部屋が大部分を占めている。パーテーションや書棚の壁で薄暗く、人もどれほど、いつ居るのかも不明なほど常に深閑として、慣れない人間には薄気味の悪い場所だった。

純也が廊下に足を踏み入れたときの靴音も、遮るものが無く廊下に長く伸びる感じだ。

公安第一課の奥の方で固定電話が鳴ったが、その音が消えたのは誰かが取ったからか、切れたからか。

J分室はそんな廊下の、最奥を左に折れた場所にあった。倉庫の隣でどん詰まりで、けれど、陽光の豊かなところだ。

曇りガラスの目の高さに、庶務分室のプレートが付いたドアを開けた。

入ってすぐのカウンターに、オレンジのスプレー菊が弾けるようだった。

恵子が活けてくれたものだ。

「おんや。休みっすよ。メイさんの方に、なんか進展でもあったんすか」

猿丸が足を振り上げ、定位置にいた。

だが、起きていた。

一人のつもりだったからだろう。猿丸は猿丸なりに、気を張っているようだ。

恵子の言葉ではないが、犬塚の死以来、いいと言っても鳥居か猿丸のどちらかが、必ず休みもなく登庁してきた。三百六十五日、一日の空きもなくだ。

だから、上司として仲間として、純也も出られる日には出る。

これは純也の中にある、一つの不文律だ。

かつて鳥居は、

――シノの机の花ぁ、誰かが替えてやらねえと。

そんなことを言っていた。

純也をして、口を噤《つぐ》まざるを得ない言葉だった。

花は、最後に何もしてやれなかった犬塚への、献花だ。

絶やすことなく、枯らすことなく――。

その鳥居が、現在は一人で公安作業中だった。

ならば、とは間違いなく純也にとっても休日登庁への強いモチベーションになったが、
一階の受付には恵子がいて、分室には猿丸がいる。

一人ではないということ、そのリアルは尊く、心強いことだ。

ただし、今ではもう、ドーナツテーブルの犬塚の定位置に、献花はない。

――へへっ。後釜が座るかもしれねえ席だ。いつ来てもいいように、綺麗にしとかねえとよ。なあ、シノ。

そんなことを言って、鳥居はテーブルの上を磨き、テーブルの下を掃いた。

鳥居の言葉と行動はいつの間にか、希望に満ちたものに変わっていた。

来春、警察庁に準キャリアとして新規入庁する犬塚健二の息子、啓太がその希望だ。

J分室に配属されることの有無、是非はさておき、父の背中を見て、父の最後を知って、それでも警察の門を叩く。

（これでよかった、かな。ねえ、シノさん）

純也は窓辺に立ち、眼下に通りの緑を眺めた。

風が流れているようで、木々の梢《こずえ》がざわついていた。

ふいに、内ポケットで純也の携帯が振動した。

見れば、転送を掛けた自分の予備携帯からだった。藍誠会総合病院の桂木に振ったのとは、また違う番号だ。

「はい」

――こ、小日向さんの携帯ですよね。

戦場の業《ごう》か公安講習の賜物《たまもの》か、一度聞いた声はたいがい、もう一度聞けば瞬時に様々なことを思い出す。

電話は福岡の葬儀会社、白心《はくしん》ライフパートナーズの社長、堀川良一《ほりかわりょういち》からだった。

堀川もまた、ブラックチェイン事件の一部加害者であり、大きくは被害者だ。つまり、堀川もまた桂木同様、日本に売られてきた黒孩子の一人だった。

いや、同様というより、桂木と堀川、藍誠会総合病院と白心ライフパートナーズはセットと言った方が分かりやすいだろう。

桂木は福岡に藍誠会福岡総合病院を立ち上げ、堀川は横浜に白心ライフパートナーズの支社まで作った。

巨大旅客船で訪日した観光客の子供が急病になって救急搬送になった場合、港から近い総合病院とエンバーミングに長《た》けた葬儀屋が待ち構えていれば、仮想の死人など作り出すことは容易《たやす》い。

そうして死んだことになった子供が、商品として人身売買の市場に出回ることになる。

これが、ブラックチェイン事件における闇のビジネスの一つだった。

桂木に続き、福岡の堀川からも電話が掛かってきたということは一体、何を暗示するものか。

取り敢えず、堀川の話を聞く。

長いものにはならなかった。

堀川は動揺していて、話はあまり要領を得ないものだった。

ただし、要点はわかった。

藍誠会病院の桂木の話に近い。

要するに、J分室の案件ではあった。

「堀川さん。どうか落ち着いて。話よりもまず、そっちが先でしょう。――そう。大丈夫。わかりましたよ。言いたいことは」

堀川は話したことで、ひとまず憑《つ》き物が落ちたように電話の向こうで大人しくなった。

深く突っ込んで、動揺の二陣を呼ぶことはあまり得策ではないだろう。

ブラックチェイン事件の後、純也は二度ばかり堀川にも会ったことがある。線が細く、どちらかと言えば心もそう強くはないように見えた。

三年前の劉永哲の死の勧告に、よく耐えたものだ。

悪事に加担したとはいえ、同じ黒孩子である桂木とセットだったのが救いになったのかもしれない。

「話はわかりました。ただ電話ではどうにも、善後策も対処法も見えにくいですね。まずは落ち着いて、相手の様子を探ってみてください。触りだけでいいので。――そう。世界的に見ても、日本のヤクザというものは案外行儀がいい。すぐにどうこうということはありませんよ。大丈夫。最後はこちらで引き受けます。ヤクザ対警察、いや、ヤクザ対僕なら、圧倒的です」

電話を切ってから、暫時バックライトの消えた液晶画面に視線を落とし、それから窓の外に顔を向けた。

陽光が眩しいほどだった。

「どうにも、休みの日になると忙しいね。周りが僕を、どうしてもワーカホリックにしたがっているみたいだ」

「誰です？　横浜の桂木っすか？」

背中の位置から猿丸が聞いてきた。

「いや。九州」

「九州って。——ああ。白心ライフの堀川っすか」

「そう」

「へえ。珍しいっすね。しかも立て続けだ」

椅子の軋《きし》みが聞こえた。猿丸が立ち上がったようだ。

サーバからコーヒーをカップに注ぐ。

そんな音もした。

「そんでも桂木、堀川とくりゃあ、いやでもブラックチェインが思い出されますね」

「どうだろう。予断は禁物だけど」

「予断かもってぇと。——ああ。そう言えば今、分室長、電話でヤクザって言ってましたね」

「うん」

純也は頷いた。

「触ってきたのは、金獅子会《きんじし》らしい」

「ぐえ。金獅子会っすか」

猿丸が呻くように言った。

金獅子会は、関西の広域指定暴力団、竜神会《りゅうじん》の二次団体だ。福岡を本拠にして九州一円に睨みを利かす、竜神会九州閥にあってはまず、不動の筆頭組織だった。

前年二月に組長の女房が殺され、この九月には組長本人が殺された。別々の事件に絡んでのことだが、逆に言えば、別々の事件で夫婦が殺されるというのは不運であり、非業でもある。

いずれにせよ、組は後継者選びで大わらわだったというところまでは純也も知っている。

その先は公安ではなく組対の話だが――。

「セリさん。近々、行ってもらうことになると思う」

窓の外に向け、呟いた。

「それって、あれっすか？　またってぇか、まさか」

「何？」

「あれっすか？　有休の消化って奴」

「あはは。馬鹿だなあ」

「あはは。ですよね」

純也は振り向き、いつものはにかんだ笑みを見せた。

「セリさん。有休なんて、もうほとんど残ってないじゃない。って言うか、ゼロ」

「――ああ。さいですか」

猿丸は憮然《ぶぜん》とした顔で、音を立ててコーヒーを飲んだ。

四

翌週の水曜日だった。

朝から薄い雲が空一杯に広がる、肌寒い一日になった。

「まったくよ。歳取っと、こういう寒さが骨身に染みるぜ」

鳥居は藍誠会横浜病院の、メインエントランスに近い植え込みの脇で腰を伸ばした。伸ばして叩きながら曇天を見上げ、恨めしそうに呟く。

テクノクリンサービスのユニフォームを着て、鳥居はゴミの回収作業中だった。

一人一人に貸与される手押し型の、用具をコンパクトにまとめたクリーニングマシンを操り、決められたルートに従って清掃作業をしてゆく。それが鳥居の日常業務だった。

本部研修としての実地作業。

作業主任のパートリーダーに、鳥居の立場はそう説明してあった。

「へえ。本部研修ですか。松田さんはお歳からして、相当上の方かしら?」

主任は今年で四十八歳になる、山下智子《やましたともこ》という近隣在住の主婦だった。

テクノクリンサービスは、契約企業の近くでパートを集め、委託する。山下はもう十八年になるという大ベテランだ。

「久し振りねえ。前は、いつだったかな。そうそう、三年くらい前に、横山さんって方が来られて以来ね」

「ああ。そうなんですね」

鳥居は曖昧に答えた。

だが、よくわかっている。犬塚のことだ。三年前、犬塚は横山まさしという名で潜入した。

テクノクリンサービスの清掃員として鳥居が潜入するのは、シノのスジを錆び付かせるのは勿体ない、と言った分室長の言葉はその通りだが、理由は他にもあった。

潜入時に犬塚が作った、日報のような手引きのような、そんな資料が残っていたからだ。

山下の話し好きなこと、クリーニングマシンのまとめ方、一日の作業手順などなど。

特に、一日の作業手順は有り難かった。各科、各フロアを隈《くま》なく、怪しまれることなく〈点検〉するために、犬塚がそれとなく山下を〈操作〉して作ったものだった。

山下がまだリーダーで健在だということは先に調べがついていた。

同じように本部からの研修ということになれば、山下は横山まさし・犬塚と同じ作業手順を割り振るだろう。違えば、三年前の研修のことを持ち出し、鳥居が山下を〈操作〉すればいい。

そんな見当が始めから立っていた。

（死んでもよ、お前《め》ぇは助けてくれるな。なあ、シノ）

資料に目を通し、そう思ったものだ。

案の定、山下は同じ仕事を振り分けた。

それが、まずメインエントランス周りから始まるゴミの収集だった。

朝は当日の受診希望者が早くから並ぶようで、なんとなく玄関周辺のゴミが多い。

清掃員として潜入して一週間も経てば、そんなことも実感するくらいには習熟する。

今のところ、怪しい動きも人物も、鳥居が観察する限り藍誠会病院及びその周辺には見受けられなかった。

桂木の携帯にも、特におかしな電話もメールもないと日々の確認連絡で聞いた。

現在、桂木は小児学会出席で地方出張中だった。帰ってくるのは金曜だ。

その留守中に、アップタウン警備保障の紀藤が自宅のセキュリティー強化を図る手筈になっているようだ。そんな契約を、先週の金曜日に結んだと紀藤が言っていた。

（さて、どう動くか）

そんなことを考えながらまた腰を屈め、スクレイパーでタイルにこびり付いたガムを剝がしたときだった。

ふと顔を上げると、ちょうど外来駐車場に一台のセダンが入ってくるのが見えた。わナンバーだったので気に掛けた。注視した。

一人の男が下りてきた。

刈り込んだ短髪の、それでいてスーツが良く似合う男だった。

「んだと」

鳥居は眉間に皺を寄せ、口元を引き締めた。

すぐにわかった。画像は純也からすでに送られ、確認済みだった。

男は中国国家安全部の、全道安一級警司で間違いなかった。

「ふうん。身分照会も無事に済んで、さっそく活動開始ってわけか」

月曜日に画像データとともに、〈明日中に身分照会の結果が出る。首席監察官は正式と言うけれど、どうかな。表の真裏を捉えるのは、わかっていてさえ、なかなか難しいものだ〉という文章もついてきた。

火曜中、つまり昨日のうちに問題なく、全道安の活動制限は解除されたのだろう。

それで、まず手始めに選んだ訪問先が、どうやら藍誠会病院の桂木のところだったようだ。

立ち上がって移動しつつ、桂木から専用に貸与された院内ホンを操り、外科部長の浅野に掛けた。

生きた盗聴器に仕立てるついでに、桂木不在中、外部からの不審なアクションがあった場合は、すべてに浅野が対応するよう厳命した。

中国国家安全部が本当だとしても、在日黒孩子に死を勧告して歩いた劉永哲の前例がある。

鳥居にとっては、全道安も大いに不審者だ。

「会えよ。ただし、こっちからは絶対に名乗るなよ」

――はあ。

気乗りはしないようだが、どうせ受付から院内ホンが浅野に掛かる。

桂木から受付には、留守中、何かあったら浅野に回すよう指示を出させた。浅野も聞いていてわかっているはずだ。

「なぁに、向こうが勝手に理事長だと思えばいい。それだけのことだ。理事長とあんたは中国語、出来んだろ？」

――私は、教科書的な会話くらいなら。理事長ほどは出来ませんよ。

「いいんだよ。どうせ素っ惚《とぼ》けた話だ。ただし、こっちでもイヤホンで聞いてる。余計な話はすんなよ」

――わ、わかってますよ。

鳥居は時刻を確認した。午前九時半になるところだった。

「俺は、十時になったら休憩に入る。おそらく先に、外科部長室に行ってるよ」

それで、有無を言わさず通話を終えた。

浅野が全道安と会うのは理事長室だ。そう言う手筈になっていた。万全だ。応接室もあるが使わない。

それだけで、たいがいの人間は勝手に、浅野を理事長だと思うだろう。

〔やあ。桂木さんですね。初めまして。私は中国国家安全部の全道安と言います〕

ゴミを集めながら聞く、盗聴器の音声はクリアだった。

浅野に持たせた盗聴器はかつて犬塚も使ったもので、純也からの支給品だ。受信機は短波の切り替えで五カ所までを受けられる小型で、切り替えたときに盗聴器本体の電源をオンに出来る優れモノらしい。

いつもの、日本では決して手に入らないどこかからの〈クリスマスプレゼント〉の類だろう。

三年経っても更新されないということは、未だにそれが、最新の技術に裏打ちされている品だということだ。

理事長室ではその後、暫くはたわいもない話になったのだろう。

鳥居の耳にはとにかく、全道安の明るく流暢な中国語と、浅野の片言が聞こえた。

ただ、やがて確実にわかる言葉が全道安の口から発せられた。言葉のトーンも少し変わった。

単刀直入だった。短かった。だからわかった。

おそらく、

――桂木さん。あなたは黒孩子ですね。

そう言ったに違いない。

「えっ」

浅野は明らかに狼狽《ろうばい》を見せた。

それから以降は、鳥居には理解出来ない会話になった。

鳥居も元公安外事特別隊の人間だ。中国語もある程度なら理解出来た。

ただ、日常的な会話のスピードで話されると、すぐにはわからなかった。

昔は、ある程度はわかったはずだ。今は耳が付いていかない。外国語を聞く耳に切り替わらない。

（セリの奴なら、分かったかもな）

漠然とそう思った。

部下と自分の能力に優劣をつける。

それが、歳を取ったということか。

全道安と浅野の面会は、二十分ほどで終わった。

タッチの差で、外科部長室に入るのは浅野の方が早かった。

泳ぐように部長室に駆けこんできた浅野と、所定の場所にクリーニングマシンを置いてから歩いてきた鳥居の差だろう。

白衣の浅野が立ったまま、肩で荒い息をついていた。

鳥居の休憩時間は短い。そのまま話をした。

――惚《とぼ》けなくてもいい。私は、日本から中国に送還されてきた連中から聞いています。日本で誰と、何をしてきたかも。

あなたは黒孩子ですね、と聞いてきた後に全道安はそんなことを言っていたらしい。送還の連中とはつまり、ブラックチェインの面々のことか。

――でも、安心してください。それは今回の私の目的とは別の話です。日本の官憲のテリトリーで、日本の官憲に話せば、私の目的が阻害されるかもしれない話。だから、私からは特に誰にするつもりもありません。あなたの安全は保証します。

そうも言っていたという。

なるほど、飴《あめ》と鞭《むち》の理論だろうか。

――劉警督がここへ来た。私は知っています。これは、日本の警察にも聞きました。

劉警督が何を話したか、どこへ行ったか、なぜ死ななければならなかったか。

それが知りたいと、全道安は何度も繰り返したらしい。

鳥居が盗聴器で聞く限りにも、浅野はのらりくらり、というよりしどろもどろだった。

最後には全道安の溜息《ためいき》も聞こえた。

この辺りは盗聴器を通じて、特に間違いのないところだった。

——また来ます。思い出して。

別れの言葉は、鳥居にも分かった。

その後、浅野は外科部長室に飛んできた。

「すぐには答えられない。思い出せない。危ない部分もある。そんな曖昧な話をしましたけどね」

浅野は言いながら鳥居を睨んできた。

——ああ、危ない部分。そんな話。なるほど。理解します。

全道安はそれで、不承不承にも納得したようだ。

しどろもどろも、ときには怪我《けが》の功名を創造するものか。

「黒孩子って、し、知ってます。理事長はへ、黒孩子なんですか。それで、前理事長は脅されて、その、連中と危ない橋を、あれです。渡ってたんですか。いや、それなら分かる」

盗聴器より、生の声の方がいやにノイズが多かった。

鳥居は、小指の先で耳を穿《ほじ》り、息を吹き掛け、その手を真っ直ぐに突き出して浅野の白衣の襟をつかんだ。強引に引き寄せる。

浅野の身体が、前に泳いだ。

「五月蠅《うるせ》ぇよ。浅野さん。余計な詮索《せんさく》は深みに嵌まる。邪《よこしま》な考えは奈落に沈む。これぁ脅しじゃねえ。警察にも暗部はある。いや、明るいとこと暗いとこ、やじろべえみてぇにゆらゆらと動いてる。これぁ、そのな、暗《くれ》ぇ暗ぇ、闇の中の話だ。なっ」

浅野は言葉なく、ただがくがくと頷いた。

放り捨て、外に出て純也に連絡を取った。

――ふうん。国家安全部にブラックチェインの情報がね。ま、そう言えば、彼らは国家に忠誠を尽くしてるつもりの者達だったね。なるほど。

「どうしますかね」

――僕は僕で動くけど。転ばぬ先の杖だっけ？　ううん。こういうとき、やっぱりひと駒、足りないかな。

純也はそう言った。

「ああ」

鳥居の頭に、犬塚の顔が浮かんだ。

けれどすぐに消えた。

そうして、もう一人の犬塚の顔が浮かんだ。

もう間もなくだ。

――メイさん。悪いけど、そこ、少し長くなるかもしれないねえ。

いいえ、きっとすぐですよ、と言って思わず、自分で自分の言葉に、鳥居は笑えた。

五

この翌日、純也はM6を甲府へ向けて走らせた。

高橋《たかはし》功《いさお》山梨県知事に会うためだ。

前日、鳥居からの報告を聞いた後、すぐに連絡を入れた。

高橋の携帯は知らなかったから、幾つかのルートを通って知事室に行き着いた。小日向の名はやはり、色々な意味で絶大だった。

当然、高橋は知事として忙しいようだったが、すぐに直接繋いでもらえた。

ここでも小日向の名には、大いに意味があった。

ただし、KOBIXや総理大臣の関係としてではない。死んだ高橋のひとり息子、秀成《ひでなり》の友達としてだ。

秀成は純也や、純也の資産の一部を管理する株式会社サードウインドの社長、別所幸平《べっしょこうへい》と東大の同級生で、そして、黒孩子だった。

三年前、秀成は実家である石和《いさわ》温泉の老舗旅館の社長兼山梨県知事二期目に入った父、功の政策秘書だった。

今では禁止だが、当時は秘書の兼職がまだ許されていた。

そのとき、黒孩子であることをネタに脅され、秀成が大学の同級生である別所を〈引っ掛け〉たことが、純也がブラックチェイン事件に関わる端緒になった。

秀成は、山梨県知事の政策秘書という立場で、ブラックチェインに色々な便宜《べんぎ》を図っていたようだ。

劉永哲とも会い、進退窮まって最後には自死を選択した。死ぬことの決意は、鳥居の血を吐くようなひと言が決め手となり、その覚悟は、犬塚という公安マンの死を自分の腹に落として練ったようだ。

そうして、最後を看取るように話をし、近くにいたのは、純也だった。

高橋知事にとって小日向純也という名は、息子の同級生以上の意味を持っていたかもしれない。

電話口で高橋知事から、正午からの昼食時に十五分なら、ということでわずかながら時間を貰えた。

やはり、知事という職は多忙を極めるようだ。

謹厳実直にして清廉潔白な知事として、高橋は息子の自死の後、一度県知事を辞した。

死によって当然、息子の〈悪事〉がいくつも浮上したからだ。

ブラックチェインのことも黒孩子のことも、口には出来なかった。有耶無耶《うやむや》にするには、辞任しかなかったろう。

高橋の家は、老舗温泉旅館〈緑樹園《りょくじゅえん》〉を営み、遡れば武田二十四将に行き着くという家柄だった。

それを自分の代で絶やすわけにはいかず、子供の出来なかった高橋は妻と共に、妊娠の十カ月を装ってまで仲介業者に子供を頼んだ。

——跡継ぎがいないというだけで、人格からなにから、すべてを否定されるんだ。特にこんな盆地で生きる旧家はな。

死の間際、吐露の中で秀成はそんなことを言っていた。

純也は、野に下った高橋と一度だけ会ったことがあった。リー・ジェインから入手した在日黒孩子のＤＮＡを解析し、わかる限りに会って、何かあったら手を差し伸べる旨を伝え歩いたときだ。

——秀成がね、二十歳の夏だったか。実子ではないと。でも、私たち夫婦の、掛け替えのない息子だと。もちろん、秀成が黒孩子だということは知らなかった。秀成は、そのことを負い目に感じていたのだね。それで脅迫されて苦しんで苦しんで、苦しんで、死んで。どれほど辛《つら》かったことだろう。私は、そのことに責任を感じなければならない。悪いのはすべて、私なのだから。

純也はただ聞くだけだった。

口を挿《はさ》むことの出来ない、親子の悲しみの話だった。

もともと自身に非があったわけではなく、高橋はそもそも全国でも五本の指に入る支持率の高い県知事だ。

その出直し選挙も、民政党の公認を受け、圧勝した。そうして今は、任期四年の三年目が終わったところだった。

甲府市丸の内の山梨県庁に到着したのは、十一時半過ぎになった。構内の駐車場にM6を停められたのはラッキーだった。時間に余裕が持てた。

県庁舎一階の受付で来訪を告げる。

話は通っているようで、純也はそのまま三階の第一応接室に通された。三階には、知事室や知事政策局に秘書課など、知事が滞りなく執務をこなすためのすべてが集約されていた。

品のいい香りのするコーヒーが饗《きょう》され、十分ほどもそのまま待った。

十二時のチャイムが聞こえた。

と同時に、応接室に歯切れのいいノックの音が響いた。

間を置かず、高橋功山梨県知事が入ってきた。一人だ。

立とうとすると、そのままで、と機先を制された。

軽く頭を下げた。

「お忙しそうで、なによりです」

「いや。なんのことはない。一人の身を持て余し、悲しみを勝手に持て余し、することがないから公務に没頭しているだけだよ」

高橋は頷き、純也の対面のソファに腰を下ろした。

「県民にとっては、その方が都合がいいかな。使い勝手のいい県知事というか。けれど、初美《はつみ》達にはね。どうだろう。私は悪い舅《しゅうと》であり、悪い祖父だ」

初美とは死んだ秀成の妻のことだ。現在はまだ幼い二人の子供、智樹《ともき》と碧《みどり》を育てながら、秀成の後を継いでというか、緑樹園の女将《おかみ》として、秀成以上に頑張っているはずだった。

初美にも、純也は秀成の死後、一度だけ会った。

毅然として、このときにはすでに、一廉《ひとかど》以上の女将の風格だった。

「悪い舅で、悪い祖父ですか。それは？」

高橋は右手で両目の縁を揉《も》むように摑《つか》み、少し下を向いた。

「どうにも、会えない。顔を見られない。秀成のことが、なんとも申し訳なさ過ぎてね」

秘書が高橋のコーヒーを持ってきた。

十五分には下に公用車が、と告げたのは、純也にも知事にも聞かせるためだったろう。

「で、今日は」

秘書が外に出た後、高橋がそう切り出した。

「こちらこそ申し訳ないのですが、そのことに関連した話です」

高橋は間髪容れずに頷いた。

「わかっている。そうでなければ、もう私と君に接点はない。いや、悲しみばかりが目立つ接点を、わざわざ作るような君ではないだろう」

「恐れ入ります」

それから、全道安の話をした。劉永哲の足跡を辿る話だ。

「来るかもしれません。来ないかもしれません。ですが、現在のところ、本人に手持ちのカードはたぶん少ないはずです。カードの種類も枚数も不確かですが。ただ、ブラックチェイン関連がメインだとすると、現在も生きている人達はそう多くありません」

功の眉が動いた。

ああ。

似ている。

秀成の父だ。

そう思った。

「あのとき、死んだのは息子だけではないと」

「はい」

「他にも悲しみがあると」

「はい」

「──そうか」

功は息を吐いた。

「失礼を承知で言う。救われるような、救われないような。複雑な心境だ」

「お察しします。その上で、来ました」

「うむ」

「カードを辿る、あるいは増やす気なら、全道安は死人を辿ることもするでしょう。僕はそう思います。それで」

「先触れということか」

「はい。傷がふたたび抉《えぐ》られ、血を流さざるを得ないのなら、少なくとも治りが早いように」

「──治りが早いように。ふむ。どうしてくれるのかね」

純也は立ち上がった。

「ご安心されますよう」

胸に手を置いた。

「何があろうと、何が起ころうと、僕がいます。僕は、誰をも守る者です。手を差し伸べる人の心身の安寧を、魂の静謐《せいひつ》を、全身全霊を上げて、守る者です」

功の唇が戦慄《わなな》いた。吐息が揺れた。

「守る者、か」

「ええ。僕は、ヒーローのつもりですから」

「――それは、心強いな。大いに、心強い。――ありがとう。息子は、いい友達を持った。

――あいつは、幸せ者だ」

「いいえ。僕こそ」

救われたのですよ、友達に、とは口にしない。

弱みは見せない。頼ることはしない。

この場はただ、微笑《ほほえ》む。

ヒーローだから。

冷めたコーヒーを、少し飲んだ。

高橋も口をつけた。

それを待って話を続けた。

高橋の出発まで、もう五分もなかった。

「全道安が辿る足跡ですが。どういう順でと考えれば、顔の広さ、情報の信頼性や確実性、どれをとっても知事が一番手かと。それでまず、最初にお邪魔しました。僕は来ましたが、奴は来ないかもしれない。来ないなら、死者のカードはないということ。来たなら、後に続くということ。失礼ながら、この甲府が試金石にもなります」

「わかった」

「秘書や職員にも話を通しておいていただいた方が。出来たら早めに。何度も押し掛けられてもご迷惑でしょうし。だいたい、断っても断っても、何度でも押し掛ける奴のような気がします。来たら、知っていることをお話しいただいて結構です。ブラックチェインのことも。おそらく、話したからと言って、そのことがそのまま知事の不利益になることは、金輪際ありません。知っているからこそ来ると言いますか、来ることがすなわち、知っていることの証左とお考え下さい。かえって、隠して益は何一つないと」

これは鳥居が聞いた、藍誠会病院の理事長室での、浅野と全道安の会話からする推論にして、断定だった。

「それと」

純也は一枚の紙を取り出した。

出掛けに打ち出してきたものだ。

「これは？」

「知事と同じ境遇の方達です」

函館の三好《みよし》、桐生《きりゅう》の手越《てごし》、浜松の和久田《わくた》、島根の鈴木《すずき》、甲府の高橋。その親と子の氏名と連絡先、浜松だけは兄弟の氏名と連絡先。

家族構成には必ず一人以上、線二本で消した名があった。

三好、手越、高橋は一人息子の名が、浜松は兄の名が。

そして、鈴木は両親と一人息子の家族全員の名が。

「なんとなく覚えて、紙を捨てていただいても結構です。いずれ巡礼のようにと、コピーをお手元に残していただいても結構。とにかく、全道安が来たら、これはお渡しください。劉警督が話していたと。それで、のちに気になって調べたと。言えるなら、劉警督は死神かと」

高橋は、低く唸《うな》った。

「つらい仕事だな」

「知事があなたならばこそ、全道安が来たらばこそ、と思っています」

「そうか。──そうだね。他の人に委ねるくらいなら、引き受けよう」

時間になった。

一礼し、純也から先に応接室を出た。

一人、徒歩で市街に出て昼食を摂る。

公官庁舎が立ち並ぶ丸の内一丁目は、その昔、甲府城の内堀に囲郭《いかく》された内城域だった。

秋の陽気に誘われるように、堀に沿った舞鶴通りを散策した。

帰りは、茜《あかね》差す頃になった。

Ｍ６に乗り込んだ途端、携帯が鳴った。
――どこにいる。
いきなりのそんな言葉は、警察庁国テロの氏家情報官のものだった。

第三章　出会い

一

次の日、純也は午後イチに氏家と日比谷公園で会った。

定位置と言っていい、庭球場が見える辺りだ。すぐ隣に飲料の自動販売機がある。陽射しがよく入る場所だった。

先に、陽溜まりのベンチに一人の男がいた。

大柄のオールバックの堅太り。

生地そのものが上質な光沢のあるスーツ。

それがオズの前理事官にして、現警察庁国テロの情報官、氏家利道警視正だった。

警察キャリアにして、この男もまた、黒孩子だ。

氏家の出自を盾にして、劉永哲は氏家を操り、オズを動かした。その報復というか、口封じというか――。

このことの顚末《てんまつ》も、ブラックチェイン事件のある一面であり、側面だ。

「国家安全部の全道安。あの男に、お前も会ったらしいな」

先に来ていた氏家が缶コーヒーを投げた。

純也は受け取り、隣のベンチに座った。

「おや。ということは、情報官ももうお会いになったと」

「ああ」

氏家は頷いた。

「もうというか、実にしつこい男だ。夏目を通じて、連日連夜の予定確認でな」

「ははっ。連日はいいとして、連夜じゃあ夏目さんも大変だ。それでいて、ああいう手配も抜かりないってのは、なんでしょう。勤勉？　執念？」

純也の言葉に、氏家も周囲を確認する。

「そうだな。お前の行確に配備されたのは、二人か」

「不正解。その二人の遠くに、直接こっちを見ないのがいますから、合わせてなんと四人です」

「ふん。オズは他にすることがないのか。暇な部署に成り下がったものだ。――いや、俺が夏目を選んだせいか」

「それもあり、それだけでなく」

「なんだ」

「夏目さんに組織を動かす胆力がないのも事実でしょうけど。まあ、ＱＡＳも事実。頭に関係なく独自に動こうとする気概と度胸は、監察的に見ればアウトでしょう」

「ＱＡＳ。白黒の間に線を引く輩《やから》か。まったく、厄介なことだが」

「無ければ全部がグレーになります。白と黒は混ざりやすいものです。必要悪、必要善。そんなところでしょうか」

「言葉にすれば簡単だが」

「とにかく、時間が経てばまた、オズにも人員が揃《そろ》うでしょう。引かれた線、高圧電線に触れずに超える気概と度胸。いずれオズは、ＱＡＳという試験をクリアした者だけの、さらに深く隠れた居場所になるかもしれません」

「そうであればいいが」

「ただ、条件は一つ」

「条件？」

「そのときの理事官が、夏目さん及び、それ以下でないこと」

「余談に反論はないな。――本題に入ろうか」

氏家は缶コーヒーを飲み干し、ゴミ箱に投げた。

「全道安だが、昨日の午後、とうとう押し掛けてきた。いつまで待っても、たかが五分が空かないのはおかしいと言ってな」

「それで」

「お前も聞いているだろう。俺も夏目から予習はした。ただであいつからの予定確認の連絡を、甘んじて受けてやったわけではない。――その内容からな、実際に会った全道安の話は、一歩も外に出ないものだった。劉警督と何を話したか、警督はどこへ行ったか、何をしたか。劉警督は、なぜ死んだか。その繰り返しだ。だが、何を言われても、当時の事物は消し炭すら残っているわけではない。オズの作業だからな」

「あしらいましたか」

「のらりくらりとな。残っていないものの話だ。残像を探るようなものだな」

「でも、あなたの頭にはある」

「ああ。お前もだろう」

「あなたほどではないですよ」

「……知っていたのか。そうだな。この前、聞かれたな」

訪日した劉永哲が回った先は純也も知っている。

当時、オズの漆原《うるしばら》、剣持《けんもつ》両警部補が分担で調べてくれたもので、昨日、甲府の高橋にも示したものだ。

漆原も剣持も、J分室にとってはマークスマン事件以来、オズの情報を引っ張るための得難い、そして信頼出来るスジだった。

だが、日本に売られた黒孩子らのDNAデータを氏家と共有して以降、氏家の動きをそれとなく見る限り、当時以上、オズ以上、つまり純也が知る以上に、どうやら氏家にはわかっているものがあるようだ。

DNAデータには、劉永哲が回った数以上のデータが記されていた。劉永哲は自身が持つリストのすべてを、限りある日本滞在時間の間に網羅出来たわけではなかったのだ。

最近の氏家の動きは、明らかに劉の行動の外だった。

それで、中国の件で九州ですか、と純也は聞いたことがある。氏家は否定しなかった。

そのことを純也は今、改めて引き合いに出したのだ。

「劉永哲が書き出したリストをな。一度だけ見たのだ。全国のオズに、案内の地域を割り振るために。――あいつは、渡してはくれなかった。見たのはそれきりだ」

リー・ジェインに十五億円を支払って得た在日黒孩子のDNAデータは氏家と共有している。だが、茫漠《ぼうばく》としたDNAデータには番号が振られるだけで、氏名や住所のリスト、いわゆる名簿録はついていなかった。

それを有するのは、死んだ劉永哲だけだと思っていた。

「へえ」

劉永哲は本国への帰国の日、海ほたるから木更津方面へレンタカーで出たところで爆死した。

おそらく、仕掛けたのは氏家の命を受けて動いたオズだと純也は思っている。

一連はブラックチェイン事件のある一面であり、側面だ。

けれど、これは黒孩子と、黒孩子に死を勧告した男の戦いだ。

なんであれ、純粋な戦いに挟む口を純也は持たない。

それより、今だ。

「全道安は、藍誠会の桂木さんのところにも行ったみたいですよ。ブラックチェインの分は知ってるようです。なら、福岡の白心ライフも同様でしょう」

「ほう。全道安はそこまで言っていなかったが、何故《なぜ》お前は知っている」

「さて」

「ふん。どうやらことは、全道安の思い出探しばかりに留まらないということか。やはりな」

「おや？　やはりとは」

「ならば、お前は何を知る」

純也はただ、肩を竦めた。

「それと同じことだ」

氏家は目を細めた。

「小日向。案件にするのか」

「どうでしょう」

この辺は探り合い、化かし合いだ。

「惚けるな。どうなのだ。お前のところでも動いているのだろう」

「適宜」

それ以上は、まだ言わない。

端緒を振るだけでいい。

桂木への脅迫、白心への金獅子会の接触。

関わるやら、別件やら。

氏家は敵ではないが、仲間でもない。

いずれ交わるなら、そのときはそのときだ。

笑って肩を組むか、銃口を向けるか。

「本来なら籠の鳥のお前が動いて、俺が傍観者というのも業腹《ごうはら》だ。――それと」

氏家はベンチから立った。

「黒孩子も絡む。あまり目立つことは出来ないが、強権でオズも少し動かすか。手助けではないが、お前の監視も、それでまた暫時の期間は消えるかもな」

「助かります。では、どうでしょう。呉越同舟といきますか」

飽くまで軽い振り、ジャブ程度のつもりだったが、

「断る」

と、カウンター気味に氏家からはストレートが返ってきた。

「おや。それはまた、何故」

「黒孩子も絡むと言った。俺だけが知る存在もある。お前が知ればそれだけで、なんと情報は二倍に拡散だ」

「なるほど」

「だが仮に、まだ二倍なら良しとしたとして、お前はそれを二倍で収められるのか。お前の部下の口が軽いというわけではないが」

「そう言われると、なんともお手伝いは出来そうもありませんね」

「だろう。ならば、呉と越が同じ舟に乗る意味はない」

「了解です」

「お前はお前でやれ。俺は俺でやる。やれることをやる。――ただ、そうだな。一つだけ忠告してやろう」

「なんでしょう」

「全道安は胡散臭《うさんくさ》い。あまり近寄るな」

それだけを言い残して先に立ち、氏家は日比谷公園の奥に消えた。

送るともなく見送ると、携帯にメールがあった。

高橋県知事からだった。

〈先方から連絡があった。月曜日の夕方、緑樹園で会う。週末は旅館が書き入れ時なので断った。初美も同席する。君に言ってもらったことを参考にした格好だ。一度で済ませるために。私の目の黒いうちに、目の届くところで済ませるために〉

ううん、と唸って純也は自分の首筋に手をやった。

「噂《うわさ》をすればなんとやらか。さすがに、国家安全部はフットワークが軽いな。――さて、さて、と。明後日はファンベルのコンサートだし。困ったような。さてさて」

ただし、言葉ではそう言いながらも、決して困ったふうではない。

純也はまずどこかへメールを打ち、次いでまた別のどこかへ電話を掛けた。

電話はすぐに繋がった。

「やあ。井辺《いべ》さんの四十九日は、無事済んだかい？――ふうん。おや？　何か慌ててないかい？　えっ。声だけで分かるのかって？　まあ、お前の場合、顔を見たってよくわからないからね。――ふふっ。和歌山では、ずいぶんバタついたようだね。東京に連れ帰ったお客さんは、元気かな？　――なんで知ってるって？　ああ。そりゃ、僕だもの。僕の目は津々浦々《つつうらうら》、それこそ、和歌浦《わかのうら》が見えるところにもあるんだよ」

電話の相手は、監察官室のQ、小田垣観月管理官だった。

純也の東大の後輩女子で、現在も過去も未来も、組対の東堂《とうどう》警部補と警視庁凄腕ランキングのツートップを張る化け物、と純也は勝手に思っている。

悪い意味でではない。

「ということで物は相談なんだけど、牧瀬《まきせ》君を一日だけ貸してくれないかい？　そうだね。非合法ではないけど、合法非合法で分けるなら少々非合法に踏み込むかな。けど、誰にも損はないと思うよ。牧瀬君はちょっと忙しいけれど、滅多にしない旅行がタダで出来て、お前は今の頭を悩ませる問題の一つが解決する。まあ、牧瀬君の方よりこっちの方が、少し非合法の匂いが濃い気もするけれど。――え、なんだかわからない？　そう、つまり、これはバーターの相談だ。実はね、僕の用事で牧瀬君には、明日から月曜までの間で函館に行って欲しいんだ。内容は、とある人への僕の伝言だ。――え、メールでは駄目なのかって？　駄目だね。伝えて欲しいのは言葉というより、僕の心、対面の誠意だ。わかるかい？　いや、わからなくてもいい。とにかく、OKなら直接彼に話す。彼だけに話す。――そう。これが彼の旅行だ。用事さえ済めば観光でもなんでもすればいいさ。出来る時間があるかどうかは別だけど。――えっ。ああ、そう。お前の問題ね。それは、和歌山から東京に連れ帰ったお客さんのことだ。住むところ、困ってないかい？　ホテル住まいも楽じゃないだろ。どっちの預貯金かは知らないけど、大変だろうね。そこでだ。湯島の二階を、そのお客さんのために気持ちよく、無償で提供しようじゃないか。どうだい」

純也はその場から、飲み終えたコーヒーの空き缶をゴミ箱に投げた。

縁に当たって騒々しい音を立てたが、結果として空き缶はゴミ箱に収まった。

「ＯＫ。なら、牧瀬君には後で本人から連絡を貰おう。そっちのお客さんは、そう、本庁の受付に鍵を預けておく。いつでも取りにくればいい」

交渉は成立だった。

電話を切ると、メールに返信があった。

こちらは漆原からだった。

純也は先程メールで漆原に、牧瀬に任せるのと同じような内容の指示を出した。

漆原はブラックチェイン事件の折り、猿丸と共に桐生に動かした一人だ。桐生には土地勘がある。

〈了解。月曜に行きます〉

簡素な内容だった。

単純明快な答えには、揺るぎのない意志がうかがえる。

「さて。じゃあ、僕は浜松へ」

明日、明々後日《しあさって》。

そんなことを呟きながら、純也はベンチから立ち上がった。

二

猿丸は土曜日の朝、羽田空港第一ターミナルにいた。

少し雲は多かったが、風のない一日だった。

午前十時過ぎの便で一路、猿丸は羽田から福岡へ向かうことになっていた。

これは、白心ライフパートナーズ社長、堀川からの依頼に対するJ分室の初動だった。

堀川本人との正式なアポイントは、猿丸が福岡に入ってから現地で取り合うことになっていた。

大まかには、明日、日曜の夜から明後日、月曜中のどちらかには会う。それだけは暗黙の設定だった。

葬儀社も土日は、〈書き入れ時〉のようで、繁忙日時を避けた格好だ。

猿丸はアバウトな取り決めからさらに、現地入りを一日前倒しにした。

敢えてこのことは、堀川には伝えなかった。

土曜の早いうちに入って、現地の空気に心身を馴染ませる。これも、公安マンにとっては大事な作業の一つだ。

新潟では辰門会《しんもんかい》本部に潜入するため、いったん旧本部のあった柏崎で足を止め、その残《ざん》滓《し》に触れた。

土地勘や地縁といったものは、バーチャルでいくら頭に叩き込んでも、リアル、生の感触には到底敵わない。

今回は潜入捜査ではないから、新潟のときほどの徹底はしない。

が、それでも堀川に触ってきたのは、竜神会系二次団体の金獅子会だ。福岡に入るということは金獅子会、ひいては竜神会に敵対するということに等しい。

ヤクザを相手にする以上、わずかな油断でも命取りになる危険、本当に命を晒《さら》す危険は、常にあるということだ。

だから、現地に少し早めに入る。

早めに入って、人知れず心身を研ぐ。活を入れる。

一見自由に気儘《きまま》に見えても、これは公安作業だ。観光旅行でも、サラリーマンの出張でもない。

羽田の出発ロビーへは、おそらく同じ機に搭乗の誰よりも早く着いた。

猿丸にとってはいつものことだが、朝は得意ではない。いや、夜が苦手だ。さすがに飛行機だから、前夜は深酒はしなかった。というか、ほとんど呑んでいない。

その代わり、完徹だ。

だから、必然として時間を持て余し、早く着いた。

ロビーの待合席に陣取り、足を組む。

それから、持参のコットンキャップを目深にして目を閉じ、聞くともなく周囲の足音や会話に耳を傾ける。

完徹ではあったが、睡魔は襲っては来なかった。逆に神経が張り詰めてゆく。

公安作業は、作業に入るとわかった瞬間からが作業だと、これは講習で何度も叩き込まれた精神だ。

今では特に意識するわけではないが、長年、公安マンとしてやってきた身体は、正直だった。

（けっ。そんな真面目な方じゃねえのにな。メイさんに言ったら笑うかね。まあ、面と向かって褒めちゃくれねえよな。絶対に）

猿丸の脳裏で、鳥居が睨んだ。

鳥居が潜入した藍誠会病院の方では、まだ特にこれといった動きはないようだ。

ただし、動きがないということが平穏を意味するわけではない。あちらも間違いなく公安作業だ。

（こればっかりはなんとも言えねえが）

長期戦になると集中力にスタミナが必要だ。鳥居の年齢を考えると、不安はある。

なら自分が代わってと考えると、福岡の金獅子会を相手にさせるのも大いに危険だ。

（人手、か。ひと駒、足りねえってぇか、やっぱり欲しいよな）

ときおり純也が口にするが、こういう事態に直面すると、やはり猿丸としても同意せざるを得ないところだった。

やがて、搭乗手続き開始のアナウンスがあった。

並ぶのは好きではなかったから、余裕を持たせて搭乗口に向かった。機内への案内はスムーズだった。

入ってすぐの通路から三列目の窓際が猿丸の座席らしかった。二人掛けだ。

隣の乗客は、まだ搭乗していないようだった。空きということは、全体の混雑状況からして考えられない。

純也が予約してくれた搭乗券、ということに一抹の不安を感じながら座席に座る。

福岡入りに際し、少しは寝ておくか。いや、寝られるか。

いやいや――。

研がれてゆく公安マンの勘からすれば、寝かせてもらえるか。

窓の外を眺めながら考察していると、

「失礼」

豊かなバリトンの声が、頭上から降るようだった。

「ああ。やっぱり」

公安マンとしての勘は鈍《なま》ってはいなかった。

この場合は、あまり嬉しくはないが。

「何がやっぱり、だね」

隣の座席には相も変わらず、矢崎啓介《けいすけ》が座るようだった。

「いえ。完璧《かんぺき》に独り言です」

次からは、せめて自分の移動手段は自分で予約する。このことだけは堅く心に決め、今を諦める。

「このところ、大臣のお守《も》りで大変だったんじゃないっすか」

「まあ、違うとは言わないがね。——その元凶となる、アメリカ大統領の訪日スケジュールからようやく解放されてね」

言いながら荷物を共用収納棚に仕舞い、スーツ姿の矢崎が隣に腰を下ろした。

すぐさまシートベルトを締めるのは、ある意味さすがだ。

「あちらさんはどうにも、バタバタの訪日だったみたいっすね。お疲れ様でした。で、師団長は、これからどちらへ」

「ああ。色々と回る予定だが、まずは福岡駐屯地と、すぐ近くの小郡《おごおり》駐屯地だ。小郡は駐屯地司令兼第五施設団長の水田《みずた》陸将補が、私の防大の後輩というより、保土ケ谷の浪岡の三期下でね。昔は何度か、陸自の在り方について語り合ったものだ。今回、そっちに行くと言ったら、ずいぶん喜んでくれた。なんでも、玄界灘《げんかいなだ》の幸《さち》で持て成してくれるそうだ。手ぐすね引いてお待ちします、とも言っていたな」

「はあ、手ぐすね、ね。そんで、陸自の在り方について語り合うと」

「何を言っているのかな。陸自の在り方などは、今鎌形大臣が率先して再編を目指している最中だ。語ったところで絵に描いた餅《もち》でしかない。そうではなくて、そもそも福岡駐屯地は朝鮮半島に近いのでね。その利点欠点を大所高所から大いに語り合おうかと、そんなつもりだ」

「へえへえ。よくはわかりませんが、こっちは小所低所からしか物事が見えねえもんで」

「そう卑下したものではないぞ。猿丸君。そう言う場所からの意見も大いに参考になるものだ」

「ありゃ。否定は無しっすか」

「ん？　おかしなことを言うものだ。今の会話の、どこを否定すればいいのかね」

とことん嚙み合わない気がした。

会話はキャッチボールとよく言うが、矢崎の投げたボールも自分が投げたボールも、結局拾いに行くのはこの場合、どちらも猿丸ということだろう。

馬鹿らしいので、せめて話題を仙台に変えた。

「ところで、和知《わち》は？」

「ん？　さらにおかしなことを言うものだ。今の会話のどこに、和知が関係するのかね」

あなたの存在自体、俺の中では和知とセットですが――。

とは口が裂けても言わない。言えない。

無反応でいると、矢崎が上着の右ポケットからおもむろに何かを取り出した。

「食べるかね」

テトラ形の、透明な小さなパッケージだ。

「なんすか」

「見てわからないかな。透明だから、中身は見えていると思うが。まあ、質問に答えるなら、〈かきたねキッチン〉の柿の種だ」

「へえ。止《や》めたんすか」

「何をだね」

「草加の固焼き。顎への刺激とか、硬い物も嚙まないととかって前に言ってませんでしたっけ」

ああ、と矢崎は泰然として頷いた。

「嚙み過ぎて少し、歯茎にダメージが来たものでね。それに、醬油味にも少々飽きた。で、どうだね。これは〈あと辛〉味だが」

「要りません」

「ふむ」

考え、左ポケットから別種の物を取り出す。

「海鮮風塩だれ味、贅沢《ぜいたく》チーズなどもあるが」

溜息が出た。

「ポケットを叩けば柿の種っすか」

「なんだね」

「いえ。駄洒落《だじゃれ》にもなってないんで、放っといて結構っす。海鮮風塩だれ味をいただきましょうか」

「あげよう」

封を切り、猿丸はザラリと口に運んだ。

米菓の老舗とよすの〈かきたねキッチン〉が、柿の種専門店だということは何かで知っていた。

海鮮風塩だれ味は、なかなか黒コショウのパンチが利いていた。ビールに合いそうだ。

「ああ。そうそう。明日の夜の集合場所だがね」

「ふぇ？」

柿の種を頬張ったままだ。不思議な発声になった。

「なんだ。純也君から聞いていないのかね。その、君が向こうで会おうとしている知り合いの予定だがね。純也君の方で押さえたそうだ」

「――なるほどっすね」

柿の種を、全体で思いっきり噛む。

よくはわからないが、一つだけわかったことがある。

猿丸に許された自由行動時間は、どうやら明日の日中までのようだった。

三

翌日は秋晴れの、気持ちのいい陽気だった。

純也は深い黒のタキシードに身を包み、春子をエスコートして芝浦のファンベル・ベイサイドホールへ向かった。

加賀夫妻との約束のコンサートだ。春子はずいぶん楽しみにしているようだった。

ファンベルの大々的な周年事業の一環として、金曜と土曜の前二日間、全国各地のファンベル関連施設では、同時多発的に賑やかなレセプションやイベントが催されたらしい。

この朝にはその話題が、軒並み民放各局のトップニュースになったりもしたようだ。

ファンベルの五十周年を祝うかのような号砲花火が鳴り響く中、純也の運転するM６は、集合時間の約一時間前には会場に到着した。

芝浦のファンベル・ベイサイドホールは、ファンベルが所有する、あるいは命名権を持つホールの中では一番古いが、一番大きいホールだった。

ＫＯＢＩＸミュージアムほどではないと加賀は謙遜《けんそん》するが、贅は尽くしている。バブリーな頃の建築と揶揄することは簡単だが、今ではなかなか作り得ない〈箱物〉であることもまた事実だ。

大きなバンケットも備え、国際会議にも使える多目的ホールとしては、まず間違いなく国内有数の会場だったろう。

そんな、ファンベルの基幹ホールと言ってもいいこのベイサイドホールに、国内外からの出演者が一堂に会すのが、この日の〈五十周年記念・メテオール・シャワー〉だった。

この日を皮切りに、四グループに分かれてホールを巡り、各地にファンベルの五十周年を浸透させるのが事業の最終目的だという。それでメテオール・シャワー、流星群という命名らしい。

各地への出演者の出発セレモニーも、今回のファーストコンサートの最後には演出としてあるという。

芝浦では〈鉄心〉や〈シンフォニック・プラン〉などの有名どころが公演し、若手の大半は顔見せに終始するようだ。出発セレモニー要員、と言ったところだろう。

ホール内の特別待合室から外を見れば、開場を待つ一般客の列が長々と続いていた。それだけ見ても、興行的にひとまずの成果は明らかだった。

純也達に遅れること三十分以内には、この日の招待客が全員揃った。そんな案内が、ファンベルの記念事業部員からあった。

VIP招待客としては、KOBIXグループからはKOBIX社長の良隆、KOBIX建設から憲次夫婦、ダグラス・キースと望夫婦が隣席だった。

そこに日盛《にっせい》貿易の芦名春子が名を連ね、従者として純也が加わる。

他に、ファンベルの関係先からもVIP招待客は同人数ほどいた。

小日向の家を若くして飛び出した栄子と、栄子にそうさせた才能の加賀浩の、二人の起業家らを支え、今なお支え続ける人達だ。

そちらのメンバーこそが、おそらく加賀夫妻にとっては〈財産〉であり、本当のVIPに違いない。

話をする夫妻の顔が、上気して輝いて見えた。

そのすぐ後に開演した〈メテオール・シャワー〉は、純也にとっても実に心地のいい時間だった。

〈シンフォニック・プラン〉の生演奏は、音が光となって空間の中を優しく揺らぎ、〈鉄心〉のパフォーマンスは、心胆に深く響き渡った。

春子も隣の座席で、終始楽しげだった。

その後、第一バンケットでVIPだけでなく、一部各地からの招待客とファンベル関係者、演者やそのエージェントも交えたパーティーになった。

混雑の中、コンサートでは顔見せ程度で終わった若手の演奏家が代わる代わるに演奏を披露した。

オープニングにはアコースティックギターの心地よい音色があり、オーボエが人々の騒めきの中を滑るように走り、そして、二胡の調べが会場内に穏やかな空気を取り戻す。

この辺りで、パーティーは中盤に差し掛かった。

宴もたけなわ、というやつだ。

加賀や春子の周りには、大勢の人が集まっていた。

加賀は、ファンベルが一部上場を果たしてからは、あまりパーティーなどには参加しないようだ。春子も、日盛貿易（株）の元会長にして今でも個人筆頭株主であるが、公の場に顔を出すことは年々少なくなっている。

そんな二人に、どうにか知遇を得ようとする者達が群がるのは道理ではあるが、分かり切った道理だからこそ滅多に出なくなるというのも、これもまた道理か。

逆に、ダグラス・キースと望夫婦などは精力的に動き、自社ブランドのPRや直営店オープンの売り込みに余念がないようだった。

そんな賑わいを横目で見つつ、純也は人の隙間を縫うようにして、バンケットから縁続きの外廊に出た。

　この日の立場は飽くまで、春子の従者だと心得ていた。母香織《かおり》譲りの端整な、しかもクウォータの目立つ容貌も、華麗なる小日向一族の末席に位置することも不必要だ。パーティーに積極的に参加しようとするモチベーションは、皆無だった。

　時刻はすでに午後の八時を回り、外廊にはすっかりと夜の帳《とばり》が下りていた。

　月はまだない。

　漆黒の東京湾に遠く船の明かりを探し、純也は目を凝らした。

　と、会場内からの照明が、賑やかさと共に外廊に漏れた。

　控えめなヒールの音と共に、一人の若い女性が近寄ってきた。

　純也はゆっくりと、顔をそちらに向けた。

　すぐ近くで立ち止まったのはオフショルダーの、秋色をしたクラシカルドレスの女性だった。

　身長は、百七十センチ近いか。ヒールでさらに高く見え、姿勢もよく、スタイルの良さが隠れもなかった。

　大きな目は光るようで、長く真っ直ぐな黒髪は星明りだけでも艶《つや》めいた。

　女性は、二胡の奏者だった。

　間違いなく、クラウディア・ノーノがよろしくとダニエルを通じて純也に伝言を、いや、忠告をしてきた中国の女性だ。

忠告に従い、あまり気に掛けないように努めたが、これは苦笑が出るほどに無理だった。

遠く眺めるだけだったが、実に美しく笑い、美しく奏でる女性だった。

『小日向さん、ですか？　お聞きくださいました？』

流暢な英語だった。ネイティブと言っていい。

女性は会場で見せるより、さらに花咲くような笑顔を純也に向けた。

暗い中だが、眩しかった。

『二胡を弾《ひ》かれていた方ですね』

『ええ』

『英語でよろしいですか。北京語ならいけます。共通語はまあ、それなりですが』

『英語で。私も、中国よりマイアミの方が長いので』

『ではこのまま。えっと』

『劉春凜《りゅうしゅんりん》。春凜とお呼びください』

『劉さん、ですか。へえ』

純也は思わず、はにかんだようないつもの笑みを見せた。

『何か』

春凜が覗くように前に出た。

『いえ。奇縁は合縁を呼ぶ。場合に拠っては愛縁を導くと教えられたばかりなもので。あなたもご存じの、クラウディア・ノーノに近しい人から』

『えっ。ノーノさんの』

異国でいきなり聞く知人の名に驚いたか。春凜は口元に驚きの手を上げた。

愛らしい仕草だった。

純也は微笑みつつ頷いた。

『僕の、古く深い友人です』

『友人。ああ。そうなんですか』

『そう。それにちょうど、劉という苗字の人の話も、別の場所で話題に上ったばかりだったもので。合縁奇縁はまさに、と。もちろん、中国系の姓として多いのは知っていますが』

『ああ。それで』

『ええ』

『合縁奇縁、ですか。そう、ですね。――その劉が、劉永哲のことなら』

『えっ』

『劉永哲は私の兄、大哥《ダーグァ》です。小日向、純也さん』

大哥とは長兄を意味する。春凜の一番上の兄、それが永哲だということだ。

さすがにこれは、純也にも驚きだった。

『あなたのお名前は、大哥から聞きました』

『ああ。それで』

『大哥が死ぬ前です。日本からの電話で言っていました。この国で信じられるとしたら、この男だ。この男の、非情だけだと』

『ははっ。参ったな。褒められたんでしょうか』

『ええ。大哥は、思ったことしか口にしない人でしたから。——ずっと、お会いしたいと思っていたんです。それが、やっと叶いました』

春凛は言って、両腕を豊かな胸の前で組んだ。

ドレスから露わな、肩の柔らかな線が艶《なま》めかしかった。

それから春凛は、抑え切れないようにして自分の多くを語った。

蘭州《らんしゅう》ラーメンで成功した父母の、純也も知る永哲、ブラックチェインとして死んだ子《し》明《めい》に続く第三子であること。

当然、一人っ子政策の最中であったこと。生まれたのが、渡米した夫婦が滞在したマイアミの〈チャイナ・コミュニティ〉だったこと。

以来、自分を置いて上海に帰った両親とは遠く離れ、寂しく育ったこと。

マイアミでの〈ヘルパー〉が二胡の名手で、寂しさを紛らすかのように、自身も二胡に没頭したこと。

歳の離れた大哥、永哲は、金儲けに没頭する両親とは違い、中国人らしい家族意識の強い兄で、年に数回、必ず妹の顔を見に訪米してくれたこと。

二胡以外にも、ノースフロリダ大学音楽学部でジャズとクラシックを学んだこと。

そして、現在二十九歳であること。

純也は星空を眺めながら、春凛の声を美しい調べとして聞いた。

内容は納得出来るものであり、だが、哀しいものでもあった。

弟、子明を売った金で成功した父母の話は、死んだ永哲に純也も聞いた。妹の話は知らなかったが、海外在住ならそれも有りか。

アメリカやカナダには、ある時期まで中国黒社会の息の掛かった〈コミュニティ〉が多数存在した。

国籍の獲得には生地主義と血統主義があり、この両国は生地主義を取っている国だったからだ。

黒社会は一人っ子政策を逃れるアイデアとして、第二子以降の出産が可能な〈コミュニティ〉を生地主義の外国に作った。作って、中国人富裕層に売った。

春凛が生まれたマイアミの〈チャイナ・コミュニティ〉も、そんなところなのだろう。

生まれた子供は、生地主義によって自動的にアメリカ国籍が与えられた。父母両系血統主義の国の親から生まれた場合は二重国籍ということにもなる。

中国は二重国籍を認めていなかった。

〈両親の一方でも中国公民であり、本人が外国で出生した場合は、中国国籍を取得する〉という立場をとる。

断固とした態度に見えるが、面倒だと思えばそれはそれで簡単だ。一方に不自由のない国籍を持つなら、帰国しなければいい。それだけのことだ。

春凛がマイアミを住まいとし、両親と離れていたのは、このためだろう。正式に中国に帰れば間違いなく一人っ子政策違反として、本人には中国籍が〈課〉せられ、両親には法外な罰金が科せられることになる。

そもそも中国の富裕層が外国で第二子以降を出産するのは、罰金が嫌だからだ。罰金を払ってまで、長子に何かあったときの保険や補償としての二子以降を必要とはしないのだ。

もちろん、父性や母性から滲《にじ》む愛情の場合もあるはずだ。

だが、劉春凛の場合は、まず当てはまらないだろう。

二十九年間の人生で通信は除き、両親と直に会話をした記憶はあまり多くはないという。

声ももう忘れました、と春凛は吐息の中に混ぜた。

『そんなだから、大哥が死んだことを私が知ったのは爸爸《バーバー》や妈妈《マーマ》からじゃないんです。大哥の部下だった人。全道安って、ご存じかしら』

『ええ。知っています。ただ、知り合ったのはつい最近ですけど。あなたは、よくご存じなのですか？』

純也の問いに、春凜は首を横に振った。甘い香りがした。春を感じる香りだった。

『彼と会ったのは、二回だったと思います。春節だったかしら。大哥が連れてマイアミに来たわ。とても紳士的な人だったと覚えていますけど、それだけ、それくらい』

『なるほど』

『私の訪日はファンベルのお誘いがあって、一年も前から決まっていました。彼が日本に行くことになったと、久し振りに掛かってきた電話で聞いたときには、さすがに驚きましたけど。でも、これは偶然というものです。――それとも、これも奇縁の一つなのでしょうか』

『さて。どうでしょう』

純也は肩を竦めた。

会場内からの照明が、賑やかさと共にまた外廊に零れた。

春凜を呼ぶ声がした。ファンベルの関係者のようだった。

すぐに行きますと答え、春凜は顎先を上げ、純也を見上げた。

『しばらくは、コンサートで日本にいます。また、お会い出来るかしら』

『僕との奇縁が重なれば』

『連絡先を、教えていただける？』

『口答でもいいですか』

『勿論。私、記憶力はいいんですのよ』

純也は、今空いているサブ携帯の番号を口にした。

にっこり笑って、春凜はワインレッドのドレスの裾を翻《ひるがえ》した。

暫く見送り、純也は髪を押さえた。

「合縁奇縁。愛縁奇縁。偶然、必然。さて」

どうやら海風が、強く吹き始めたようだった。

四

東京湾を渡る海風が純也の髪を惑わせる頃、鳥居は横浜市中区にある、第六打越《うちこし》ハイハイムの一室にいた。一階の角部屋だ。

名前は小洒落ているが、築四十五年オーバーの木造三階建てで、それぞれの階に1LKの部屋が六室ずつあった。

それが、潜入作業中の鳥居の仮住まいだった。

部屋は、猿丸が持つスジに頼んだ。

Ｊ分室では作業の拠点を設営する場合、たいがいこのルートを使う。ネット主体の仲介業者としては最大手で、実際に担当として動くのは若手社員だが、そこの管理部長が猿丸の太いスジだった。

藍誠会総合病院からは中村川を挟んで、直線で約一キロメートルほど南側に位置した。車橋を渡って途中から遊行坂《ゆぎょうざか》に入り、五十メートルほど上った辺りになる。

遠からず近からず。

なかなか、いい場所が空いていたものだ。

いや、猿丸が先方に強く言って、探《さが》してもらったものか。

（へへっ。あいつぁ、そういう情の強《こわ》いところがあるからな）

一人、裂きイカを嚙んでカップ酒を吞む。その後にカップラーメンを啜《すす》って、鳥居の夕食は終了だった。

潜入中は、いつもそんな感じだ。あまり変えない方が身体の調子は良かった。

作業的にはなかなか、まだこれといった大きな動きはない。が、仮の〈本業〉である掃除の方は、作業そのものだけでなく周辺環境、特に人間関係の方はもうだいぶ理解が進んだ。作業主任である山下の話し好きにも、もう慣れた。

その意味では、だいぶ目配り気配りの意識の範囲を広げられるようになっていた。いつ動きがあっても大丈夫だ。

この日は休みで、昼間はＰＣを立ち上げ、諸々の処理をした。

休日に休むのは、潜入作業中でも必要なことだ。こちらが目を光らせているのと同様、相手方もこちらの環境や人的変化に、不審がないかを監視しているかも知れないのだ。

非日常を誰にも怪しまれることなく、日常に紛れ込ますのは公安作業の技術であり、鉄則だ。

キーボードを叩き、まずは日々の自身の動きを時系列に沿ってまとめた。日報にも近いが、これは後に振り返って思考を深めるときのための備忘録だ。

その後、画像の整理に取り掛かった。どちらかと言えば、こちらの方に昼間のたいがいの時間を費やした。

一昨日には、桂木が学会やらの出張から帰ってきた。

旅先では、特に身辺に不穏な動きはなかったと、そんな確認だけは取った。

桂木は昨日から自宅にも戻っているが、アップタウン警備保障の防犯システムは、もう契約通りに完備されている。

暫く遠方へ出かけることはないと聞いている以上、これで桂木はほぼ二十四時間、鳥居の目の届く範囲に戻ってきたことになる。

鳥居がＰＣでチェックする画像は、桂木が不在の間に、病院に理事長を訪ねてきた者達だ。受付で名を告げた者達だけでも、平均すれば一日当たりで十人はいた。

あいにく不在で、という受付の声をイヤホン型受信器から何度も聞いた。

受付にも分からせない位置に、高性能カメラと共に盗聴器を仕掛けた。

昨今は個人情報、プライバシーへの配慮などと温《ぬる》いことを掲げる向きもあるが、鳥居に言わせれば、冗談ではない。

知らせるということは使役するということで、巻き込むということだ。

余計なことはさせない。これも、公安作業の鉄則だった。

日曜ごとの処理ということで、整理しなければならない画像データは一週間分あった。

一日ごとに、一応その日の来訪者のチェックはした。

告げられた会社名その他の所属団体名と氏名は記憶し、翌日にはそれとなく病院内の関連する部署、あるいは人に確認した。

主には事務長だが、これも一人に集中して聞くわけにはいかない。相手にとって鳥居は警察官ではなく、掃除会社の人間だ。

――さっきの人って、＊＊＊って言ってましたけど、＊＊＊って、なんの会社ですかね。

などと聞く程度だ。

浅野はここでは使わない。患者ではなく業者に関しては、事務方に比べれば無力だ。

要領を得ない来訪者は、画像で取り出してさらに翌日、ここで浅野を動かした。

浅野に預けて、他の誰かに聞いて回らせた。浅野が直接知っていた場合はその場で排除だ。

それでもなお要領を得ない者達は、要チェックとして別項にした。

その別項を何枚かの静止画と共に肩書きも含めてまとめ、送信する。

これが日曜日の、鳥居の一番大事な業務だった。送る相手は、警視庁内に持つ何人かのスジだ。

一人に集中させることはしない。これは用心であり、スピードアップの利点でもある。

スジは、優秀な連中ばかりだ。明日中には連絡があるだろう。

すべての処理を終える頃には、陽が暮れていた。

「道理で。薄暗いと思ったぜ」

少し身体を動かして解《ほぐ》し、近くのコンビニに出る。買って帰る物はいつも大して変わらないが、出ることに意味がある。

空気の匂い、風の感触、行き交う車の騒音、暮らす人々の生気。

自分がどこにいて何をしようとする何者かを再確認することは、大事なことだった。

部屋に戻り、圧の足りないシャワーを浴び、いつ寝てもいい格好に着替えて小さな缶ビールを呑む。この分が、休日だけの贅沢だ。

その後、裂きイカを翳《かし》ってカップ酒に移る。

猿丸から連絡が入ったのは、ちょうどそんなときだった。

「おう。――って、セリ。どうかしたか」

背後がやけに騒がしかった。

――どうしたもこうしたも。メイさん。また性懲りもなく、陸自っすよ。

「なんだ」

――まあ、聞けばわかんなくもないっすけど。

爆音のような騒がしさの中から猿丸の声だけを抜き出すようにして聞けば、なんでも現在、福岡と小郡、二駐屯地の司令部が集って、大宴会中なのだという。

――そこにね、顔合わせってことで、白心の堀川も同席でしてね。俺ぁ、なんかついでみてぇっすけど。仕事はしてますよ。

鳥居は、少し考えた。

「よくわからねえが」

――まあ、ヤクザが絡むってことで、こういう自衛隊の面々も知っておいて損はないってぇか、バックには陸自がいんだぞってのをあからさまに見せとくのも悪くないってね。

分室長が師団長を唆《そそのか》したようです、と猿丸は続けた。

「はあ。な」

猿丸の後方で、

――唆されたわけではないぞ。なあ、吉村《よしむら》。水田。これは陸自の、いや、自衛隊の本分というものだ。

おそらく呑んでいるのだろう矢崎の声が、熱を吐くように聞こえた。

——任せてくださぁい。福岡に吉村あり、でぇぇっす。民間人を、守るぞぉぉっ。

——おおっ。水田も、同感でぇぇす。ヤクザがなんだぁ。矢でも鉄砲でも持って来ぉい。こっちは素手でも、負けるわけないぞぉっ。国防稼業を、舐めるなぁぁっ。

などと追従する、熱の塊のような声があった。

——てな感じっすけど。

「へっ。そういうことか。なら、いいんじゃねぇのかい。猫の手も借りてぇところだ。猫よりずっとまた、遥かに心強いわな。——って、よ」

一人の部屋で、釣られて声が大きくなっているのを鳥居は自覚した。努めて落とす。

「んで、あれだ。堀川は？」

裂きイカを噛む。

——結構、このバカ騒ぎでかえって落ち着いたみてぇでね。最初はなんか落ち着きがなかったすけど、本人も酒が入ったし、今はだいぶ落ち着いてますわ。

「そうかい。で、本題の方だがよ。堀川はなんだって？」

——知ってるぜって言われたそうです。

「知ってるって、何をだ」

——こっちからは言えねえっすね。

「ん？　ああ、黒孩子の。生まれのことかい」

——そうっす。

〈まずは顔合わせをしようや。何も取って食おうってわけじゃねえ。色々、便宜を図ってくれるだけでいいんだが、礼儀は大事だからな〉

そんなことを言われたようだ。

——そんで、堀川は今度、ゴルフに誘われたみたいで。

「ゴルフ？」

——ゴルフ場でってなぁ、一般の会社じゃもう流行《はや》んねえかもっすけど、あっちの世界じゃあ、金さえ積めば気兼ねなくってのは、きっと便利なんでしょうね。新潟でもそうでしたから。

「新潟？　ああ。辰門会のあれか。そうだったな」

猿丸も辰門会本部に潜入するとき、自腹で辰門会の主だったところを誘う、ゴルフコンペを催すことになった。自腹と言っても純也のポケットマネーだが、数千万円掛かった。逆に言えば、貸し切りの数千万円を支払えば、ヤクザのコンペも可能なゴルフ場が、まだあるということでもある。

——それにこれは、呼び出してえ人間を趣味のスポーツに誘ってるだけっすからね。録音録《と》られたって屁でもねえでしょうよ。ゴルフ場で、ゴルフするだけじゃねえにしてもね。そいつぁ、行った人間にしかわからねえし。

「そりゃそうだ。で、いつだって」

――熊本の方でってことで、明後日から一泊らしいっす。

「泊まってゴルフってか。それこそ、今時のスタイルじゃねえな」

――仏滅から大安ばい。友引じゃあなかよ。葬儀屋は、大して忙しくなかろうって、相手方はそんなことを言ってたらしいっすけど。

「まあ、間違いじゃねえやな。で、どうすんだ?」

「見《けん》っすね。来たばっかで慌てて動くと、なんかポカしそうで。こりゃあ、俺の勘っすけど」

「大事だよ」

鳥居は酒を呑み干し、よっこらせと腰を上げた。携帯を肩と耳に挟み、カップラーメンにポットからお湯を注ぐ。

カップラーメンっすか、と猿丸がそのままを聞いてきた。面倒なので放っておく。答えがないことで、わかるだろう。

猿丸の背後が、さらに賑やかだった。

高く響く乾いた音は、皆が箸《はし》で皿やら碗やらを叩く音か。

「なんだおい。チャンチキおけさじゃあるめえし」

猿丸は、なんすか、と聞いてきた。古いっすね、くらいは言われるかとも思ったが。

「けっ。なんでもねえよ」

鳥居は、カップラーメンのフタを剝がした。

少し早かったが、気にしない。腹に入れれば、なんでも一緒だ。

――それにしても、あれっすよね。分室長は今日、たしかコンサートでしょ。ファンベルの。

「ああ。そうだな」

――俺、言ってねえっすけど、〈シンフォニック・プラン〉のファンなんっすよ。落ち着く音でね。

「へえ。初耳だ」

――だから、言ってねえって言ってんじゃないっすか。

「そりゃそうだ。悪《わり》ぃな。裂きイカ噛んで酒呑んで、そろそろシメだからよ。だいぶいい感じだわ」

――へっ。やっぱり昭和のオヤジっすね。こっちぁ、今や陸自の一味っすけど。

「ま、俺は俺らしく、お前《め》ぇもお前ぇらしいってか」

――分室長は分室長らしく、優雅にってね。そりゃ、納得です。少しばかり、自分の廻りとの違いに疑問は残りますけど。

それで通話は終了だった。

割り箸でカップラーメンを掻き混ぜる。

「けっ。これも俺らしいってか」

硬くごわごわした麺は、あまり上手く混ざらなかった。

五

十三日は月曜日だった。

純也は朝から登庁し、分室に入った。

鳥居が横浜に潜入中で、猿丸が福岡に出張中だった。弱小零細部署の哀しさで、動けるのは現状、純也ただ一人だ。

時間は、間もなく午前七時半になろうとする頃合いだった。

朝から出る気だったが、この早さは純也にとってもさすがに異例だった。

少し早めに起きたら、もっと早起きの春子が庭で、朝の太極拳を終えたところだった。

朝食の支度はこれからだったが、もうかれこれ一年以上も前から、春子はフリーズドライや冷食に嵌まっていた。だからこの朝も、始めさえすれば支度はあっという間だった。

フリーズドライの味噌汁と冷食のミートオムレツと五目ヒジキ。

主食を米ではなくパンをチョイスすれば、純也の着替えが終わる頃には、食卓に朝食が出来上がっていた。

朝食を済ませ、そのまま家を出た。

道は、驚くほどに空いていた。まだ朝が始まっていないような感じだった。

すべてが早め早めに済んだ結果が、午前七時半前の登庁になった。一階には恵子の姿もないくらいの早さだ。

エレベータで待つこともなく十四階に上がり、J分室のドアの前に立ち、鍵を開ける。

その段階からすでに、純也の鼻腔《びこう》にはそこはかとない甘い香りが感じられた。

分室の受付カウンターには、八重咲きのカラフルなストックが活けてあった。

だが、恵子の姿はどこにもなかった。

分室の鍵は不測の事態、つまり〈誰もいなくなって掃除も出来ない〉事態に備え、恵子にも渡してある。だから出入り自体は自由だが、一本道に近い道すがらで出会わなかった。

ということは、エレベータの上り下りで擦れ違いになったようだ。

こういうことでもないと実感しないが、最初に分室の花から始め、一階の分は後回しなのだろう。

有り難いことだ。

「さて。じゃあ、僕も」

コートハンガに上着を掛け、分室の準備に手を掛ける。

まずはコーヒーメーカにいつもの豆をセットする。水を入れる。

それから、電波シグナルジャマーの起動だ。本体のスイッチは、コーヒーメーカの裏側の辺りにあった。

鳥居や猿丸は手順としてスイッチを入れてからコーヒーメーカに触ったが、純也は逆だった。この辺の優先順位は、人に拠るということだろう。

ジャマーのスイッチを入れると、コーヒーメーカの周辺に電子音の〈レット・イット・ゴー〉が流れ始めた。

これは、ジャマーが正常に作動したことを知らせる音だ。無機質な音では味気ないということで曲にしたが、基本的には毎日聞くことになるので飽きも来る。現在は次の曲を選択中だった。

それから机上を拭き、床にハンディモップも掛け、WS《ワーク・ステーション》はモニタやキーボードの静電気を払った。

全部の準備には、おそらく鳥居達の倍は掛かったかもしれない。普段、任せ切っているツケが回った感じだ。

手を洗い、WSを立ち上げ、コーヒーをカップに注ぎ、香りを楽しみ、口を付ける。

一仕事終えた後のコーヒーは、格別の味がした。

窓辺に寄り、明るい陽射しを浴びつつ、純也は桜田通りを見下ろした。

行き交う人が列を成すようで、車両の往来も先程来より目に見えて多かった。

コーヒーをもうひと口飲めば、普段通りの味がした。

それでいい。それがいい。

風景も味も、いつも通りが一番落ち着く。

「メイさん。セリさん。今日も、頑張ろう」

青空に向けてカップを掲げ、純也は自分の定位置に座った。

コーヒーとストックの香りに包まれながら、ゆったりとした思考に身を委ねる。

鳥居の方はもう、藍誠会横浜総合病院に精通したようだ。作業も桂木の警護観察よりは索敵にシフトし、今日中にも桂木が出張中の不審者の有無は確認が取れると言っていた。

まずは、いい感じだった。

横浜には、アップタウン警備保障の紀藤がいるのもまたいい。元警視庁の警官で、それでいてアップタウンの営業所長は大いに使える。

鳥居一人という配置には、本人に言えば口を尖《とが》らせるだろうが、当初から上司として不安がないことはなかった。

無事の定年。

正式な部署の真っ当な上司なら、鳥居に与えるのはあと二年を静かに閉じてゆくデスクワークの類だろう。

けれど、三人きりの弱小部署には、そもそもデスクワークなど無いに等しい。様々な〈境界線〉を越えなければ、仕事も皆無だ。

白と黒、明と暗、善と悪、生と死、そして、昨日と今日、今日と明日。

監察絡みの事件からの繋がりだが、鳥居に紀藤が付いたのは天の配剤、僥倖《ぎょうこう》というものかもしれない。

一方、福岡に入った猿丸からの報告では、明日明後日が金獅子会と堀川のゴルフだった。

そう聞いていた。

ゴルフ場についてはすぐに調べた。どうやら、中国資本が入っているようだった。

これは大いに考えもので、近くその辺りを縦に掘ってみるつもりもあった。

と、一杯目のコーヒーを飲み終えたところへ、着信メールがあった。

サブ携帯からの転送だった。番号は、劉春凜に振ったものだ。

〈昨日は有り難うございました。また、お会い出来る時間を楽しみに〉

そんな内容が英語で綴《つづ》られていた。

さて、どう繋がるか。

考えながらコーヒーをもう一杯注ぐと、ＷＳも着信音を発した。

見れば、ファンベルのメセナ事業担当部署からのメールだった。

前日の内に、劉春凜のプロフィールと身上書のようなものは、このWSに送るよう、近場にいた担当者に名刺を渡して頼んでおいた。

警視庁という肩書きには疑念を持っていたようだが、小日向という姓にはすべてが優先されるようだった。

――間違いなく。朝一番には。

そう言っていたが、本当に朝一番に来ると苦笑も出る。

日本人の勤勉は世界が認めるところだが、その中に身を置くと、少々窮屈だ。

いずれにせよ、送られてきたプロフィールなどを確認する限り、前夜に本人の口から語られた内容と齟齬《そご》を来す所はなかった。

大学以前の中等教育は一度中国に戻って私学に入ったようだが、これも話を大きく覆すものではない。逆に、これこそ中国人富裕層のよく使う〈手口〉だ。

〈正式〉に帰国すれば国籍も罰金も自動的に付与されてしまうが、戸籍の有無に関係なく、高級私学は〈金〉で入学も卒業も出来る。

パスポートで中国に入国し、金で入学し、卒業して、またパスポートでアメリカに戻る。

これでフロリダでの大学進学に、入学資格の壁は無くなるのだ。

春凜の言葉には、間違いはないが中間がない、ということになる。

が、これは、言いたくなければ言わなくてもいいことであり、言うと長くなるからと省いたとしても、何らおかしいものではない。

春凜は現在に至る。

マイアミで生まれて育ち、ノースフロリダ大学でジャズとクラシックを学んで、そして春凜は現在に至る。

途中、幼い頃に一度、地元の新聞にも載ったことがあるらしく、その記事と写真も身上書には添えてあった。

記事のタイトルは、〈アジアの楽器を奏でるマイアミの天使〉だ。

なるほど掲載された写真もタイトルに相応《ふさわ》しく、今に繋がる面影の愛らしい少女が二胡を抱え、明るいビーチを背にして笑っていた。

そんな記事も、ファンベル・アメリカが注目し、後に支援に動いた理由の一つだと、メールの本文には付記があった。

さて、あれもこれも、どう繋がるか。

関係か無関係、私か公、正か邪、愛か憎、合縁奇縁。

ふと時計を見れば、時刻はもう九時半になろうとするところだった。

「おっと」

純也はこのあとに予定があった。それで早めに登庁しようとして大幅に早く着いたのだが、もたもたすると本末は転倒する。

夕方か夜かに一度は戻るつもりだったから、コーヒーカップ等の洗い物は後回しだ。

上着を来て戸締まりをし、一階に降りる。

カラフルなストックの向こうに恵子や奈々の姿は見えたが、受付は入館書に記入をする人々でごった返していた。さすがに月曜日の九時過ぎだった。

すこし離れたところから手を上げた。

恵子が気付いた。

花を有り難う。

それだけ言って、純也はロビーを後にした。

この日、純也がM６を駆って向かったのは、浜松だった。先週中に決めた通りだ。

桐生には漆原を向かわせた。函館には牧瀬を当てた。

そして、ブラックチェイン事件当時、劉永哲の言葉に悩み、自殺した航空自衛隊浜松基地の、和久田一朗《いちろう》二等空尉の実家へは、自ら出向くつもりだった。

特にナビを使わなくとも迷うことはない。三年前に一度、純也は和久田の家に顔を出していた。

――一朗さんの悩み、悲しみは、これで終わりです。どうか、お心安く。一朗さんのためにも。

そんなことを告げたはずだ。

――聡《さと》い子でしてね。どこでどう知ったものか、弟を立て、本人は知らん間に自衛隊に願書出して。この家も、この地域も、浜松も、もっと大きく、俺はこの国を守る。守らなくちゃいけないんだと言ってましたが。さてさて。結局、あの子が死んでまで守ろうとしてくれたものは、私ら夫婦の、――私ら夫婦の、未練と、小っちゃなプライド、でしたなあ。

主の仙助《せんすけ》は、泣きながら笑ったものだ。

和久田の家は浜松の北方、天竜区の山間にあった。ナビを使わなくとも迷うこともない、一本道の先だ。

朝には霧も立ち込める標高三百メートルほどの場所だった。

広大な茶畑を持ち、背後は山間に落ちて谷になる。

区はその九割がたを森林が占め、天竜美林《てんりゅうびりん》と言うらしい。

和久田は、明治以前は林業で栄え、以降は茶で財を成した家だと聞いた。

茶は、春野茶と呼ばれるやぶきただと言う。

純也も、前回訪れたときに飲んだ。

茶葉の新鮮な香りと仄《ほの》かな渋みが実に美味かった。

到着は、午後二時半過ぎになった。

瓦屋根の大きな建屋は、見るたびに威圧感があった。

和久田の家はこの土地に君臨してきたのだと、それだけで十分感じ取れた。

だから、一朗は養子として買われたのだ。甲府の高橋も、横浜の桂木も、桐生の手越も、島根の鈴木も、皆旧家で、皆喉から手が出るほど跡取りを欲した家だった。

アポイントは特に取らなかった。今の生活サイクルを乱してまで聞かせるような話ではなかったからだ。

留守なら、帰るまで待つ。出来ればさらりと、流すように聞いてくれればそれでいい。それで、全道安が来ないのならさらにいいが。

インターホンを押す。仙助は在宅だった。

――久し振りだね。お入んなさい。

広い庭の、縁側に通された。仙助はまだ七十二歳のはずだが、この三年でひと回り小さくなっていた。

皺深い手から、春野茶が饗された。

「婆さんは入院中でね。こんな物しか出せんけど」

妻の良子《りょうこ》は、たしか六十八歳のはずだ。

病気を尋ねると、

「なぁに。心労でね。まあ、慣れっこだわ」

と仙助はうっすらと笑った。

全道安の話をした。

劉永哲から続く話になり、必然として死んだ一朗の話にもなった。

だからこそ、全道安が来ても、どうか心が血を流しませんようにと。

いや、流した血で、溺《おぼ》れませんように、と。

仙助は、最後まで黙って聞いていた。

純也が話し終えると、ほう、と息をつき、

「大丈夫。もう、慣れっこですわ」

顔を上げ、庭に目を向けた。

「狭い地域でね。良いことも悪いことも、すぐに伝わる。伝わって、勝手に淀《よど》む。私らが一朗に、一体何をしたと言うんかね。——一朗が死んでから、良いことは何もなかった。婆さんは、周りになんか聞かされるたびに入院だ。下の子は、茶畑を継いだがね。結局全部が嫌だと言って、去年の内に出て行った。ここには、なぁんも残っとらんよ。——それでも、私はここに、いるんですなあ。ここしか、ないもんでねえ」

西に落ちる陽を受け、仙助の顔が朱《あか》かった。

「なあ、小日向さん。私ら夫婦は、やっぱり最初で間違ったんだろうかね。それが今でも、下の子にも出て行かれて、私や婆さんを苛《さいな》むんかね。教えてくれや。教えて、いや——助けれくれ、ませんか。

仙助の頬に、朱く流れ落ちるものがあった。

純也は、細かく震えるその肩に手を置いた。

この人に、言葉は要らないだろう。

温かさを伝える。

それで、伝える。

仙助の震えが治まったのは、鮮やかな夕焼けの頃だった。

六

純也が和久田の家を出て帰路についたのは、午後四時を大きく回った頃だった。西の端に夕陽の消え残る、残照の頃だ。

浜松インターから東名高速に乗る段には、もうすっかりと夜が始まっていた。

純也は、車内の時計で時刻を確認した。そこから計算する。

「帰庁するなら、早くて八時くらいか。どうしようかな」

そのままにしてきたコーヒーメーカやカップのことは多少気になったが、飽くまで多少だ。

明日でいいか。

と、良からぬことを考えていると、ブルートゥースで繋いだ車載のスピーカに着信音があった。

鳥居からだった。

ハンズフリーで通話にした。

「お疲れ様」

先にそう言った。

現状、話しても大丈夫な状況だということを知らせる意味もある。

——不審者の有無ってえか、特定は出来ました。まあ、本当の意味で正体不明なのは一人もいませんでしたが。

「そう。それでも一歩前進だよ」

——そうですかね。

「雲をつかむ話が、雲を掻き分けて顔を出すくらいにはね」

——よくわかりませんが。

「雲をつかんでるうちは、相手には伝わらないよ。そこから顔を出すことが大事さ。こっちからも相手からも見える土俵に立つ。それで相手が慌ててくれればラッキーだけど、どうかな。けど、動きはいずれ出てくるよ。気を付けて」

——了解です。で、特定出来た不審者ですけど。なんてぇか、不審っていうより、病院に対して不穏な動きをしてるって意味で最後に残った連中です。

それが、三人いたという。

医療ジャーナリストを自称する男、姥貝《うばがい》修司《しゅうじ》。

第二東京弁護士会所属の弁護士、山井《やまい》義明《よしあき》。

都内のヤクザ、原田《はらだ》。

——聞いたところ、これはチンピラです。画像の確認で見たことがあるヤツがいました。所属やらマエの裏ぁ、取らせますが、名前は今のところ名字だけで下はわかりません。姥貝と山井には、餅は餅屋ってことで紗雪《さゆき》にやらせます。

「ああ。そう」

紗雪とは鳥居のスジ、片桐《かたぎり》紗雪という新聞記者のことだ。業界最大手である太陽《たいよう》新聞社の社会部に勤務している。

今年で三十一歳になる女性で、これは大橋恵子と同じ年齢ということで純也は記憶していた。

そもそもは片桐幸雄《ゆきお》という、亡くなった太陽新聞社のデスクが鳥居のスジだったらしく、紗雪はその跡を継いだ形だった。

奇《く》しくも、親子二代で鳥居のスジということになるが、勿論、紗雪は鳥居が公安で、自分が情報屋として扱われていることを知っていると聞いていた。

公安マンは情報提供者を獲得する際、提供者の〈種類〉によっては恐喝や買収と言った強引な手段に訴えることもある。例えば藍誠会総合病院の浅野外科部長などはこの類だが、片桐親子は違うという。

純也にもいるが、片桐幸雄と鳥居は互いに手持ちの情報を介し、持ちつ持たれつの関係だった。

紗雪も同様に持ちつ持たれつの関係だが、繋がり方はどうやら父とは違って、食い気に走るようだ。

紗雪はショートカットで背が高く、黒縁眼鏡を掛け、純也から見てもなかなか知的でシャープな印象だったが、鳥居に言わせれば色気がなくガサツらしい。

それでも優秀な記者には違いはなく、情報と、主に高級寿司で鳥居と紗雪の関係は十二分に成立していた。

「メイさん。さっきも言ったけど、雲から顔を出した作業になる。気を付けて。メイさんだけでなく、片桐さんもね」

――わかってます。いつも通り、無理はさせませんから。ま、放っとくとどこに走ってくかわかんねえ撥《は》ねっ返りではありますが。

「手綱をよろしく」

――頑張ります。

鳥居との通話は、そこまでだった。

東へ、東へ。

帰路が進むにつれ、夜は次第にその濃さを増すようだった。

午後八時になろうとする頃、ようやく港北インターを過ぎた。途中で一度渋滞したが、だいぶ流れがよくなったところだった。

それでも、帰庁するならまだ一時間は掛かるだろう。

さてさて、と迷っていると、桐生に向かわせた漆原から連絡が入った。

「お疲れ様」

――桐生です。

一声がそれだった。しかも口調が硬い。

ただの終了報告でないことは聞かなくとも分かった。

「何？」

来ていただけませんか、とさらに硬い声で漆原は言った。

夜の深まりとともに、次第に硬さを増すのではと思わせるほど冷えて、温度の感じられない声だ。

つまり、公安マンの声。漆原の場合は、公安第二課だ。

「手越の実家？」

——違います。フード・ワークの方です。

収品を引き取るための焼却場も持っていた。

フード・ワークは桐生にあった食品加工会社だ。第一、第二工場の他に、期限切れの回収品を引き取るための焼却場も持っていた。

社長の手越守《まもる》はブラックチェインに脅され、第二工場と焼却炉を提供していた。手越も黒孩子だった。両親は健在だったが、父親の方がアルツハイマーで要介護3の状態だった。工場と両親を守るには、ブラックチェインに唯々諾々《いいだくだく》として従うしかなかったようだ。

そんな手越は最後に、ブラックチェインに、抵抗して殺された。

殺したブラックチェインは、四夫《スウフ》と五夫と七姫《チージィ》だ。

正確には、黒い鎖の繋がりを乱す五夫を亡き者にしようとした四夫と七姫にだ。

三人とも猿丸と漆原、県警警備部に配備されたオズである川島《かわしま》に確保され、他の生き残ったブラックチェインと共に本国へ送還された。

主を失ったフード・ワークはその後、閉鎖されたというところまでは純也も知っていた。

「ふうん。フード・ワークね」

——来ていただいた方が、格段に早いです。

「今から？」

——今からでないと、意味はあまりないかもしれません。

「十時。いや、十一時かな。近くなったら電話する」

──了解です。お待ちします。

通話を終え、純也はM6のアクセルを踏んだ。

低く力強い唸るようなエンジン音が、一気に噴き上がる。

気を引き締める。

漆原がこの時間にわざわざ呼ぶ以上、何もなく明日を迎えられはしないだろう。

何かがある。

あるいは、何かがない。

(朝から今日は、ずいぶん長い一日だ)

川口ジャンクションを過ぎたのは、九時過ぎになった。

夜の下りは順調と言えば順調だ。漆原には十一時とは言ったが、そこまで待たせずに到着出来るだろう。

ひと息つくと、M6の車内にまた着信音が響いた。

今度は甲府の、高橋知事からだった。

「はい。小日向です」

──遅くに済まない。今、大丈夫かね。

「問題ありません。どうぞ」

促せば、全道安が来た、と高橋は言った。

──緑樹園のロビーで会った。最近顔を出していなかったが、初美は遣り手だね。月曜のロビーは閑散としたものと思っていた。昔はそうだった。だから驚いた。逗留客《とうりゅう》の賑わいがあってね。まあ、木を隠すなら森の喩えではないが、変に隠れるよりは賑やかな方がいいかと考え直した。それで、そのままロビーで会った。その、中国国家安全部の彼もだが、初美にも。賑やかでよかったよ。

「ああ。疎遠が楽に繋がりましたか。なら、全道安の襲来も迷惑なことばかりではないと」

──そうなるかな。ある面では。

それから、とにかく知らないことは知らない、知っていることは知っていると、はっきりした話をしたと高橋は言った。

──互いに片言だがね。翻訳機を見たり。それで、君に貰ったリストを渡した。一瞬だけ、彼の目の色が変わったよ。まあ、ほんの一瞬だったのは、益があまり多くなかったからかな。

「そうですか」

──ちょうど観光バスの団体が入ったところに重なってね。初美は出たり入ったりになったが、その方が私も気が楽だったかもしれない。彼に直接聞いたよ。私はいいが、この先は死者に鞭打つ《むちう》ことになる場合もある。止められないものかと聞いたよ。止めない、とね。逆にはっきり、彼の口から言われた。話はそれで終わりだった。彼の帰り際に、初美は立ち会えなかったね。けれど、それでいいと思った。

「お疲れさまでした」

——いや。

高橋は言って、そこで淀んだ。歯切れの悪さは珍しいことだった。

「何か想いがあるなら、どうぞ気兼ねなく。そうお願いしたはずです」

大きく息を吸う音が聞こえ、有り難う、と高橋は言った。声に張りが戻っていた。

——初美の様子がね、少しばかり変だった。久し振りに会ったが、そのぎこちなさだけではない。緑樹園の平日に、あの賑わいを作った女将だ。生半《なまなか》な胆力、才覚では無理だということは私も重々承知だ。そんな出色の女将にして、立ち居振る舞いのところどころに乱れが感じられた。心ここにあらず。そんな一瞬が、あったように思う。

全道安の様子と言い、初美の挙措と言い、知事が言うならそうなのだろう。

人情、気配に敏感でなければ知事は出来ない。また、やるべきでもないだろう。

——私が言うのもなんだが、聞いてやってくれないか。そして、何かあるのなら、手を差し伸べてやってほしい。

断る理由はどこにもなかった。

いや、J分室の本分だ。

「了解しました」

高橋は電話の向こうでまた、有り難うと言った。

第四章　再来

一

フード・ワークは群馬県桐生市の駅からはほぼ真北に位置する、吾妻山の山麓《さんろく》にあった。八坂神社を過ぎた辺りに位置し、昔なら里山といわれたような場所だ。

つまり、生活するには不便な場所で、今では工場や林業者の作業場が点在するだけの地域だった。夜になると車の往来すら滅多になく、道路に常夜灯もほとんどなく、漆黒の闇に落ち、辺り一帯は完全に自然と同化した。

午後十時半近くになって、純也は桐生に到着した。

漆原には、インターを降りたときに連絡を入れた。

吾妻山の山麓に至り、八坂神社の神域を過ぎ、純也はなだらかな上りの路肩にＭ６を停めた。

前方五十メートルほどで右にカーブする、ワインディング・ロードの真正面がフード・ワークだった。

エンジンを掛けたまま、純也はM6を離れた。

ヘッドライトに浮かぶ工場の敷地と車道との境界には、木製の杭《くい》にチェーンが掛けられ、アクリル板で作られた〈立ち入り禁止〉の札が揺れていた。

その外で、漆原が待っていた。

純也が近付くと、向こうから寄ってきた。

「ご覧の通りです」

純也は前方に目を据え、ただ頷くだけに留めた。

余計な言葉は要らなかった。いや、漆原の言葉で全部だ。

〈立ち入り禁止〉の向こうに足を一歩踏み入れた途端、ここは案件のエリアになるのだろうことが見て取れた。

敷地内には手前から事務棟のプレハブがあり、そこから第一、第二工場、焼却場の順に配置されている。

その第二工場、かつてブラックチェインがアジト兼倉庫として占有していた建屋に、何故か煌々《こうこう》とした明かりが入っていた。

敷地がチェーンで隔絶されている以上、誰もいないはずだった。工場が閉鎖されたということは純也も知っていた。

　やおら、チェーンをまたいで超えた。

　歩を進めると、漆原が純也にラテックス製の手袋を差し出してきた。

「手越の実家を回った後、なんとなく確認しておこうと思って、ここに回ってきたんです。もう夜になってました。かえって、それがよかったと思います。昼間だったとしたら、あのロープの外から眺めて帰るだけになったでしょうから」

「そう。手越夫婦は元気だった？」

　手袋をはめながら聞いた。

「奥さんは元気でした。オヤジさんは、でも変わらずですかね。アルツは少し進んだようですが、要介護3は変わらずだって、奥さんはぼやいてました」

「元気ならいい。で、この状況は」

「奥さんにも電話で確認しました。それとなく聞きましたが、息子さんが亡くなった後、ここは閉鎖で銀行の管理になってるそうです。買い手がついたとは聞いていないと言っていました。つまり――」

　間違いなく閉まっているはずの工場です、と漆原は口元を引き締めた。

「ふうん。それで、入ったんだ。不法侵入」

「――お分かりですか」

「管轄外・職務規定外でも、漆原さんはそれだけで僕を呼んだりしないでしょ。あなたは、案件の鮮度を無駄に落とす人じゃない」

恐れ入ります、と漆原はかすかに頭を下げた。

大型シャッタの脇にドアがあるどこにでもある工場の作りは、フード・ワークの第一、第二工場も同じだった。

漆原は第二工場のシャッタ脇のドアに近付いた。

「結果ですが、工場そのものに、何か手を加えたような大きな変化は何もありませんでした。ですが、最近まで誰かがいたと思われる痕跡は十分にありました。そして——どうぞ」

漆原はドアを開け、純也を促した。

零れるような光の中に、純也は足を踏み入れた。

言わんとしていることは、入っただけで明白だった。誰にでもわかるものだ。

工場内に濃く漂っていたものは、腐敗臭だった。それも、人が腐る独特の匂いだ。糞尿の臭《にお》いも交じっていた。

奥に歩けば、マシンの上部、漏斗《ろうと》のような形状になった部分から、二本の茶色い物体が突き出ているのが見て取れた。

人の両足、しかも、逆さまになった女性の脛《すね》から下の辺りだったろう。

直上のホイストクレーンから提げられたチェーンのフックが、そこに絡まっている。いや、両足首を縛った結束バンドにフックを絡め、そこで吊り上げたのだ。フックは掛かったままだったが、吊り上げのチェーンは緩んでいた。

マシンのすぐ脇にアルミ製の脚立があった。漏斗には、地面から脚立が掛けられていた。目で問うと、自分が掛けたものではないと漆原は言った。

「登りましたが」

「なるほどね」

「分室長もどうぞ」

言われる前から、純也は脚立に足を掛けていた。

登って確認する。

濃密な臭気の中にあったのは、腐乱死体だった。

死体は全裸の女性で、うつぶせで巨大な漏斗の中を頭から滑ったような格好で、逆さまにマシンに嵌まっていた。

ただし、頭はなかった。肩から上の部分全部も消失している。

全裸の女性の両足首を結束バンドで縛り、クレーンで吊ってそのまま、稼働中のマシンに掛けたのは明白だった。

生体反応の有無は、この状態では判別出来なかった。

生きたままミンチにされたか、死後に挽《ひ》かれたか。

いずれにせよ、マシンは無慈悲に、卸し金に掛けたように人の身体を嚙んで少し斜めに削り、両肩を砕いたところで止まったようだった。

女性の左腕は、身体から離れて漏斗の中に転がっていた。右腕は、ないところを見るとすでにミンチとなり、マシンの下方で腐っているか。

純也は注意深く、足首の先から漏斗の中までをひと渡り見回した。

「わかりますか」

足下から漆原の声が掛かった。

「うん」

目の前、うつぶせで逆さまで全裸で、腐り掛けた人体の一部に、一匹の小さな黒蜥蜴《くろとかげ》が張り付いていた。

いや、正確には黒蜥蜴のタトゥーだ。

実物を見るのは初めてだったが、かつて当時の公安部長だった長島から送られたデータの中の、画像で見たことがあった。

ブラックチェインの三姫《サンジィ》と六夫《リュウフ》。

その腋《わき》の下と右の掌《てのひら》に、同種のタトゥーをだ。

腐乱死体のタトゥーは、左の太股《ふともも》が臀部《でんぶ》に盛り上がろうとする曲線の始まり、ちょうどその境目にあった。

目視だが、間違いはないだろう。直上には工場内を照らす水銀灯が煌々としていた。

金銭や感情による仲間割れ、あるいは離脱、逃亡。

とにかく、なんらかのトラブルがあった結果だろうか。

純也は無言で脚立を降りた。

漆原が、マシンの裏側に回っていた。操作パネルの方だった。

「こっちです」

操作パネルの下に、別のボックスがあった。配電ボックスのようだ。

漆原はそこを開いて指で示した。

そもそもマシンは、随分古い機械のようだった。案の定、マシン稼働時における過電流防止には、昔ながらの太い板ヒューズが用いられているようだった。

純也は覗き込んで確認した。

電源に繋がっているうちの一本が、焼き切れていた。

マシンの不調、あるいは故障で負荷が掛かったのだろう。古い機械だ。

それで板ヒューズが焼き切れ、マシンは止まったようだった
ただし、

「どうしますか」

漆原が聞いてきた。

答える代わりに、純也はおもむろに携帯を取り出した。

掛ける相手は、皆川公安部長だった。

3コールで出た。

少なくともひと桁《けた》のうちには出るよう、〈手懐け〉てあった。当然、時間は関係ない。

二十四時間体制だ。

——なんだ。

鼻息は荒く不機嫌そうだが、3コールと時間の相関から、そのくらいの虚勢は大目に見る。

「今、桐生にいまして」

フード・ワークですが、と言ったら、それだけで荒い鼻息が収まった。

伊達《だて》や酔狂で警視庁の公安部長は務まらない。

手段や人柄はどうあれ、愚鈍ではない。

——たしかブラックチェインの関係、桐生だったか。そんなところで何をしている。

「腐乱死体があります。別件でうちの手の者が見つけました」

ふたたび皆川の鼻息が荒くなるが、先のものよりは浅い。分かりやすく、ただ驚いているのだろう。

会話の呼吸の、実に摑みやすい男だった。

「県警に連絡を入れてもらいましょうか。――ええ。そうですね。シレッとした感じで、捜査は県警に進めてもらいましょう。飽くまで途中までですが。――ええ。そのときには強引に引き剝がしてもらうことになろうかと思います。ははっ。これでも、今のひと言は気は使ったつもりですよ。連絡と同時に後始末の根回し。得意技でしたよね？　ああ、その際の指紋照合、解剖所見などはよろしく。くれぐれも、手抜きをさせないように」

この会話がすべて同時に、周囲の再確認をしつつの、〈ながら〉だと知ったら、さて、皆川はこめかみに青筋を立てるだろうか。

通話を終えると、

「公安部長ですか」

漆原がかすかに笑った。

「そう」

「凄いですね。公安部長まで手の内ですか」

「ちょっとしたことだよ。それに、絡めた人間なんか、重要なポイントでは使えないしね」

「というと」

「雑用しか頼めないってことさ。この件だって、ただ雑用にしろ、おそらく自分の手は汚さないようにするだろう。あの人はそういう種類の人間だから。今頃もう、そっちの親玉に電話を掛けてるかもね」

「えっ。夏目理事官に」

「そう。それで丸投げで終わりって線もあるよ。——いや、確実かな。叩き起こされたばかりでも、悪知恵とか、寝技とか、脳の裏側のどこかが異常に働くのがキャリアというか、小役人でね。まあ、こんなことは覚えなくていいけど」

「はあ」

あきれ顔の漆原に向かい、純也はいつものはにかんだような笑みを見せ、

「さて。じゃあ、今のうちに帰ろうか」

と、先に立って場外へ向かった。

二

〈ちっ。さっぱりわからねえ。埒《らち》が明かねえ〉

五夫は、藍誠会横浜総合病院の外周に組まれたビケ足場の上で独り言ちた。

三階の辺りだ。病院のエントランス側には午後の陽が射し、眩しいほどだった。

三時を回り、足場の上にいた作業員はたいがいが降りていた。現場の労務規定に従った

休憩時間というやつだ。

所属と所在のない五夫は、一人足場の上で晩秋の午後の陽を浴びていた。

吐き捨てるように独り言ちたのは、そんな時間帯だった。

作業音は今は途絶え、外来も終了している。

足場の間を抜ける茫漠とした風音が、人の声にも聞こえた。

――漆原っ。

彼《か》の日、そう叫んで七姫にシグ・ザウエルの銃弾を撃ち込んだ男の声と顔を、五夫は忘れなかった。

そのとき、男の叫びで漆原の名を知り、後からやってきた大森《おおもり》の名も、何度か聞いた。

おそらく、どいつもこいつも公安だ。第二課と言っていたかもしれないが、それはどうでもいい。

ただ、七姫を撃ったシグの男ともう一人、シグの男の〈上司〉の名はわからない。

シグの男は、セリさん、と呼ばれていたのを後になって思い出した。警察病院で治療を受けた後だ。

セリは、せり、芹か世利か。どういう字を書くのだろう。

そうしてもう一人、電話の向こうで驚くほど流暢な北京語を話し、その言葉を以って五夫を脅してきた偉そうな〈上司〉に関しては本当に、漆原が話し中の電話に向かって、分室長、と呼び掛けていたのを聞いたきりだ。顔も名前も霧の向こうということになる。

だが、そのままにはしない。

そんなつもりも覚悟もあって、ふたたび海を越えてきた。

この藍誠会横浜総合病院を起点にして、またやり直す。

これは五夫の意地であり意志であり、新たな爺夫も了承したことだ。

桂木を臓器売買で脅せば、疑心暗鬼になって連中を頼るだろうとは易く推測出来た。重守の名は、その疑心を補完するものでもあった。

当然、わざわざこちらの正体まで明かすことはしない。

非合法な臓器売買はブラックチェインに繋がり、新たに官憲に頼るとすれば、自らが黒孩子であることもまた公にしなければならないに違いない。

十中八九、いや、間違いなく桂木は連中を頼るしかないはずだった。

すべては実際のビジネスに繋げてゆく予定のものだが、と同時に撒き餌《え》でもあったのだ。連中を疑似餌《ぎじえ》で引っ掻けられるなどと、そんな甘いことは考えない。一度は完全に敗北を喫した。だから本物の餌を撒いた。

漆原と大森の姓と顔しか知らないこちらも手探りなら、どこかから非合法な臓器売買のことで桂木が脅された、としか知らない向こうも同じくらいには手探りだ。

手持ちの情報の少なさは、それで五分と五分だろう。

撒いた餌に、どう喰い付くかを見極める。

（この、ビケ足場の上からな）

五夫は逆光のエントランスから周回道路や芝生の広場を見回した。

三年振りの藍誠会総合病院は、おあつらえ向きに大規模修繕工事の真っ最中だった。外部防犯カメラの多くは、外壁塗装用に丁寧な養生が施されて不使用になっていた。

外部で正しく稼働しているのは一階周りの各入り口付近に設置された分だけで、建物から敷地に向いたカメラはほぼ死んでいた。

前面の外来駐車場から敷地内道路を照らす外灯のカメラは稼働していたが、こと外部に関しては、監視能力は半減以下と言っていいだろう。

いつ起こるかわからないトラブルやアクシデントに、戦後、平和という鳥籠で飼い慣らされてきた日本という国はあまり強くない。特に市井に生きる者達は無頓着《むとんちゃく》だ。

今日起こらなかったトラブルやアクシデントは、明日も明後日も起こらないと勘違いしている。

だから藍誠会ほどの総合病院でも、内部と入り口関係のカメラだけで、〈工事の期間くらい〉という時間の隙間を甘く見ていた。

五夫は下見に訪れた初日から、堂々と表に掲げられた建設業の許可証や労災保険関係成立票などをいくつか確認した。

大手ゼネコンの下に、おそらく地場の工務店が二社は入っていた。

となれば、何社も工事の下請け業者が入っているのは間違いなかった。現場事務所近くをうろつけば、それだけで業者の出入りは概ね理解出来た。

業者のパスなど、盗むのは簡単だった。

鍵の掛かっていない現場事務所、同資材置き場、足場の各所、水場、休憩スペース。そんな辺りによく、無造作に置いてあった。

紛失しても、こういう平場の工事現場程度ではペナルティはあまり重くない。これは平和ボケの日本に限ったことではなく、万国共通だ。

もちろん、銀行や政府機関の建設や修繕はこの限りではないが――。

五夫は簡単に、三社から五枚ほどのパスを盗んだ。

毎日、その日現場に入る予定のない業者か、逆に大勢を送り込んだ業者のパスで潜り込んだ。ときには午前と午後でパスを替えた。確認は簡単だ。現場事務所に掲出された月間と週間、それに当日用のスケジュールボードに書かれていた。

そうして十日間以上、藍誠会総合病院の〈現場〉に出入りを繰り返し、まずは全体的なスクリーニングをした。

工事の現在の進捗《しんちょく》状況、実際に足場に上って眺望、または視野。それからエントランス側のカメラとベンチの関係、同様に職員通用側の諸々。

内部も日に数回は出入りして確認した。工事業者のパスさえ付けていれば、なんの問題もなかった。

桂木の日々の行動も、把握は簡単だった。昔もそうだったが、外部にレセプションなりの予定が無ければ、判を押したように登院と退院を繰り返すだけだった。

満を持しての行動は、土曜日に開始した。

携帯に電話を掛けたとき、桂木は自宅にいた。そのシルエットが居間の中を右往左往するのを、五夫はレンタカーに乗り、塀の外から直に見ていた。

桂木とは長い付き合いになる。よく知っていた。シルエットでも間違えようはなかった。

相変わらず独り者で、先代が死んでからはデカい戸建てに老母と二人で住んでいるようだ。

女性が嫌いなら幼女でも買いに行くかと誘って、凄い目で睨まれたのを覚えている。

塀の外に張ったままでいると、翌日になって白衣の桂木が、往診カバンのような物を車に積み、どこかに一人で出掛けた。

五夫はそれを追った。

すぐにセリか分室長か、違ってもなんらかの、五夫にとってアドバンテージになる情報が得られると高を括っていた。

それが、向かった先がまさか保土ヶ谷の、陸上自衛隊の駐屯地だとは思わなかった。さすがに侵入は、自分一人だけでは到底無理だった。

だからこの訪問が、五夫の接触に対するなんらかのアクションなのか、それとも本当に健康診断やら予防接種やらの単なる医療行為だったのかもわからない。

（ふん。なかなか、そう思うように回らないものだ）

月曜日からの通常診療が始まると、すぐに桂木は学会やらで出張になるということがわかった。

不在の間に理事長室回りの外壁修繕をするようで、出張の日時が赤ペンで工事事務所のホワイトボードに書き込まれていた。

その直前、水曜日だったか。目付きの鋭い男が病院の受付にやってきた。ピンときてその後注視したが、駐車場に戻る男が乗り込んだのはアップタウン警備保障の社用車だった。

桂木本人が不在の間、何度か自宅の様子を窺ったが、アップタウン警備保障がガードアップのセキュリティーを仕込んでいった。そういう工事を依頼したようだ。

桂木にはあの程度でも脅しが効き過ぎたかと、少しだけは反省もしたものだ。

今のところ、空振りばかりだった。空振りが多過ぎた。

足場の上が、ざわつき始めていた。三時の休憩を終えた職人がそれぞれの持ち場に上がってきたようだ。

（さて）

逆に五夫は足場から地上に降りて、以降のリスケジュールでも考えるかと決めた。

誰のか知らないヘルメットの庇《ひさし》に手を掛け、動き出したときだった。

ポケットで携帯が鳴った。

見れば、姥貝からの連絡だった。

本人はジャーナリストを標榜《ひょうぼう》するが、五夫に言わせれば、ジャーナリストという名の犯罪者だ。が、金に汚い、逆に言えば金さえケチらなければキチンとした仕事をする男でもあった。

付き合いはもう、二十年になるか。五夫にとっては、信用出来る男だった。

五夫自身の脅迫同様、姥貝も病院に放っておいた餌の一つだ。

金を握らせ、理事長を訪ねさせた。もちろん、桂木が不在だとわかってのことだ。

その餌に、何かが食いついてきたようだ。

――話が聞きたいってよ。太陽新聞の記者さんだとさ。どうする。

姥貝は何かを食いながらそう言った。

秘かに待ち合わせることにした。

（明後日か）

事態がようやく、前進するかもしれない。

思えば、戻された中国では辛かった。

待っていたのは、教練という名の再教育だった。

一緒に送還されたメンバーとは、空港に降り立ったときから別々になった。

五夫が〈連行〉されたのは、中央軍事委員会訓練管理部の施設だった。張源の息が掛かった場所ということだろう。

ブラックチェインとしてもともと、国と徐才明への忠誠を叩き込まれ、日本へ上陸した。

それが、あるときに一変した。天安門広場の中央に糊目の利いた制服で堂々と立ち、語る張源の映像を見せられた。

――徐才明同志は、諸君を私的に流用していたようだ。そのために粛正の対象となったが、私は違う。諸君はなんの心配もいらない。これまで以上の、燃えるような使命と、厚いサポートは私が約束しよう。国のために、力を貸して欲しい。

その瞬間からブラックチェインの忠誠は、張源のものになった。

ただ、忠誠心にも、色々ある。なんといっても、ブラックチェインとして日本に上陸した全員が、〈自由資本主義社会〉に決して短くない時間、浸かっていた。

国のロボットたれ。

恐らく張源配下の者達は、くどいほどにそう繰り返した。

忠誠心はあるつもりだったが、ロボットであるというつもりはたしかになかった。だが連中は、お前らに自分の意思など必要ない、と言った。

たかが黒孩子ではないか。

そうも言い、蔑《さげす》みの眼差しを向けてきた。

教練と称して、身体の至る所に電極を刺された。

イエス・ノー。

結局、どう答えても酷い電撃を受けた。

何をどうしたところで無力だということを教えるためだと、そんなことを言われた。

気絶寸前の体力教練と、眠る間もないほどの電撃教練を受け続けた。

来る日も、来る日も。

狂った方が、あるいは死を選べば楽だったかもしれないが、耐えた。というか、耐えられてしまった。

そもそも黒孩子として、臓器として売られるかもしれない身の上にあった。運も努力もあり、そこから生き永らえ、這《は》い上がった。

狂ってなるものか。

死んでなるものか。

俗世への執着が、あるいは人としての欲が、耐えさせたのかもしれない。

張源配下の連中には、耐えたことを悟らせずにロボットの振りをした。

のほほんと生きてきた軍部の阿呆どもに、見抜けるわけもなかった。

生き残って送還されたメンバーとその後、合流させられた。

一堂に集められたときは誰もが無表情で微動だにしなかったが、新しい爺夫を含む上の連中が去った後に、全員で大爆笑したものだ。

本当に狂った者など、誰一人としていなかった。

肩は組まなかったし再会を喜ぶこともなかったが、涙が出るほど笑った。

けれど笑いながら、それぞれに思うところ、含むところはあっただろう。

ブラックチェインのメンバーではあっても、誰も友達ではない。義兄弟とも程遠い。

そんな空気は、おそらくメンバーでなければわからない。

暫時のときを経て、もう一度全員で日本に再上陸すると聞かされた。

と同時に、有無を言わせず顔を弄《いじ》られた。

日本に行くなら、たしかに同じ顔ではリスクは大きいだろう。

少なくとも五夫は、徹底的に弄られた。歯を抜かれ、義歯を入れられ、頬骨を削がれ、顎を盛られた。

手術に継ぐ手術だった。何も食べられない日も多く、激痛と熱で寝られない日も多かった。

やがて新しい顔が定着し、準備が出来た順に、仕事を割り振られて日本に送り出された。

他の連中が何をしているかなど、爺夫に聞いたかもしれないが忘れた。どうでもいい。新しい顔になろうがなんになろうが、五夫は五夫であり自身の目的を完遂するだけだ。

(明日はゆっくりするか。あの教練の日々を潜り抜けたんだ。少しくらいはな)

ゆっくりし、英気を養い、近いうちに日本の公安にひと泡吹かせ、桂木から重守までを雁字搦《がんじがら》めにし、ビジネスの流れを成立させる。

その上で、先にメンバーになっただけで偉そうな奴を追い落とす。

地獄へ。

(四夫。見てろよ)

五夫は右の脇腹に手をやった。

あの日、桐生で七姫に指示して俺を刺し、腎臓を一つ、潰してくれやがったのは四夫、あの男だ。

三

水曜日は、朝からあいにくの雨だった。午後になっても止まない雨だ。

十一月も中旬を過ぎると、ひと雨ごとに寒さは募り、冬に向かう。

暖房を入れるほどではなかったが、J分室の窓はかすかに曇っていた。

今日何杯目かはもうわからないコーヒーを飲みながら、純也は電話を受けていた。

時刻は午後三時を過ぎた頃だった。

電話の相手は、劉春凜だった。三時前に掛かってきて、まだ話していた。

と言って、特に重要な話ではない。近況報告程度、要するに四方山《よもやま》話、雑談というやつだ。

しかし、そういった話のすべてが時間の浪費、無駄というわけではない。

場合に拠って人に拠って、某《なにがし》かのヒントを得ることもあれば、雑談の間に間に宝石のように真実が光ることもある。

単に息抜き、にしかならないことも多いが、まあ、それはそれで悪くない。

人生のダイナミズムは得てして、弛緩と緊張の間に生まれる。

春凜は前日、午前中に同じコンサートグループのメンバーと一緒に都内のホテルを出、無事大阪に入ったらしい。

現在はリハーサルが終わってひと息ついたところだという。

その後、ファンベルのイベントにゲスト出演する者もいるようだが、春凜はそもそも演奏のみで、そういう契約にはなっていないようだ。

『人前で話すのも嫌いではないんですけど。オファーはなかったようです。これは単に、知名度の問題でしょうか。もっと頑張らないとですね』

イベントの契約がないメンバーは、リハーサルの後はもうオフになる。

それで純也のことを思い出し、電話を掛けてきたらしい。

春凜のグループは翌木曜日に大阪で本番があり、そこから日、木、日、木のスケジュールでコンサートが続く。

広島、長崎、金沢、札幌と回り、春凜のグループのファイナルは十二月三日の仙台となる。

『大阪はどうですか?』

そう純也が聞いたのが、会話のスタートになった。

『楽しいですわ。東京も素敵でしたけれど、大阪城はなんというのでしょう。荘厳で。コンサートオフの明後日には、神戸にも足を延ばす予定ですの。それも今から楽しみです』

春凜はそれから、自分がどれほど日本に感激しているかを滔々《とうとう》と語った。広島から仙台まで、回りたい場所の蘊蓄《うんちく》も披露した。

楽しくて仕方がない、そんな風情だ。

向かい合っていたら、輝く目と上気した頬を、きっと愛らしく思ったことだろう。

『そう。それはよかった』

『ええ。日本はすべてが古くて新しくて、素敵なところです。歴史あるものには深い様式美があり、最新のものには目を見張る機能美があります』

『そう言ってもらえると、何か自分のことのように嬉しいですね』

『本当に?』

『四分の三だけですけど』

『まあ』

春凜はコロコロと鈴を転がすように笑った。

その後で、

『コンサートは、いかがですか? もう、いらっしゃらないんですか?』

そんなことを言った。甘やかさが濃密に感じられる声だった。

『そうですね。なかなか、警視庁の警察官という仕事柄、勝手に東京を離れるわけにもいかなくて』

これは苦し紛れにして、苦笑交じりの答えだ。

『そうですか』

春凜が悲しそうだった。

なんとも、感情の柔らかな起伏がはっきりとした女性だ。

『また、お会いしたいのですが』

『繰り返しになって恐縮ですが、さらに、僕との奇縁が重なれば』

『なら、希望は持てますね。こうして、今でもお話し出来ているんですもの』

『そうですね。では、また』

『ええ。また。次は広島から』

コーヒーを飲み終える頃、春凛との電話も終わった。

長くは感じなかった。

コーヒーカップを片付けると、ドーナツテーブルに置いた携帯がまた鳴った。

猿丸からだった。

堀川が昨日から、金獅子会に誘われた一泊二日のゴルフに出掛けていた。

たしかに、帰ってくる日ではある。

弛緩から緊張へ。

そうすると今が、人生のダイナミズムが生まれる一瞬かもしれない。

「やあ、セリさん。ずいぶん早いね」

――ええ。あれ、分室長、なんか楽しそうっすね。笑ってます?

「いや。人生について考えてたとこさ。それより、連絡があるとしても、夜遅くなってからか明日だと思っていたけど」

――それが、連中は泊まってゴルフじゃなくて、ゴルフして泊まりだったみてぇですね。これは堀川の勘違いとかじゃなく、そもそも言われてなかったようで。向こう着十一時は、わかんないっすよね。行ってみたらそのままゴルフだったって。だから、今日帰ってきたのは早かったっすよ。それでも午後んなってからっすけど。

「ああ。そうだったんだ」

――身辺ロンダリングってんですかね。おそらく、ゴルフしてる間に手荷物から周辺に尾行やガードの有無、全部チェックでしょうね。そのための遠方でのゴルフで、泊まりってことっしょ。なんにもしなくてよかったっすよ。へへっ。俺の勘も、まだまだ鈍っちゃいねえっすね。

「そりゃそうだ。僕はね、鈍った人にものは頼まない。セリさんもメイさんも、胸張っていいよ」

――なんか、こそばゆいっすけど。んで、熊本の方っすけど、夜は夜で、堀川はなんか随分離れたとこから会話したみてぇですよ。若いのが堀川に、専用のピッチみてぇのって言ってましたから、まあ、飛ばしのプリペイド携帯みてぇなやつっすかね。

ゴルフは二十組、総勢八十人のコンペだったらしい。

堅気は自分一人だと、マスター室前に集まった面々を見て堀川はすぐそう思ったようだ。

夜は、宿泊施設の大広間で宴会になったようだ。ゴルフの各パーティーごとにひと組になって席に着いたという。二人ずつ並んで向かい合わせだ。

大広間はたいそう広かったようだが、お付きの者や運転手なども入り、埋まるほどになったらしい。

堀川のパーティーの席は、その大宴会の一番下座だった。

携帯を渡されたのは開宴から三十分ほどが過ぎた頃で、すでに繋がっていた。

――まだまだ、色々と慣れんばい。勘弁なぁ。

ドスの利いたというか、とにかく自信に溢《あふ》れた声だったという。

見回すと遥か遠く、正面のステージに上がるステップに、おそらく携帯を耳に当てた一人の男が座っていた。浴衣を着て、半跏趺坐《はんかふざ》のように足を組み、左右に三人ずつの若い衆が控えるようにしていた。

男は、堀川の方を真っ直ぐに見ているようだった。

――あんたぁ、今までん、横浜ん方と組んで裏のビジネスばやっちょったとか。聞いとるよ。黒孩子。聞いとるさぁ。

いきなり核心を突き、そう言ったらしい。

「ふうん。それって」

若衆頭の平橋快二《ひらはしかいじ》で間違いねえでしょ、と猿丸は簡単に言った。

たしかに平橋は東京竜神会付きから、今月に入ってすぐ金獅子会本部に鳴り物入りで戻っている。

どうやら殺された組長に代わって、金獅子会を統括するようだ。

跡目相続の儀式・披露は、年が明けてからだという話くらいは純也も組対のスジから聞いていた。

猿丸の報告の続きを聞けば、平橋は、

――ばってん、横浜は遠かったい。こっちで全部出来りゃ、そりゃ楽とばい。大陸にも近《ちこ》うて、何をしよるにも楽ばい。堀川さんよぉ。なんもよ。取って食おうてんじゃなか。さすがに、バリバリの陸自と喧嘩《けんか》してん、勝てる気はせんばい。知り合いがおるんならおると、最初からそう言うとってくれんね。

などとも言っていたらしい。

少なくとも、矢崎とその集団に引き合わせた効果はあったようだ。

――こっちでお膳立《ぜんだ》てはするっちゃが、医者は、長崎のとある病院ばい。気持ちよくOKしてくれるとなら、そのうち教えちゃるばい。それにしてん、なんだってこう、デカいとこの医者っちゅうは、跡継ぎに拘《こだわ》んのかわからんばってん、こっそり養子っちゃ、笑《わろ》うてしまうばいね。ん？　ああ、すまんすまん。別に、あんたんことじゃなかよ。黒孩子のよ――って、へへっ。あんたも同じか。ま、よかやね。その、なんくさ。その長崎の病院にな。いい外科医の院長がおるとたい。当然、黒孩子ばい。こっちぁ、小児科医がおらんかったんでな。ま、どっちかっちゅうと、小児科医より外科の方が重要ばい。福岡んこっちゃから、別件で搦《から》めとった小児科医がおるんで、因果ふくめて送り込む手筈になっとうとや。やり方ぁ、全部一緒ばい。安心してよか。なぁに、心配は要らんばい。今度の流れぁ、俺ら日本のヤクザがキッチリ仕切るとやし、なんかありゃあ、あんたのバックにゃ、陸自がついとるんよね？　なあ。

堀川が黙っていると、

——これぁ、顔合わせばってん、また連絡するたい。次は、博多で呑もうや。なあ、堀川さんよ。

そう言って、携帯を近くの若い衆に放ったらしい。

以降は宴会の賑わいに紛れ、いつの間にか姿も見えなくなったという。

「あ、そ。じゃ、セリさん、長崎だね」

純也が言えば、猿丸の溜息がまず答えだったか。

——あ、やっぱりね。わかっちゃいましたけど。でも分室長、闇雲に長崎ったって広いっすよ。

「任せるけど、間違いなく藍誠会に近い病院だろうね。指定、特定機能。それにしても、それなりに数はあるだろうけど」

——了解っす。

通話を終え、純也は窓の外に目をやった。雨はまだ、当分止みそうにもなかった。

かえって暗い。

おもむろに電気を点けた。

曇ったガラスに、自分の姿がかすかに浮かんだ。

「さて、明日は甲府だけど――」

朝の内に、緑樹園の初美には連絡を取った。

亡き夫の親友と言うことで、初美は純也のことを無下にはしない。

翌日の木曜日が指定された。

週の中では一番、心身にゆとりがある日らしい。

「それにしても、なんとも同時多発だ」

朧気《おぼろげ》なガラスの自分に語り掛ける。

語り掛けることで集中する。集約する。

「やっぱりブラックチェイン、か」

キーワードはこれだろう。

明日の甲府は、行ってみなければ初美の懸念はわからない。高橋知事の杞憂《きゆう》かも知れない。

だが――。

予断は禁物だとしても、転ばぬ先の杖は必要だ。

後の祭りにならないように。

やおら、携帯を取り出しダイアル画面にした。親指で押してゆくのは、登録していない相手だ。

すぐに留守番電話になった。何も言わずこちらも切る。

コーヒーメーカに新しい挽き豆をセットし、水を足してスイッチを入れた。

コーヒーが出来上がり、カップに注いで席に戻ると、携帯が鳴った。

コーヒーをひと口飲み、おもむろに通話にした。

途端、相手は捲《まく》し立てるように滔々と自分の置かれた現状を語った。

それにしても、おそらく聞くべき内容は皆無に等しい。

バーターの金額を吊り上げるための常態化した、相手の手口だ。

「ＯＫ。忙しいのは重々わかった。それを踏まえた上で、調べて欲しいことがある。まあ、あまり吹っ掛けないでくれると、先々まで感謝しちゃうけど」

――内容に拠るよ。Ｊボーイ。

電話の相手は、ついこの九月には日本にいて、その後は別荘があるというバリに滞在し、それからおそらく、今は中国にいるリー・ジェインだった。

相変わらず、忙しいことだ。

四

午前十時の甲府だった。

国立を出るときにはまだ曇っていた空が、西へ向かうに従って次第に晴れた。甲府は、すっきりとした晴天だった。

初美との待ち合わせは、高橋家累代の墓の前にした。

石和にある初美の自宅からほど近い、笛吹川沿いの古刹《こさつ》に、秀成の眠る墓はあった。寺の名前は、樟蔭寺《しょういんじ》と言った。

――墓参りがしたいんですが、付き合ってくれませんか。

初美にはそう言って約束を取り付けた。

断る理由は存在しなかったろう。

前日の雨のせいか、笛吹川の流れはうねるようで、川音が高かった。

平日ということもあり、墓地はおろか樟蔭寺の境内にも人の姿はなかった。

高橋家の墓所は、墓地の奥にあった。

純也は携えた仏花を手向け、線香に火を点け合掌し、立ち上る煙を見遣った。

（こっちには何事もない。何事も起こさない。安心しろ）

煙の行方に、白い雲が浮かんでいた。

やがて川音に混じって、石畳を踏むヒールの音が聞こえた。

墓の正面を空けると、そこに初美が立った。

初美は、シックな紺のワンピース姿で、花と線香を抱えていた。

昔は、もう少しふっくらしていた気がする。ワンピースのシルエットのせいだけではないだろう。

顔色もあまりよくないような気がしたが、これは、単なる先入観か。

「お忙しいところ、すみません。無理を言いましたか」

「いいえ」

初美は肩までの髪を揺らし、首を振った。

そのまま、純也の視線を避けるかのように墓に進み、仏花を足し、線香を重ねる。

暫し、そのまま墓前に二人で佇んだ。

初美は墓石の上の上の、どこかを見詰めていた。亡き夫と話しているのかもしれない。

――小日向、なにかの時には、父や妻や子供達を支えてやってくれないか。

在りし日の秀成の声が、純也の耳にははっきりと蘇《よみがえ》った。

「何か、心配事でもありますか」

立ち上る煙に添えるように、そっと聞いた。

「えっ」

虚を突かれたように、初美は目を見開いて純也を見た。

いつもの、はにかんだような笑みを初美に向けた。

「僕はね、頼まれているんです。貴方達《あなた》の幸せを。僕の友達に。親友に」

途端、初美の顔が泣き笑いに崩れた。

急ぐことも急かすこともしなかった。

初美はやがて大きく息をつき、有り難うございますと頭を下げた。

上げる顔は、凛とした女将の顔だった。

実は脅されているんです、と初美は言った。

「それってやっぱり、黒孩子のことで？」

初美は頷いた。

「私はどうとでも。でも、子供達と従業員のことを考えると」

「母として、女将として」

「はい」

「それで、何を」

「最初には、ブラックチェインの土地を売れと」

「売れ？」

純也は眉を顰めた。

ブラックチェインの土地とは、笛吹川フルーツ公園を抜け、フルーツラインをさらに五キロメートルほど北上した場所のことだ。

元サバイバルフィールドだったところで、その後ブラックチェインのアジトとして使われた。

かつてブラックチェインの爺夫が偽名で登記した土地で、その所有権移転を強引に進めたのは初美の亡き夫、秀成だった。

ブラックチェイン事件の後、ある程度のことを話し、土地は初美の緑樹園に買ってもらった。というか、実際には純也がポケットマネーを使った格好だ。

偽名には偽名で、こう言ってはなんだが、堂々と売買をした。

絡みはしないが、このことは初美の義父である高橋知事も知っていることだ。

六百坪はあったが、億は掛からなかった。払った先は当然ブラックチェインではなく純也の方で仕立てた架空の人物だが、即金はそのまま、偽名の人物が山梨県と甲府市にそれぞれ分けて寄付している。

つまり、ブラックチェインのアジトは、今では緑樹園の持ち物だった。

「でも、言われてもわからなかったんです。そうしたら、水門根神社の近くの土地だって。それでやっとわかりました。ブラックチェインって、小日向さんにはお分かりですか」

「まあ。なんとなくは」

純也は肩を竦めるだけで、言葉を濁した。

初美には秀成が違法な仲介で他人に取得させた土地だとは話したが、ブラックチェインという言葉は使っていない。陽の下を歩き普通に生きる人々には、知る必要のない言葉だ。

「それより、誰にって聞いてもいいかな」

「わかりません。名刺は貰いましたが、登記はない会社でした」

「一人？」

「いえ。二人です」

「じゃあ、あとで名刺を。指紋くらいは採れるかもしれないし」

「あ、でも、どちらの方も常に、薄手の革の手袋をなさっていました。甲府は寒いと言って」

「うわ。用意周到だな。——会った場所は？」

「最初は駅前の喫茶店で。二回目は、うちの旅館のロビーで」

「防犯カメラは」

「うちの物でしたら。ほとんどサングラス姿ですけど」

「上々。なんだろうと、無いよりはまし。——あの土地か。それで、さっき最初にはって言ったね。他にも何か？」

「ええ。春日居《かすがい》の方の土地もって」

「春日居」

それは代々緑樹園が守ってきた、春日居にある果樹園のことらしい。緑樹園からは一キロメートルくらいの距離にあって、細いが春日居温泉の源泉へ繋がり、綺麗な湧水《ゆうすい》も汲《く》み上げられる場所だという。

「なるほどね。よくわかった。じゃあ、まずはその土地をどちらも、KOBIXエステートで管理させてもらおうかな。近いうちに、委託管理の契約を結ぶ手配をしよう。あと、そうだな。ホワイトナイトよろしく、周囲の土地をこっちで買い上げてもいい」

「まあ」

軽く十億は超える話になる。それをこともなげに言う純也に、おそらく初美は目を丸くした。

純也は胸を叩き、片目を瞑《つぶ》ってみせた。

「何かあったら、どうぞ気軽に。苦しみや悲しみは、本来溜め込む必要のないものだ、と思うよ。僕はね」

純也は顔を天に向けた。

「そうだよな。高橋」

立ち上る線香の煙が、絶えていた。

昇り切った、想い。

「あいつも、そう思うってさ」

初美が、小さく微笑んだ。

「ああ。ちなみに、旅館のセキュリティーは」

「えっ。アップタウン警備保障ですけど」

純也は口笛を吹いた。

「ちょうどいい。じゃあ、防犯カメラの映像と名刺はその担当に渡してもらおうかな。アップタウンには僕もルートがあるんだ」

「あ、わかりました。すぐに」

これで、初美との話は終了だった。

その後、純也はフルーツラインを北上し、ブラックチェインの土地にM6を停めた。久し振りに一度見ておこうと思ったからだ。

そこは、樹間を開墾したような土地だった。

三年振りの〈現場〉に純也は立った。

かつて倉庫でありサバイバルフィールドだった建物は色褪《あ》せ、大型シャッタに錆は広がり、間違いなく三年の月日を重ねていたが、四方に広がる空き地に雑草は少なかった。

初美から、緑樹園の出入り業者がときおり手入れをしていると聞いた。

「懐かしい、と言ったら不遜《ふそん》かな」
この場所で純也は、犬塚を殺した爺夫、陳善文《ちんぜんぶん》を撃った。
盾に取られた大橋恵子ごと。
草を踏み、シャッタに近づく。
四歩、五歩。
そこで純也は歩みを止めた。
かすかな風の流れに、さらに微細な何かが混じった。
硬質な殺気だった。しかもターゲットに狙いを定めるものだ。
明らかに、何者かが近くにいた。出所はおそらく、左手の樹間だった。
おもむろに一歩を踏み出した。
それで、それだけで、純也の中に戦場の感覚が蘇った。
草の匂い、風の音、陽射しの肌触り、すべてが一気に増した感じだ。
もう一歩、二歩を踏んだところで、殺気があからさまに純也を搦め捕ろうとした。
純也は咄嗟《とっさ》に前方に転がった。
ゴウッ。
くぐもった銃声が聞こえた。
わずかに純也の動きの方が早かった。

それまで純也が居た位置の空気が啼《な》いた。

回転を推進力に変え、流れるような動作で立ち上がった純也はそのまま建屋の方へ走った。

二発の銃声が純也を追い掛けてきた。

建屋の陰に飛び込んだ。

銃声も殺気ももう、追ってはこなかった。

ひと息つき、それから正面側に全身を晒した。

殺気どころか、気配が霧散していた。

衣服の乱れを整える。

「同時多発のことはさておくとしても、ここは少々危険かな」

やおら、ポケットから携帯を取り出した。

掛ける相手は、組対の東堂絆《きずな》だった。

といって、目的も必要なのも、絆本人ではない。

電話はなかなか繋がらなかった。

おそらく、出ようか出まいか逡巡《しゅんじゅん》しているのだろう。他部署の職員にはこういう手合いが多い。

繋がるまでは、ただ待つ。繋がりさえすればどうとでもなる。どうとでもする。

そこから先は純也のターンで、相手を煙に巻くのは純也の特技だ。

——何か。

ようやく繫がった電話の、東堂の第一声はそれだった。

何か電話の奥が、やけにごちゃごちゃしていた。

「やあ」

——ご用件は。

第二声も第一声に変わらず、木で鼻を括ったような感じだ。

「ははっ。そう構えないでいいよ。電話したのは、まだ東堂典明《てんめい》翁の快気祝いを送っていなかったと思ってね。どうだろう。石和温泉で湯治っていうのは。僕が招待するよ」

提案はそのまま、絆の口から奥のごちゃごちゃした方へ伝えられた。そちらから何か、さらにごちゃごちゃした言葉が返った。

「なんだ。東堂君は成田かい？　それは都合がいいね。——え、湯治はいつからだって？　そう。そこが問題、いや、相談だ」

明日からなんだけど。

明日から限定で。

明日から来てくれるなら、無期限で。

オマケとして、何人でも同伴ＯＫで。

純也は畳み掛けるようにして並べ立てた。

「人の目は多い方が何かと便利だし。――ああ、いや。これはこっちの話」

絆は、奥に向かって声を張った。

純也に釘を刺す意味で、聞かせようとしている節もあった。

――絶対にバーターがあるぞ。この人の旨い話には絶対、裏がある。ないわけがない。

すると、呼応するような奥の声も携帯から聞こえた。

――バーターなら、対等ってことだろうが。旨い話は旨きゃいいんだ。

この祖父にして、あの孫あり、か。

さらに祖父と孫の掛け合いがあり、結果として祖父が勝った。

――行くって言ってます。

「良かった。是非。――ああ。そうだ。東堂君。ちょっと典明翁に忠告しておいてくれないか？」

――なんでしょう。

「同伴はＯＫって言ったけど、成田駅前のキャバクラのメイちゃんや、最近入店したばかりのティナちゃんと二人きりってのはダメだって」

そのまま伝える声がした。

奥で典明が喚《わめ》いた。

――あの、なんで知っているんだって言ってますけど。

「それはほら。僕の目と耳はどこにでもあるからさ」

――伝えます。では。

東堂との要件は終わった。

「さてと。準備はこれで良し」

典明を緑樹園に配せば、たとえ拳銃でもライフルでも、おいそれと引けを取ることはないだろう。

それに、典明の睨みはいい重しにもなる。

「いい重し？　漬物石？　後で調べてみよう」

純也は誰もいない場所に呟きだけ残し、M6に乗り込んだ。

五

九州は金曜日、よく晴れた一日になった。

全体的に暖かく十月上旬並みの陽気になると、出掛けにビジネスホテルで見た、福岡放送の朝番組でお天気キャスターが言っていた。

この朝、猿丸はJR博多シティの中で少し遅めの朝食を摂り、そのまま博多駅に入った。

さすがに九州最大のターミナルは、朝から人の流れが引きも切らなかった。大いに混雑している。上野駅の出勤ラッシュにも似ていた。

先を急ぐ人また人の波を泳ぐようにして、猿丸は二階の四番線を目指した。

猿丸はこの日、長崎に向かうつもりだった。チケットは昨日のうちに予約しておいた。乗車するのは、特急かもめだった。金額はさておき、一番便利で速かった。直通で、乗車時間は約二時間だ。

人気の列車らしいが、金曜午前の指定席にしたら、かろうじて数席が空いていた。たしかに二人掛けの席が両方空いている箇所はなかった。

こういうとき、身軽な一人は楽だ。どうとでもなる。

発車時刻まで十分を切った列車は、すでにホームに停まっていた。

猿丸が乗り込んだのは七八七系、通称黒いかもめと言われる列車だ。

かもめには他に八八五系、白いかもめもあり、こちらの方が本道だという向きもある。

最初からかもめとして運用された列車だからだ。

対して七八七系は、誕生当初は特急つばめとして運用されていた。かもめに組み込まれたのは二年後だ。

ただし、だからどうという違いはない。現在では運行列車本数の、約半分ずつを担っている。

猿丸の席は、二人掛けの窓側の席だった。

グリーン席以外はすべて二人掛けだが、窓側が空いている指定席はその一席だけだった。内側好きもいるものだと猿丸としては不思議な感じもするが、深くは考えない。

猿丸が逆に、車窓から流れゆく景色を眺めながらだと、普段以上に頭の中がクリアになり、思考に澱《よど》みがなくなるという自覚があるからだ。だから猿丸は、常に窓側の席を好んだ。

昨日のうちに、堀川には会って話をしておいた。

無駄に外に連れ出すことはしない。葬儀場の中でだ。

猿丸は喪章を付け、申し訳なく思いながら告別式の一つに紛れた。そこで堀川と話をした。

何かあったら、本当に陸自を頼れと念を押した。これについては、堀川もそのつもりのようだった。

熊本のゴルフ場での宴会で、金獅子会の平橋が直々に、陸自に対しては〈勝てん〉と口にしたことが大きいようだ。

明日にもまた、福岡駐屯地司令部の何人かと呑むとか言っていた。

それで心が落ち着くならいいと放ってはおいたが、現実的なことを言えば、ヤクザが本気を出したら陸自どころではない。

連中が切った張ったの任侠《にんきょう》に生きたのはもう何世代も前の話だ。暴対法に煮え湯を飲まされた今のヤクザはずる賢く、闇に潜り、その奥底でこそ力を発揮する別の生き物だ。陽の下で〈勝てん〉と言ったところで、闇に潜れば、たとえ陸海空の揃い踏みでもどうなるか。

ヤクザは本気で狙いを付けたら、まず一人一人を切り離し、弱みを探し、握り、潰し、あるいは懐柔し、獅子身中の虫を何匹も作って相手の腹を食い破る。

食い破って、高らかに笑う。

ざまあみろ、と。

猿丸ももう、警視庁に長くなった。その辺のことは骨身に染みてわかっている。食い破られた仲間を何人も見て、見送った。

怠りなく堀川をサポートするのは、陸自がどう胸を張ろうと、どれだけ請け負おうと、猿丸の中で決して優先順位を下げることはない。

自分の指定席を探し、猿丸は座った。

隣、通路側の席の乗客はまだ到着していないようだった。

発車までは五分を切っていた。

中洲近くのビジネスホテルは、朝にチェックアウトしてきた。福岡には六泊七日の滞在になった。二泊ごとにホテルは動いた。

何かあると決まったわけではないが、何もないと決め付けるわけにはいかない。

これは、長い〈出張〉になるときの猿丸のルールだった。

（さぁて。こっからの長崎ぁ一体、何泊になることやら）

車窓に、まだ動きのない景色を見詰めた。

堀川には他に、通常の警備態勢を尋ねておいた。自宅も、白心ライフパートナーズの葬儀場も含めてだ。

セットでキング・ガードらしいが、そもそもセキュリティープランの優劣に拠る決定ではなく、総務が金額で決めた包括契約だと言っていた。

――ならよ。もう一回、アップタウンで検討してみちゃくれねえか。J分室は、アップタウンにならら顔も融通も利くんでな。

など、アップタウン警備保障を強く勧めておいた。

横浜にいる鳥居も、藍誠会病院に横浜営業所長の紀藤を同行し、桂木の自宅だけでも契約させたと言っていた。

その方がやりやすいのは事実だが、

「なんだか俺らぁ、アップタウンの営業マンみてぇだな」

呟き、無精髭《ぶしょうひげ》でざらつく顎を撫《な》でながら苦笑する。

そのとき――。

通路に規則正しい靴音と、なにやら厚みのある気配を感じた。

初めて感じる、と空惚けるには、あまりに馴染み深いものだった。

「ええっと」

車窓から視線は動かさず、ただ溜息をつき、ただ頭を掻いた。

ただ、それだけでは現実逃避は不可能だった。

「やあ。偶然だね」

豊かなバリトンの、いつもの声だ。

窓枠に肘をつき、手の力で首を通路側に捻じる。

このところよく目にした色のジャケットを着た矢崎が立っていた。

「ここまで一緒っすか。なんでまた」

「偶然だと言った。今回は本当に偶然だ」

そう言い切られてしまえば、続ける言葉は猿丸にはない。

考えるに、予約の時点で通路側の席は予約済みだった。

その空いていた窓側に、勝手に飛び込んだのは猿丸の方だ。

(そう言えば、あれだ。師団長は、非常時に動きやすいってんで、新幹線も飛行機も通路側が好きだったたな)

つまり、偶然をわざわざ必然に呼び込んだのは猿丸自身ということになる。

世の中の人はこういう事象を、自業自得と呼ぶ。

「ま、偶然も縁のうちだ。よろしく頼む」

矢崎が口元を緩めた。

だからといって、表情が柔和《にゅうわ》になるというものではない。

陸自の将・師団長まで勤め上げた男の表情は、鉄から一歩も動かない。言うなればそう、軟鉄、くらいか。

「で、師団長は長崎のどちらに」

聞いてみた。

二時間もある。どうでもいい質問でもしなければ間が持たない。

ついでに好きな食べ物や、ご趣味でも聞いてみるか。

「大村だ。大村駐屯地の、普通科連隊長兼駐屯地司令が後輩でね」

「どこにでもいるんすね。師団長の後輩ってのは」

「ああ。いるな。取り敢えず、全県は制覇している」

「はあ」

「今回はそもそも、全九州を回るつもりだった」

たしかに、飛行機の中でも色々と回る予定だと言っていた気がする。

矢崎という男は、有言実行の男だ。

「特に順を決めたわけではなかったが、大村の滝田《たきた》が保土ヶ谷の浪岡と同期でね。早くから知っていたようだ。それで、福岡に入ったと聞いて、手ぐすね引いて待っていてくれたようだ。もう少し福岡にいてからとも思ったんだが。なんでも――」

軍艦島の遊覧に予約を入れてくれたようでね、と矢崎は続けた。

「貴重な経験になる。行かねばならないと思ったのだ」

「そっすか」

「なんだね。素っ気ない気がするが。猿丸君は、軍艦島には興味がないかね」

ない、と言ったらどうなるかに興味はあったが、そつなく、

「そんなことはないっすけど」

と答えた。

矢崎は満足げだった。

「それに、それだけではないぞ。軍艦島の離発着のある長崎港のレストラン街は、葦簀《よしず》が張られていて、いつでも呼子のイカが賞味出来るのだが。猿丸君は、食べたことあるかね」

「いえ」

「美味いよ。呼子は。折角長崎に行くのなら、堪能するといい」

「えっと。呼子のイカって、長崎名物でしたっけ？」

「ん？　おかしなことを言うものだ。佐賀の唐津に決まっているじゃないか」

「えっ。でも」

「君が行くのはどこだね？　佐賀かね？」

「いいえ。長崎っす」

「じゃあ、長崎じゃないか」

「…………」

まあ、いいことにしよう。

「師団長。あれ、まだありますか」

「なんだね」

柿の種、と言うと、矢崎はありとあらゆるポケットを探った。

テトラ形の透明な小さなパッケージが、一つ出てきた。

「食べるかね。〈あと辛〉味しか残っていないが」

「いただきます」

ちょうど、発車のベルが鳴った。

柿の種を齧った。

七八七系、黒いかもめが、ゆっくりと動き始めた。

六

〔さて、どう動くか〕

足場の上でヘルメットの庇を上げ、五夫はそう呟いた。

土曜の朝だった。

作業前の朝礼が終わり、それぞれの業者が持ち場に散ったばかりだ。

当然、五夫はその阿呆《あほ》臭い朝礼に出るわけもない。

だらけた朝礼そのものの必要性云々《うんぬん》の前に、所属がないのだ。

ラジオ体操をしたところで、日当を払ってくれる会社もない。

五夫は、藍誠会総合病院のエントランス側に掛かる足場の、四階から五階に掛かる部分の中段に立っていた。

今、五夫の眼下でキャスター付きのダストボックスをゆっくりと押し、芝生広場の方に出てゆくのが、どう動くかと狙いを定めた男だった。

名前はまだ知らない。いや、知る必要もないだろう。

現在、工事用の足場はそのままだが、この前々日の木曜日で、病院の前面は他の面に先駆け塗装工事が終了した。

金曜日には養生シートがそれまでの閉鎖性の高い完全防塵《ぼうじん》の物から、目の粗いビニルネットへの交換作業があり、その日のうちに終了した。

これで院内には窓という窓からほぼ百パーセントの外光が射し、同時に、外からも外壁や窓内の様子が分かるようになり、内外共にだいぶ開放感が出たと言える。

これは、足場の上の五夫にも実に好都合だった。

足場を高く上れば病院エントランス側の様子が、端から端まで隈なく見渡せるようになったのだ。

二日前、五夫は久し振りに夕方から都内に出た。

向かったのは新宿だった。

まず駅で姥貝と待ち合わせ、盗聴器を持たせた。それから西新宿のシティホテルに入り、広いラウンジに席を取った。

そこが姥貝から聞いた、太陽新聞記者に指定された場所だった。五夫が一人で先回りした格好だ。

ラウンジは半分くらい埋まっていたが、席には特にこだわらなかった。姥貝に付けた盗聴器で会話は拾える。要は相手の背格好や顔が確認出来ればそれだけでよかった。

姥貝には五夫の目的も、それ以前に黒孩子というキーワードさえ深くは何も教えていないが、その程度でいい。所詮は似非ジャーナリストで、こういう場合、相手にも似非だと勝手にわからせることが重要だ。

それから約三十分後、午後七時を回った頃に姥貝が会った記者は、意外にも若い女だった。ショートカットで背が高く、黒縁の眼鏡を掛けていた。

——初めまして。

盗聴器の感度は良好で、記者の声は凜としていた。

——早速ですが、医療過誤をご追求と伺いました。

——ああ。けど、ネタ元は教えないよ。ご家族に迷惑が掛かるからね。

——結構です。けど、おかしいんですよねぇ。

——何が。

——あの病院。外国客船からの救急搬送には大きな不審があるんですが、家族から訴訟になるような案件は、私どもが知る限り、ここのところないんですよねえ。

——外国客船？　え、そうなの。

——おや？　それもご存じない？　結構知れ渡った情報ですけど。

——さ、最近のことには疎くてさ。

——医療過誤は何年前を。二年、三年ですか？　そうなると、うちとしてもちょっと疎いんですが。

——ああ、そう。そうね。三年前、かな。

——あら。外国客船も三年前のことですけど。

——えっ。

さりげない会話の中で、女性記者はなかなか核心に迫ることを聞いてきた。

言ってはなんだが、姥貝とは比べるのも笑えるほど、記者としての資質は相手の方が格段に上だった。

（ふん。三文芝居だ）

五夫は盗聴器を外し、先にラウンジを出た。

ロビーの適当な場所で、人待ち風に出てくる女を待った。

その後は、出てきて姥貝と別れた女を尾行する。

記者としては敏腕でも、人間としては素人だ。すぐ間近をついていったが、悟られるわけもなかった。

その間に、姥貝からメールがあった。女の名刺の画像だった。

社会部記者・片桐紗雪とあった。

本人の住まいだろうマンションのエレベータホールまでついていった。

エレベータに乗るのを確認して、そのまま外に出た。場所的にマンション前を走る道路の反対側からなら、全戸が見渡せた。

すぐに一戸に明かりが灯った。六階の真ん中くらいだった。

片桐の部屋は、これで特定出来た。

(まあ、初日としては上々だな)

それで、五夫は自分のアジトに帰った。

翌朝に、始発で出てくれれば何も問題はないだろう。

日本人は規則正しい。朝起きて顔を洗い、トーストを齧るか味噌汁を飲んで、身支度を整える。

何か大きな事件でもない限り、片桐も自身のルーティンは変わらず、何か大きな事件があったなら、姥貝と会ったことも含め、他のすべては後回しになるだろう。

そんな五夫にとっての不測が起こったところで、片桐の会社も自宅も抑えている。

なんと言っても、特に自宅を抑え得たのは五夫のアドバンテージだ。

翌朝、前日に部屋を確認した道路の辺りで張っていると、

(来た)

片桐紗雪がマンションのエントランスから出てきた。

朝の七時半だった。

時間的に通常出勤だと推測は出来たが、ついていった。どうあれ、この日は尾行に徹するつもりだった。

案の定、片桐は電車を乗り継ぎそのまま真っ直ぐ、京橋の太陽新聞社に向かった。

付近に格好の場を見つけ、陣取って片桐の次の行動を待った。

一時間、二時間。

いかに感情をコントロールするかが、叩き込まれた尾行の要諦《ようてい》だ。

出てきた片桐についていくと、都営線に乗り、新橋で降りた。

地下街の寿司屋に入り、そこで片桐は人に会った。

先に来てカウンターに座っている男だった。胡麻塩頭の短髪で、こういうときの相手としては思ったより歳を食っていたが、貫禄はあった。目付きも、そう思えば鋭い。真正面に立つ寿司屋の大将より、どちらかと言えばこの男の方が帳場が似合いそうだった。

男は最初に一人で入ったからカウンターを勧められたのだろうが、断らずそのまま座ってくれたのは五夫にとって好都合だった。

こういうとき、カウンターはいい。少し遅れて五夫も一人で入ったが、何も言わなくともカウンターに通された。

昼時と言うことで、店内はカウンター以外ほぼ埋まっていた。

状態として、五夫が怪しまれる危険率は限りなくゼロだ。

二人からは一人を挟み、三席ほど離れたところに案内された。

が、さりげなく聞き耳を立てていれば、全体はわからなくとも単語くらいはときに聞こえてくるものだ。

姥貝、とキーとなる言葉が片桐の声で聞こえた。

(へへっ。ビンゴォッ)

上がりを飲みながら、大振りの湯飲みに口をつけたまま五夫は口角を吊り上げた。

男の顔は覚えた。

そこまでで離脱した。

覚えるのはいいが、深入りしてこちらが覚えられたりしたら、イーブンどころかマイナスになる。

日本は五夫にとって、遠い異国だ。石橋を叩いて渡る。油断はしない。

それに、どうせ相手は警視庁の公安だ。桂木の病院で張っていれば、間違いなく見つけられるだろう。

無理そうならまた、片桐から始めればいい。危険はあるが、自宅に盗聴器を仕掛けるのも一手だ。姥貝を使って陽動する手もあるだろう。恐喝も恫喝《どうかつ》もあり、最後の手段としては、片桐を拉致《らち》監禁して誘《おび》き出すという悪手まである。多種多彩だ。

などとそんなことを、つらつらと昨日は考えた。

たしか日本では、下手な考え休むに似たり、いや、下手の考え休むに似たりと言うのだったか。

まあ、いい。どちらでもいい。結果に変わりはない。

あの男が今朝、藍誠会横浜総合病院の職員通用口から入っていくのを見掛けた。

そうして今、五夫の眼下でキャスター付きのダストボックスを押し、病院前面の芝生広場のゴミを拾いに出ていくのを確認したばかりだった。

〔ちょっと触ってみるか〕

呟き、五夫はビケ足場の内階段を、ちょうど真上を目指して上った。

五階の理事長室の直近に外から陣取る。中が窺え、中から邪魔にならないギリギリの位置だ。

桂木は執務デスクでPCに向かい、キーボードを叩いていた。

桂木の携帯番号は知っている。知っていると言うより、三年振りに試したら繋がった。

マイナンバーは、何も日本国が指定する個人番号だけではない。特に不都合がなければ、日本人は携帯電話の番号もあまり変えたりしないものだ。携帯番号もマイナンバーだと思っている。

そこにまた掛けた。通話の音声をデジタル変換するアプリの立ち上げは忘れない。ちなみにこのアプリは、中国国務院工業情報化部国防科工局製だ。

コール音が、五夫の耳に小気味よく響いた。

桂木が理事長室で、机上に置いた携帯を手に取った。

――もしもし。

耳から聞こえる声が、室内の動きとシンクロしていた。不思議なものだ。
「なあ。そろそろだよなぁ。いい返事を貰いに、来週辺り行くかもなぁ」
桂木の引っ詰めた息遣いが聞こえ、身を硬くするのが見えた。
「ま、あんまり予定は詰めないで、気にしといてくれや。また電話すらぁ」
言うだけ言って切った。
単に疑心暗鬼を発現させるためには、それくらいで十分だろう。
桂木は案の定、あたふたしながらどこかに電話を掛けた。
五夫はもう桂木を見ていなかった。下を見た。
芝生広場でゴミ拾い中の職員が、上着のポケットから携帯を取り出すのが見えた。
室内の行動が、眼下の職員の行動に繋がっている。
これもまた、不思議なものだ。
笑えた。
笑えるほどの余裕が五夫に生まれた。
焦りはしない。来週と告げた。
これから何日かを掛けて、眼下の職員を丸裸にする。
桂木と本格的なビジネスの話に及ぶのは、それからでいい。
（さて）

漆原か大森か、七姫を撃った男か、もう一人のあの、忌々《いまいま》しい脅しを流暢な中国語で掛けてきた上司か。誰が出てくるか。

誰が出てきてもいい。

粛清だ。

どうしようもなく浮かぶ口元の笑みを、隠すようにして壁に向かった。

何度も見てきた、修繕工事の壁だ。

一度くらい、本気で目地にコーキングでも入れてみるか。

こう見えて、俺は、器用なんだ。

劉春凜のブログ、その要約　一

私の名前は、劉春凜。一九八八年の夏に、マイアミで生まれた。

フロリダ州の夏は、染みるような青空が毎日続くの。輝くような太陽の、一年を通じて一番いい季節。ときどきハリケーンは来るけどね。

両親は、もともとは中国化隆《かりゅう》県の農家だったって聞いたわ。生きていくのがぎりぎりの不器用な自作農だったって。それが蘭州拉麺で成功して、中国各地に幾つものお店を持つチェーンのオーナーになったって。

なんにしろ、これは後になって聞いた話。

昔のことは実感もないしよくわからないけど、要するに、今はお金持ちってこと。

私の上には歳の離れた兄が二人いて、一人が中国警察のエリートで、一人の行方は知れないって、これも後で聞いた話ね。

マイアミで生まれた私は、そのままマイアミのとあるコミュニティで育ったの。

物心つくまではわからなかったけど、どうやら私の暮らすコミュニティは、生活水準が割り合い高い、中国人だけで構成されていたみたい。

これも後で知ったことだけど、私が暮らしていたのは、黒社会が生地主義の外国に作って中国の富裕層に売った、第二子以降の出産が可能な〈チャイナ・コミュニティ〉なんだって。

道理で、同じような目の色で髪の色で肌の色の人達しかいなかったし、みんなそこそこ上等な服を着て、お金に困っている人はいなかったわ。

ただし、コミュニティの中ではね。

外にはガラの悪い人も、見るからに貧しい路上生活者みたいな人もいたけど、私達には関係がなかったし。

私達は、ある程度の歳になるまでは勝手にコミュニティの外を出歩くことは許されなかったの。境界線みたいなのがあって、そこには黒服にサングラスの人達の事務所があったわね。

それが、中国から〈出張中〉の黒社会の人達だったみたい。

でも、黒社会って怖いイメージがあるけど、私は全然そんな風には感じなかったわ。だって、手を振れば必ず笑顔で応えてくれる、陽気なオジサマ達だけだったんですもの。

私が住み暮らすコンドミニアムは、そんな〈チャイナ・コミュニティ〉の真ん中辺りにあったわ。家賃はコミュニティの中で一番高いわけではなかったけど、真ん中よりはだいぶ上だったかな。

四部屋あって広いリビングがあって、プールはなかったけど、その代わり爸爸《パーパー》が契約してくれたヘルパーが一人付いていたの。中華系アメリカ人、華裔《かえい》だって聞いたけど、細かいことはよく知らない。興味もなかったし。

でも、このヘルパーは優しくて、二胡がとっても上手な老太婆《ラアタイポー》だったわ。たまに、人に呼ばれて演奏会もしていたくらいの腕前よ。

本当に綺麗な音色で、私はいつしか二胡に魅了されて、この老太婆に習い始めたの。

老太婆はいつも、私のことを褒めてくれたわ。

——あなたには大いなる才能があるわ。

私は褒められて伸びるタイプかも。一生懸命お稽古《けいこ》もしたわ。老太婆がヘルパーとしてこない日もね。

コミュニティのみんなが、あまり好きではなかったのもあるかな。みんなのところにはたいがい、両親か、少なくともお母さんがいたわ。いないところも、春節と国慶節には必ず肉親が中国からやってきた。私のコンドミニアムには、両親が泊まった記憶さえなかったかな。

私はコミュニティで住み暮らす子供の中では、特に裕福な方ではあったけど、そのお金は両親が休まず働くことで生み出されるものだったみたい。

大きな拉麺店って、そんなものなのかな。人が休むときこそ忙しいのかもね。

でも、それって本当のお金持ちなのかしら。〈成り上がり〉って誰かが言ってるのを耳にしたわ。それも、コミュニティのみんながあまり好きじゃなかった理由。

その後、戸籍はアメリカのままで、中等学校は本国に呼び戻されて、私学に入学したわ。爸爸《パーパー》や妈妈《マーマ》と同じ家に暮らした時期ね。

この同じ時期って言い方が微妙。爸爸や妈妈が家にいる時間は、ほとんどなかったわ。一週間や十日くらい、一度も顔も合わせないなんてしょっちゅう。かえって、マイアミに全然来なかったことの証拠にもなって、妙に納得出来たかな。

でも、国に戻って良いこともあったわ。なんたって、戻って初めて私は永哲大哥に会えたんですもの。あと、二哥・子明のことについても詳しく知ったわ。あまりに私の生活とのギャップが大きくて、物語みたいにしか聞こえなかったけど。

けど、現実の大哥は私と会えたことをとっても喜んでくれたわ。

警察のお仕事が忙しいみたいで滅多には会えなかったけど、爸爸や妈妈よりは会えたかな。無理して時間を取ってくれたのかも。それでも、会えば嫌な顔一つしないで、ずっと私の愚痴を全部聞いてくれた。

学校が変。友達が変。私には合わない。

二胡の先生が変。

だって、私の手を叩くのよ。

そう。国に戻ってから、私が二胡に一生懸命なことを知ると、爸爸はとても喜んでくれた。それで、二胡奏者として国内で高名な先生を付けてくれた。

けど、この人とは馬が合わなかったわね。全然ダメ。偉そうなだけで、すぐ私の手を叩くんだもの。

第一、マイアミのヘルパーの方がきっと、誰が聞いても上手だったわ。この先生は上海辺りでは高名でも、マイアミに行ったらダメよ。

私のヘルパーは野に埋もれた名人。そんな感じかしら。

大学はマイアミに戻って、そっちの音楽学校へ通ったわ。国籍はアメリカのままだったから、最初から分かってたことだけど。

大学では、ジャズとクラシックを学んだわ。高齢だった老太婆はもう亡くなっていなかったけど、やっぱり私の生活の中心は二胡。それ以外にはなかった。でも、大丈夫。もう私は、自分でなんでも出来る歳になっていたから。

マイアミに戻って、爸爸や妈妈とはまた以前のように疎遠になったけど、でも大哥とは違ったわ。大哥は五月の端午節には、必ずマイアミに会いに来てくれたの。私の気に入るようなプレゼントを抱えて。

なんたって端午節の頃は、私のバースデーなのよ。

そうそう。何度かマイアミに来る間に、大哥は気心の知れた部下を二回、連れてきたわ。それが、全道安って名前の人。マイアミにはあまりいない、シャープな雰囲気の人だったわね。格好いいか悪いかで言ったら、まあ、いい方かしら。

私はあまり興味がなかったけれど、向こうはどうかな。ずいぶん優しかったわ。私には、気があるみたいに見えたけど。

大学を卒業してからも、私はコミュニティのコンドミニアムに住み暮らした。ときどき小さなコンサートの客演やフェスティバルに呼ばれたり、二胡に興味を持った人に個人授業をしたりして。

いつか一人前の演奏家になるのは夢だけど、焦りはしないわ。コンドミニアムの家賃も生活費も、支払いは爸爸の名でいつもきれいだから。

そうして、二〇一四年。私が二十六歳になる年ね。

この年の端午節は、春先から行けそうにもないって、大哥から連絡があった。徐才明の失脚で明るみに出る色々なことがあって、もの凄く忙しかったみたい。

――大きな事件絡みの仕事があってね。今年は行けないが、その代わり、プレゼントは贈るよ。注意書きをよく読むように。

その後、大哥からは、大哥が日本へ行くと決まった直前に電話があった。

大哥は、国家安全部に所属してから密かに二哥の行方を捜してたって言った。けど、長くわからなかったたって。

それが、

――見つけた。日本へ行く。子明を手の内に入れる。

って、凄く興奮していたわ。冷静な大哥のそんな様子は初めて見たかも。

でも、そんなことを言って海を渡った大哥は、日本で帰らぬ人となった。二哥もだって。二人とも死んだみたい。

教えてくれたのは、爸爸や妈妈じゃない。全道安からの電話だったわ。

──気を落とさずに。何かあったら力になるから。

有り難うって答えた。けど、気は落ちなかったわ。実感がなかったから。

──僕はね。劉警督を抹殺した奴を許さない。尊敬していたんだ。心から。絶対、犯人は突き止める。

へえ。大哥は殺されたのね。何かの事件に巻き込まれたのかしら。

──ねえ、春凜。犯人に心当たりはないかい。警督から犯人に繋がる何かを聞いたとか。預かったとか。

ないと答えたわ。実際、遠くマイアミに住む私に、そんなことわかるわけないもの。

──そう言えば端午節に、警督から何かプレゼントがあったよね。それにヒントが隠されているとかはないかい？

あら。よく知ってること。やっぱり全道安って、私に気があるのかしら。私はそれほどでもないけど。

──たまたま、警督が電話してるのを聞いていたからね。で、どうなんだい。

どうもこうも、大哥がこの年にくれたプレゼントは、深い海の色をしたドレスだった。紺碧《こんぺき》っていうのかしら。

〈いつか、リサイタルがあったら着られるように〉って、そんなカードが付いていたわ。

でも、それだけ。

——そうかあ。

なんか、全道安はちょっと溜息をついたかな。

——また連絡する。本当に、困ったことがあったらすぐに言ってくれ。なんとかするから。

その後、両親には自分から連絡したわ。掛かってこないから。

随分、憔悴《しょうすい》してたかな。それくらいは声で分かった。

でも内容は、ちょっと期待外れって言うか、もの凄くドライだった。

二哥が見つかったら、男手が増えると思っていたみたい。それで喜んだんだって。店が助かる、仕事が楽になるって。

国家の機関に勤めた大哥に代わって、上手く仕込んで二哥に店を継がせようと思っていたと残念がっていたかな。

そんな話を溜息交じりに何度も何度も繰り返してた。

選りにも選って、それが両方死んでしまうなんてって。

私から掛けた電話だけど、私から切った。その後も、なんどか連絡は取ったわ。

でも、聞こえるのは声だけ。

爸爸や妈妈がマイアミに来てくれることは、金輪際なかったわ。

第五章　移動

一

日曜日になった。

純也はこの日、広島にいた。

目的は祖母春子のエスコートで、最重要事項は春子の体調管理と安全だ。

予定にはなかったことだが、ベイサイドホールでの初コンサートのとき、また加賀夫妻に誘われたようだ。

――芦名さん。いかがです。広島辺りのコンサートは。

――そうよ。春子さん。広島は今、とてもいい季節よ。

その日の帰り道、M４の助手席に座る春子から話を聞いた。どうしようかしら、と口にしながらも、そのときからすでにまんざらでもなさそうだった。

さらに後で聞けば、和也の娘、麻里香も言葉を添えたらしい。

――ねえ、お婆ちゃん。お婆ちゃんも、行きましょ。

ちょうど、同じ時期に麻里香の通う私立小学校の、親子参加型イベントがあるようだ。広島原爆ドームと厳島《いつくしま》神社。

出欠は自由らしいが、麻里香は両親と一緒に参加ということだった。

和臣の今回のアジア歴訪に、秘書官としての和也の出番はないらしい。

それで、親子での参加が可能となったようだ。

もしかしたら、和臣は麻里香に父和也を預けていったとも考えられる。

冷淡に見えて、和臣も小学校に上がったばかりの孫には寛大なのかもしれない。

かつて純也にとっては自身に対する態度以上に、母香織の死に対する和臣の冷淡な態度を恨めしく思う日々もあったが、現在では、それらは非情、あるいは情が薄いからではなく、誰よりも情が強《こわ》いからだと思わないでもない。

非情は情の裏返し、情は非情の裏返しか。

自身が、年一年と人としての経験を積んだ結果に思い至るところだとすれば、これは吉か凶か、増か減か、濾過《ろか》か汚染か。

家庭、家族を考えると、芯が揺らぐ気がした。

感覚としてはどうにも不安定だが、甘んじるしかなかった。

（馬鹿な）

縁なき衆生《しゅじょう》、と自身を割り切っていたつもりだが、どうやらそれほどの鉄面皮ではないようだと認識すれば、かすかに口辺に自嘲も湧くというものだ。

広島へは、私立小のイベントに参加の和也親子の方が先発で出掛けていた。

形としては一応、団体ツアーになると聞いた。

その旅程の中で、日曜日は一日家族単位でのフリープランになるという。

日曜日はちょうど、ファンベル広島ホールでのコンサートの日に当たった。それで加賀は先に、和也に声を掛けていた。

加賀自身は主たるグループが回っている札幌に顔を出す予定らしい。

小日向の家から誰かが臨席してくれるのは有り難いと、満面の笑みを浮かべたようだ。

麻里香の、

――ねえ。お婆ちゃん。

から始まる懇願の声は、春子にとっては心を開く、フリーパスの呪文《じゅもん》のようなものだったろう。

年齢を考えれば春子を一人で広島など、行かせられるものではない。

とはいえ、忙しいからまた今度、などと言う言葉でお茶を濁しても、その濁りが消える日が果たして来るのかどうかは甚だ微妙だ。

純也にも、それこそ神にも分からないだろう。

だから――。

したいことは、したいように。

春子には、幸せであって欲しいと純也は常に願っている。

それが現在、純也の心の芯の、一番の揺らぎだ。

前日、土曜の内から純也は春子を連れて広島に入った。特になにごともなければ、旅程は二泊三日のつもりだった。月曜には国立の家に戻る。

Ｍ４を品川駅前にある、昔から馴染みのシティホテルの駐車場に預け、そこから新幹線で一路広島に向かった。

土曜はそのまま、ホテルでゆっくりとした時間を過ごし、春子の体調を整えた。

翌日は一日、春子は和也ファミリーに預ける手筈になっていた。

日曜日は朝からあいにくの雨模様の天気になったが、春子にはかえって、和也一家と過ごすゆったりとした時間になっただろうか。

雨に濡れた市街を一人で散策した純也は、コンサート会場で春子達と合流した。

と言っても和也と純也の場合、意識としては時間と空間を共有するだけのことではあるが――。

この日のコンサートは午後五時からの開演で、八時には終了した。

その後は、芝浦のホールに比べればささやかなバンケットで主催者と招待客に、演奏者も交えたパーティーとなった。

華やかさより落ち着きというか、そろそろ、〈巡業〉の感は否めない。

春子は和也ファミリーに預け、純也は一人でバンケットの隅に居場所を得た。

携帯が振動したからだ。

猿丸からの連絡だった。コンサートの終了時間を考慮しての連絡だっただろう。

取り敢えず、この土、日で〈無事〉に、長崎と大村駐屯地の連中に馴染んだという。

それだけのことだが、存在証明は重要なことだ。一分一秒の遅れが命取りになることもある。

「どう。長崎の感想は?」

——そうっすね。三日目にしてもう、でっかい皿の料理とイカの刺身は、美味いっすけどね。当分要らねぇかなって。

「なるほど」

——腹ごなしも兼ねて、明日から本格的に動きます。

「うん。よろしく。師団長はどうしてる」

——まだイカ食ってます。駐屯地の連中は、放っときゃ明日まで食ってんじゃないっすかね。てぇか、耳とか鼻から生えたりして。

「ふうん。なんか、気持ちが悪くなりそうだ。じゃ」

電話を切り、手にしたグラスを弄ぶ。

思考を整理する時間だ。

とにかく――。

猿丸の方はこれからだとわかった
鳥居の方にはささやかな動きがあった。

甲府ではとにかく、典明がご満悦のようだ。こちらも動きは特にない。

緑樹園に現れたという二人組の防犯カメラ映像と名刺は、アップタウン警備保障の山梨営業所を通じて横浜の紀藤の元に送らせた。そこで、必要な程度の解析は済んでいた。

名刺からは受け取った初美以外の指紋は検出されなかったが、映像はデジタル処理がなされてデータ化されたものをJ分室員で共有した。

とはいえ、見覚えは誰にもまったくなかった。

その他として、漆原からの連絡に拠れば、全道安は桐生に回ったという。その後で函館に向かうらしい。

昨日には浜松にも顔を出したと連絡があった。

なかなか精力的に動き回っているようだ。

フード・ワークでの一件に関して、予測通り皆川公安部長はオズの夏目を動かしたらしい。その結果、ブラックチェイン時の群馬県警の警備との繋がりで、オズとして漆原が解剖所見も入手することが出来た。

解剖時で死後七日から八日というから、おそらく十一月の六日か七日が犯行日時ということになる。指紋の照合は当然ながら確定できず、身元は不明ということだった。

(雲を掴む。いや、雲でも掴む、しかないかな)

それらを俯瞰的に思考していると、赤いドレスの女性が現れた。

春凜だった。

小走りに来たようだ。息を整えるように豊かな胸元に手を当てる。染めた頰が、ドレスより朱かった。

『いらしてたって、担当者に聞きました。でも、お忙しかったんでしょ?』

『そうなんですが、実は祖母が広島を熱望しまして』

握った右手の拳から親指と小指を広げ、ゆらゆらと揺らす。

『仕事とファミリーは、その境目とバランスが難しい』

『まあ。愚痴ですか』

『失礼』

『いいえ。一歩、あなたに近づけた感じです。嬉しい』

相変わらず真っ直ぐな言葉を発し、真っ直ぐな目を向けてくる。

眩しいものだ。

視線から逃れるつもりで和也達の方に目を向ければ、そちらからは春子が目を細めて純也の方を眺めていた。

目のやり場が、あまりなかった。

もう一度、親指と小指を広げて揺らす。

「バランス、か」

『え。なんですか？』

小首を傾げ、春凜が寄ってきた。甘やかな匂いがした。

『いえ』

純也は、いつものはにかんだような笑みを見せた。

『広島は急遽決まった感じで、なので二泊三日の、忙しい旅です。明日にはとんぼ返りと言いますか、帰京しないといけなくて』

『そうですか。残念です』

口をすぼめて下を向き、けれど春凜はすぐに笑顔を上げた。

『でも、どうでしたか？　今日の私の演奏は』

ころころと変わる表情もまた、間近で見ると眩しい気がした。

『ええ。素晴らしかったですよ。いい音でした。素人耳ですが』

『いいんです。貴方にそう評されるのが、何よりも嬉しい。――本当に、お会い出来ましたね。それも嬉しい。私は、トリオでもカルテットでもないので、常に一人です。言葉もここでは壁のようです。通じる人も多くはなくて』

春凜は純也に並んで、壁に背を預けた。

そこから暫く、とりとめのない会話をした。

春凜、と誰かが呼んだ。コンサートの担当者だったろう。ファンベルのネームプレートが胸元で揺れていた。

『ではまた。きっとお会い出来ますわね』

『口にするなら、また同じ言葉になります』

春凜は髪を揺らし、頷いた。

『次は長崎です』

『ああ。そうでしたね』

猿丸に行かせるか。都合が合えば矢崎でも――。

などと考えながら去り行く春凜を見送り、グラスに口をつける。

「ねえ」

足下から愛らしい声がした。

麻里香だった。

「お話、少ししかわからなかったけど、あの方は純也叔父様の恋人？」

「おや。どうしてそう思うんだい？」

「お婆ちゃんが、そろそろよねえって言ってたから」

「君にはどう見えたかな。彼女のこと」

『そうね。――大したことないわ。叔父様には不釣り合いよ』

「へえ。英語かい？　上手いね」

チェシャ猫めいた笑みを下げる。

真顔のシンデレラが、足元から純也を真っ直ぐに見上げていた。

二

月曜日になって、純也は春子を連れて帰京の途に就いた。

新幹線で品川へは、三時間四十数分の旅になる。

前日の雨が東に流れつつあるようで、新幹線の車窓には、名古屋を過ぎた辺りから常に鉛色の雲があった。

新横浜からは体感として、二日連続の雨だった。

品川に到着したのは夕方、六時を回った頃になった。

普通なら夕暮れの時間帯だったが、雨雲の下ではもう辺りはすっかりと夜だった。

吹く風も雨も、身体を冷やすほど冷たい。

出発地点の中国地方はこの日、朝から気持ちのいい快晴だった。

天気に釣られたか、ホテルバイキングの朝食を摂っていると、春子が厳島神社に参拝したいと言い出した。

したいことは、したいように。

純也はレンタカーを手配し、春子を乗せて宮島を回った。

「いいわねえ。この淡い潮の匂い。瀬戸内海ね。懐かしいわあ」

春子は目を輝かせた。約五十年振りだという。

「香織と来たのよね。パパも、忙しかったけど時間を作ってくれてね。ううん。パパの方が来たかったのね。きっと」

パパとは春子の夫、ファジル・カマルのことだ。

亡くした夫と娘。

その記憶を頼りに、思い出の参詣《さんけい》路を踏む。

春子には幸せであって欲しいと、改めて願う。

その願いの先で、春子は無邪気にはしゃいでみせた。

「純ちゃん。見て見て。あそこのお茶屋さんで、香織がソフトクリームを食べたのよ。まだ夏だったかなあ。暑くてね。パパはそう、途中でアイスを落として、ズボンがベタベタになったわね。大慌てでね」

視覚や聴覚も大事だが、特に嗅覚《きゅうかく》は人が獲得した最も原初の能力だ。扁桃体《へんとうたい》や海馬《かいば》に接続し、ダイレクトに記憶野と繋がっているとかいう。

プルースト効果。

開かれる記憶の扉。

鮮やかに、春子の記憶が蘇ってゆく。

知らない祖父、知らない母。

若かりし祖母は、芦名香織の母だった頃の祖母。

言葉はなく、純也は目を細めるばかりだった。

はしゃいだ疲れか、帰りの新幹線の中、春子はずっと眠っていた。

元気なようで、体力は昔より格段に落ちている。自宅の庭の太極拳は、心身の健康の維持には役立っても、さすがに増強とまではいかないか。

新幹線を降りた品川では、Ｍ４を停めさせてもらったホテルで夕食を摂ってから帰宅するつもりでいたが、春子がやはり疲れたということで、そのまま真っ直ぐ帰宅することにした。

夕食は要らないと言って、春子はシャワーもそこそこに寝室に入っていった。

純也はと言えば、春子を取り敢えず無事に帰せたことで肩の荷が下りた格好だ。

実は、どんなミッションより簡単でもあり、困難でもある。

命を司る神は、少なくとも純也ではない。

「さて」

純也もシャワーを浴びて部屋着に着替える。

冷蔵庫を開ければ、結構な種類のフリーズドライや冷食が入っていた。

こういうとき、最近の春子の嗜好は有り難い。火を使わないで済むスタイルは、純也も好むところだ。

冷食の中から幾つかをチョイスし、電子レンジとダイニングテーブルの間を何往復かした。

一度で済まないのが面倒と言えば面倒だが、そこまで自堕落になるつもりはない。

彩りといい、香りといい、食卓はかなり華やいだ感じになった。

ナポリピッツァとホットサラダに麻婆豆腐と、よくわからないが〈欲張りプレート〉、あとは少しの白ワインと。

「いただきます」

冷めないうちに、冷えているうちに。

と――。

携帯が振動した。

リー・ジェインからだった。

【やあ、Jボーイ。遅くなった。――え、そうでもないって？　ああ、まあ、そうかな。何、別に労力を高く見積もって吹っ掛けるために言っているわけではないよ。そう。僕の能力を高く見積もれば、この程度の諜報《ちょうほう》にこの時間は掛かり過ぎだとね。Jボーイ。そう、今の遅くなったは誇大広告ではなく、過小評価をされたら困るという僕のプライドから発する言葉だと思ってもらえると助かる。

えっ。ああ、そうだね。そう。聞かれていたことだけど、今やろうとしているミッションの最大の協力者が軍部にいてね。だから実は、僕が思うよりもずいぶん早かった。

Jボーイ。覚えておくといい。このアジアに冠たろうとする国は、ファミリーや〈友達〉の境界が実に複雑怪奇だ。万里の長城ほど長く高いと思えば急に内に閉ざされるというか、その代わり、胸襟《きょうきん》さえ開かせてしまえば一気にクリアに、どこまでも見渡せるようになる。ただしこれは、外国人に限っての対応かもしれないけれど。――なんにせよ、国民性だろうか。どこを回っても、これはこの国に戸籍を持って住まう、誰しもに共通の肌触りだ。

何？　冷食が冷める？　ワインが温む？　これは失礼。――いや、なんだって？　冷食？　Jボーイ。君は不思議な物を食べるね。ああ、フランスもピカールはたしかに美味《おい》しい。そうだね。僕もピカールを食べたのはたしかに日本だ。買ったのはどこだろう。イオンだったかな？

おっと、失礼。話を先に進めよう。

Jボーイ。聞かれていたブラックチェインのことだけど、彼女は、再調整、と言っていたかな。――ああ、そう。協力者は女性なのだ。軍部の中枢部署の、なかなかいい地位にいる男の妻女、そんなところだ。

連中は再調整され顔も変えられて、軍部のどこかに組み込まれたようだ。

名前などはおそらく、ない。黒孩子だろ。

彼ら彼女らにとって連中は、〈それら〉であって、ファミリーでも友達でも、おそらく同胞でさえない。将棋の駒、いや、そこまで便利じゃないか。チェスの駒だね。使い捨てってやつさ。ああ、ある意味こっちの方が便利かもね。後腐れはないし。

連中がふたたび日本へ？　ああ、行ったところでおかしくはない。そこまではさすがに、どうにも調べようがないけどね。

繰り返すけど、黒孩子だろ。駒として地下に放って、連中が闇に紛れた後は、本人を特定する術はない。行動計画書もおそらくないよ。

闇に紛れる蟻《あり》の一匹、蟻達のひと群れ。Jボーイ。そんなものの記録を残すと思うかい？

ああ、いい言葉がある。

蟻の一穴天下の破れ。

残して意味がないどころか、後に自分の首を絞めるかもしれない恐れもあるものは、僕だって残さない。

デッド・オア・アライブ。ブラックチェインの連中は裏のそんな部隊というか、システムに組み込まれたんだろうと思う。たぶん。

Jボーイ。軍部だけでも、この国の闇は濃く広く深い。

それに、同じようなシステムはどの部門どの部署にもあると言っていいんじゃないかな。

十億を超える人口は本当に、伊達でも無駄でもないんだ。

まあ、そこらへんを一つ一つ、薄皮を削ぐように剝がしていくのが今回の僕のミッションでね。時間は掛かるだろうけど、ダニエルがいたくご執心だ。

さて、Jボーイ。長くなったけど、費用の交渉と行こう。――え、一億？　それは、もちろん円で？

そうだね。いいだろう。――え、やけにあっさりしてるって？　ふん。君も僕をなんだと思っているのかな。守銭奴《しゅせんど》？　違うよ。僕は常に、正当な報酬を欲しているだけなんだ。

和歌山で、井辺新太《あらた》さんを手厚く葬ってくれた君への、これは僕の心ばかりのコストダウンだ。受け取ってくれたまえ。

えっ。コストダウンが無ければいくらだったかって？　まあ、それを聞くのはあまりいい趣味とは思えないけれど、今後のために言っておくなら、――五億かな。円でね。

ははっ。これは通常なら、一円たりと負からないよ】

通話を終え、食事を終え、ロックグラスに落とした氷を、静かに洗うように注いだモルトウイスキーを舐める。

すると、また電話が鳴った。

鳥居からだった。

――明日、例の脅迫者が来るそうです。そんな連絡が、桂木の携帯にあったと聞きました。時間までは未定ですが。一日、病院にいろよってことのようです。

「ふうん。足止め、釘付け、かな」

――わかりませんが、紀藤にも声、掛けました。まあ、元警官ったって、今となっちゃ猫の手でしょうが。

「それでも手は増えるよね」

――そっすね。まあ。それが猫の手ですがね。

電話を終えた後、もう一杯モルトを呑んだ。

アルコールはもう十分だった。

「晴れ空の下か。さて、何が光の下に出る。何が、光の作る影に潜る」

テラスに出る。

いつの間にか、雨がやんでいた。

雲の切れ間から、月影が射した。

「メイさんと、アップタウンの紀藤さん。東堂典明翁。セリさんと陸自。なら、手薄なところからいこうか」

明日は関東も、いい天気になるだろう。

三

もうすぐ午後三時になる頃合いだった。

五夫は足場の上、定位置と言っていい場所にいた。エントランス側の五階、外壁のほぼ北西の隅、理事長室の中をぎりぎり窺える位置だ。

(さぁて。どうするか)

この日は朝から、まず病院内をうろついた。公安の男が内部のゴミ出し作業で歩いていたからだ。

アップタウン警備保障の人間も、数えたわけではないがこの日は通常より少し多めだった気がする。

周囲に細心の注意を払いながらついて歩けば、公安の男は五階にも上がってゴミを集め始めた。

といって誰からも、その辺をうろつく五夫に不審の目が向けられることはない。元請けゼネコンの腕章を腕に付ければ、どこを回ろうとたいがいは業者然として通用した。

実際、各フロアのトイレは今回の修繕工事の対象になっていた。四階と五階はまさに今、男女を交互に閉めて水回りの交換工事中だった。

注意は怠りなく配りつつも、ターゲットに対してアドバンテージを握る五夫には気持ちの上で余裕があった。

それにしても、桂木と公安の奴が廊下で擦れ違ったところなどは見物だった。

思わず吹き出し、慌てて下を向いたものだ。

公安の男はさすがに鍛えられているようで、理事長と擦れ違っても軽い会釈だけで特に動かず、視線も気配も掃除の作業内から外れることはなかったが、まったくの素人である桂木の方は違った。

朝からまったく心ここにあらずで、地に足がついていないようだ。

通り過ぎようとする公安の男の背に声を掛けようと逡巡し、口を開き掛けたり、手を伸ばし掛けたり――。

動作としては、後ろ髪引かれるように身を捩り、そちらに爪先を向けて立ち尽くすような場面もあった。

まるで昔見た日本の昭和の、〈道ならぬ恋の愁嘆場〉のようだった。

その後も、公安の男の作業について歩いた。

気付かれることはなかった。

男はいつも通りの作業を、いつも通りにこなした。

午前中は、男の確認に五夫は終始した。

男がキャスター付きのダストボックスを押して外部に出るときには、五夫はヘルメットをかぶり、足場に登って全体に目を光らせた。

それでも、特に不審な動きはなかった。

他人との接触も、ただの一度としてない。

午後になってからも、男に変化はなかった。

二時を過ぎてからは、五夫は男の背を離れて理事長室の外足場に張り付いた。

エントランス側に、申し分ない晩秋の陽射しが入っていた。いい天気だ。

男を張るのも手だが、理事長室の桂木を張るのも手で、こちらの方が確認は楽だった。

午前中は寒さが募るので止めただけだ。

養生シートが防塵からビニルネットのものに変わった弊害は五夫には大きかった。素通しで吹き付ける午前の風は堪ったものではなかった。

最終の手直しで壁に張り付く職人達ですら、朝イチで足場に上がったときには悲鳴を上げた。

五夫は西陽を受け、少し温まった足場の歩板の上に腰を下ろした。

（ふん。どうにも、人を馬鹿にしたように動きがねえな。桂木ばっかりオタついても、大して面白くもねぇ）

ヘルメットの庇を上げ、雲を睨む。

餌は撒いた。あまりに当たりが薄いようなら、今日のことはなかったことにして、自ら動くこともやぶさかではない。

昨日のうちに、公安の奴のヤサは突き止めた。どうとでもなる。盗聴器を仕掛けてもいいが――。

（いや）

曲がりなりにも、相手は公安だ。太陽新聞の片桐紗雪などというただの記者とは違うだろう。

感づかれる可能性も考慮すれば、機器からなんの痛くもない腹を探られないとも限らない。折角の無防備な現状を閉ざされてしまう恐れもある。

（いっそのこと、あいつのヤサの方で張るってのも、いきなり急襲して拷問に持ってくってのもある。へへっ。焦るな焦るな。どうとでもなる）

ヘルメットの庇をつまみ、理事長室内に顔を向ければ、自分以上に落ち着きのない桂木が見えた。

反対に、エントランス側の全景に目を向ければ、芝生広場でベンチの掃除をする公安の男の影が見えた。

西陽を浴びて少し眩しいが、シルエットだけでも、もう見間違うことはない。それくらい何度も見続け、焼き付けた。今日も半日以上張り付いた。

おもむろに携帯を取り出し、足場の上から電話を掛けた。

音は聞こえないが、理事長室内で桂木が飛び上がった。

思わず笑いそうになり、無言で切った。

桂木が慌てて、拝むようにしながらどこかに電話を掛けた。

顔を下に向けて目を凝らせば、西陽の直射の中で公安の男が腰を伸ばし、電話を耳に当てた。

当てた。

当てていた。

「ん？」

当てているその奥の奥、国道から病院に回り込むバスやタクシーの誘導路の際に、スーツ姿の男が立っていた。

心臓が大きく、一つ打った。

声を聞かなくとも風貌はわからなくとも、シルエットの堂々たる立ち姿だけで声が想像出来た。

――初めまして。僕は今そこに立っている男の上司だけど。

そんな、流暢な北京語が五夫の脳裏に蘇った。

――時間が惜しい。死ぬか、生きるか。

忘れない。忘れ得ない。

あの忌々しい上司だ。間違いない。

それが――。

手庇を作り、真っ直ぐに足場の上の方を見上げていた。

(なんだ?)

嫌な予感がした。

(そう言えば――)

慌てて周囲を確認する。

いつの間にか、手直しをする工事の音も職人もない。

気が付けば三時だった。

大手ゼネコンであればあるほど、作業環境として休憩を強要する。そんな時間に突入していた。

五夫は足場の上に立ち上がり、ゆっくり動いてみた。

すると、それがスイッチだったかのようにスーツの男も動きだし、病院の敷地内に入り込んできた。

迷いのない足取りに見えた。リズミカルな靴音さえ聞こえそうだった。

スーツの男には、どうやら歩道も車道も関係ないようだった。

病院のエントランス側に掛かった足場を見上げながら、真っ直ぐ歩いてきた。

当初立っていた位置から真っ直ぐ、五夫の真下に向かって。

(いけねえ)

背筋を這い上がる悪寒は、間違いなく危険を知らせる体内アラートだ。

五夫はそのまま、五階の足場の上を真横に走った。

現場監督がいたら間違いなく怒鳴られるだろうが、もはや関係はなかった。

地上ではスーツの男が敷地を斜めに走ってきた。

もう間違いはない。男のターゲットは五夫だった。

油断だったか。

いや、そんなところから見当をつけてくる奴がいるなど、誰が思うか。

足場の向こう端に辿り着き、足場内階段を脱兎《だっと》となって駆け下りた。

五階から四階、三階へ。

しかし、まだアドバンテージは五夫にあった。

（逃げ切れる。冗談じゃねえ）

そこから建物の奥の側面に回り込んだ。

北面の足場には、まだ完全不透過の防塵シートが張られていた。

外の様子は窺えないが、同様に中の様子も外からはわからない。

騒がず焦らず、けれど急いで足場内階段を三階から二階へ。

五夫は息を詰め、さらにそこから真裏、東面に回り込んだ。職員駐車場及び救急外来へと降りられる方向だ。

三分、いや、二分も経っていなかっただろうが、やけに長く感じられた。

地に足をつけ、足場の外に走り出れば、職員用駐車場に今まさに走り込んできたセダンがあった。急停車した。

〔五夫。早くっ〕

顔はサングラスに隠れてよくわからなかったが、聞き慣れた声がした。

いつか殺すと決めた声だ。聞き紛うわけはない。

けれど、そのことは今はさておく。

こういうときは、仲間でいい。

〔おお。いいタイミングだ。助かったっ〕

言いながらヘルメットを投げ捨てた。

運転席から降りてきた相手に走り寄り、一応の礼を言って後部座席のドアノブに手を掛ける。

そのときだった。

鋭く細い何かが、五夫の右目の端で西陽を撥《は》ねた。

「えっ」

光は次の瞬間、五夫の胸に吸い込まれたようだった。

動くことはまったく出来なかったが、この時点では痛みもまったくなかった。

当然、何が起こったのかもわからなかった。

「えっ」

運転席のドアが閉まった。

「えっ」

セダンが走り出し、出て行った。

「えっ」

五夫が膝をつく前、意識のあるうちに発した言葉はどれも短く、四度、同じものだった。

四

木曜日は、祝日だった。勤労感謝の日というやつだ。

勤労の感謝をさて、する日か、される日か。

純也はこの日、本人なりの定時で登庁した。

到着は、九時を大きく回った頃だった。

受付にはこの日も恵子が出ていたが、

「やあ。お早う」

「お早うございます」

頭を下げ、真っ当な朝の対応をしてくれた。

九時を回ってからの登庁にも拘らず、受付の〈番人〉である恵子から小言の一つも出ないのは、これは間違いなく、この日が祝日だからだ。

「毎日が祝日だと、楽だけどなあ」

「えっ」

「いや。こっちの話さ」

笑顔で手を上げ、エレベータホールに足を向ける。

十四階の分室には、鳥居が出ていた。

いると思っていたから、急がず通常登庁出来たとも言える。

「へへっ。随分とね、久し振りな感じがしますわ」

鳥居は胡麻塩頭を搔いた。

ジャマーの作動もコーヒーの準備も、全部が終わっていた。

「やっぱり、いないと困るね」

「そいつぁ、どんな意味ですね」

「いろんな意味さ」

鳥居がコーヒーと、ファイルケースを純也の前に置いた。

「昨日、テクノクリンサービスの後始末と一緒に、貰ってきました」

コーヒーを飲み、ファイルを開く。

二日前、藍誠会横浜総合病院の裏手で、白昼、一人の男が殺された。運悪く防犯カメラは工事の関係で使用されておらず、犯人はその場から立ち去って行方は今のところ不明だった。

被害者が病院の営繕工事を請け負っているゼネコンの腕章をしていたことから、当初は工事関係者同士の揉め事が疑われたが、いきなり捜査は暗礁《あんしょう》に乗り上げた。被害者は身元不明で、誰も知らない男だった。

と、この辺までが、広く神奈川県警内に知られた情報だった。

鳥居が入手してきたのは、その被害者の解剖所見だ。

凶器は千枚通しのような鋭利な錐《きり》状の物。肋骨《ろっこつ》に触ることなく、心臓をひと突き。

ここまでは普通の所見だ。

問題は、次のページからだった。

「やっぱり、ブラックチェイン。中でも、五夫かい」

義歯その他、数多《あまた》の整形手術痕。右腹部の手術痕と、付けられた〈右腎臓摘出痕〉のタイトル。

そして、刺創の真横に、一匹の小さな黒蜥蜴のタトゥー。

間違いなく、五夫だった。

彼の日、仲間割れで殺され掛けていたところを助け、生かして本国に送り返したはずの男が、戻って死ぬ。

なら、なんのために助けたのか、返したのか。

「奇しくも今日は、勤労感謝の日なのにね。あの日の勤労は感謝されることなく、無駄になったってことか」

純也はファイルをテーブルに投げた。

と、分室の固定電話が鳴った。

珍しいことだが、鳴らないわけではない。

ただ、どこにも所属の実態がないJ分室に警察専用回線、いわゆる警電の引き込みはない。だから公用も私用も混在だが、そもそも公用などないのが前提だ。

ディスプレイを見て眉を顰める。

警察庁警備局警備企画課のナンバーだった。

そんなところから掛けてくる人間は、現状では一人しかいない。

電話をスピーカにして、まず鳥居が出た。

「はい。公安総務課庶務係分室」

――小日向が出勤していることは確認済みだ。すぐに来い。

夏目理事官からだった。

鳥居に代わって純也が電話に寄った。

「勤労感謝の日ですが」

――だったらどうした。

「いえ。独り言の類です」

かえって、祝日に向こうも出ているのかと感心するが、呼ばれる理由は大いにわかっていた。おそらく、向こうも出ている理由に関してだ。

「仕方がない。ちょっと行ってくるよ」

「へい。行ってらっしゃい」

鳥居もわかっていることだろう。それ以上は言わなかった。

二日前の横浜での一件も、純也はその場で皆川公安部長に振った。推して知るべしで、皆川はステレオタイプにまた夏目に振った。

結果として、神奈川県警の刑事部だけでなく、殺人事件だったが同警備部からも二人が合同で動いた。オズの作業員ということだろう。

それで解剖所見、タトゥーの形、位置の入手は割合簡単だった。

と同時に、三年前の五夫の手術記録は、本庁公安部に残る物を皆川に別手配させた。

七姫が半ミンチにされて死に、五夫も心臓をひと突きにされ死んだ。

誰かが動いている。

考え得るのは手近なところでは全道安だが、それならそれで構わない。ブラックチェインを阻止する気なら、大いにやれ、だ。もっと早くてもいい。

どうしようもない悲しみに浸り、心を折る日本在住の黒孩子が、ふたたび出ることのないように。

ただし、逆に、それらが全道安も含めてあちらの国の暗闘、権力金権争いが絡むなら迷惑だ。

持ち込むなら、全力で潰す。
そんなことを考えながら、純也は警視庁を出て警察庁に向かった。
「ふうん。噂をすれば影ってやつだね」
ちょうど第二庁舎から、全道安が出てくるところだった。
擦れ違う格好で立ち止まる。
全道安は、手にコーヒーを持っていた。
〔勤労感謝の日、というのですか？　祝日にも、日本人はずいぶん働きますね〕
〔貧乏暇なしと言います〕
〔貧乏？　あなたが？　失礼ですが、簡単なプロフィールは調べました。いや、簡単にで十分なくらいでした。華麗なる一族ですね。貧乏暇なしなどということはないでしょう。いや、有り得ない〕
〔鬼っ子ですから。心の貧乏、あるいは居場所がない、という感じですか〕
〔それは、贅沢というものでは。今日を生きる食物もないという生活に比べれば〕
〔明日を生きる希望の見えない今日を生きなければならないというのも、――いえ。これはおそらく、どこまで行っても交わらない会話ですか〕
〔そうですね。――ところで、そろそろご協力頂けませんか？　実は、今も夏目のところに談判に行った帰りです〕

〔とは？〕

〔警督の足跡を辿ってきました。都内の数人だけでなく、警督についた各地の課員との接触も始まったところです。が、どうにも要領を得ません。皆、誰かの顔色を窺っている。夏目か、氏家か。あるいはその上、そのまた上。それに、警督が話を聞いた民間人もまた、みんな何かに怯《おび》えているようです。私はただ、警督がどうして死ななければならなかったのか。誰に殺されたのかを明らかにしたいだけなのですが〕

〔なるほど〕

〔失礼ですが、あなたはそう言った柵や上下関係に捕らわれない方のようだ。そういう方に手伝って頂き、思うところを口にしてもらわないと。もう、警督に関して辿ることが出来る先も、そう多くはありません〕

〔なら、僕は不適格でしょう。どちらかと言えば嫌われ者の部類です〕

〔嫌われる理由にこそ、様々な真実にアクセス出来る鍵があるのでは〕

全道安が真っ直ぐに見てきた。射込むような、挑むような目だった。

〔ところで〕

純也は焦らすように、肩を竦めた。

〔ブラックチェイン、二人も死にましたが〕

全道安の瞳がかすかに揺れた。

いや、顔を上下動させただけだったか。
〔知っています。聞きました。また日本に来ているとは驚きです。ただ夏目にも言ったのですが、それは私の管轄ではありません〕
〔私の管轄です〕
〔失礼ですが、あなたの部署はゴーストだと〕
〔管轄は心情のエリアです。あなたが本当にあなたの口にする理由で来ているのなら、その理由も心情のエリアなのでは〕
〔ああ。納得です。でも、諦めませんよ〕
〔お好きにどうぞ。では〕
軽く会釈し、純也は第二庁舎に入った。
夏目の執務室をノックした、第一声がこれだった。
「遅いっ」
「申し訳ありません」
「随分、こちらを勝手に使ってくれるものだ」
夏目はデスクで腕を組み、こちらを終始睨んでいた。
そこにも心情、プライドはあるだろう。まあ、わからないでもないから放っておく。
「はて。理事官を動かしたのは、私ではありませんが」

「そんなことはわかっている。――お前、公安部長の何を知っている」

「さて」

「私はなんの弱みもない。それでここまで使われるのだ。少しくらい教えてもらってもいいのではないか。二人も死んでいるのだ。その後始末だ。しかも、ブラックチェインだと」

「そう。そこです。全道安に聞きましたが、よくわかりましたね。部長ですか」

「あの人は他人を顎で使うだけだ。何も知ろうとしないし、関わろうともしない。――まずは桐生の解剖所見だ。こっちにも回してもらった。一昨日の横浜と突き合わせもした。部下の何人かにも開示した」

「部下？　オズの？」

「そうだ」

「あまり情報を広げるのは、得策ではないと思いますが」

「煩《うるさ》い！」

夏目は強くデスクを叩いた。

「お前の指図は受けないっ。とにかく、蜥蜴のタトゥーだっ。それで、ブラックチェインだという部下がいたんだ」

「そういうことですか」

まったく、と言いながら夏目は椅子の背凭《せもた》れを軋ませた。吐き出して少し、落ち着いたようだ。

「あの男が来て、お前が顔を出してからだ。私の廻りが慌ただしくなった」

「あの男。全道安ですか」

夏目は黙って頷いた。

「私を差し置いて、みんなで何をしている」

「特には何も」

「惚けるな。——氏家情報官は、どこにいる」

夏目は絞り出すように言った。

「さて。国テロ情報官は私の管轄外です。こちらの方がはるかに近いと思いますが」

「それが遠いから聞いている」

わからない。

十日に、何人かを借りるかもしれないと一方的に連絡を入れてきて、それきりだと夏目は言った。

十日はなるほど、純也が日比谷公園で氏家に会った日だ。

「もっとも、使い道を聞いたところで、あの人は木で鼻を括ったような返答しかしないだろうがな。昔からそうだった」

ただ、と夏目は続けた。

「こっちに何人かの部下が、困惑気味に連絡を入れてきた。作業内容は守秘で徹底しているようだが、とにかく、今現在、氏家情報官の所在が不明、携帯も繋がらないとな」

「ほう」

なるほど、訝《いぶか》しいことだ。だが、知らないものは知らない。

黙っていると、本当に知らないのか、と夏目は聞いてきた。

首を横に振った。

「なら、用はない」

夏目が手を、外に掃き出すように動かした。

軽く一礼し、執務室を後にする。

出ると静寂に気が付いた。

ここにも勤労感謝の日の〈余波〉があるか。

「恒例じゃないけど、来たついでだ。いるかな」

長島の執務室へ足を向けると、いた。

「休みの日になんのようだ」

氏家の話をすると、興味を示した。

「ほう。あの男が」

その場でWSを稼働させ、勤務状況の確認をした。

この辺の手際とルートは、なんといっても首席監察官だ。

「ああ。今週に入ってからは休暇届が出ているようだが、それにしても昨日までだ。今日は別として、明日はどうだろう」

「では、明日も登庁しないようでしたら、お願いします」

頼みごとをした。

「高いぞ」

「億の買い物をしたばかりです。気になりません」

「ううむ。どうにも、自分が小者に思えるな」

快諾とはいかない承諾を貰い、外に出る。

「さて。じゃあ、僕はメイさんの勤労を感謝して、鰻かな」

そんなことを呟くと、携帯電話が振動した。

J分室のもう一人の勤労者、猿丸からだった。

五

次の日、長崎市街から出た猿丸は、佐世保に入った。

十七日に長崎に入った猿丸は、続く土、日を身体慣らしに当て、月曜から探索を開始した。

──長崎の病院にな。いい外科医の院長がおるとたい。当然、黒孩子ばい。

そう金獅子会の平橋が言っていたと堀川から聞いた。

純也からも方針として、藍誠会横浜総合病院に近いような、指定、あるいは特定機能病院と指示を受けていた。

少なくはないだろうが、闇雲ではなく限られた数だという推論は成り立った。現に、月曜から木曜、勤労感謝の日の午前中にはすべてに当たりがつけられた。

院長が外科医の病院は多く存在した。

ただ、条件があまりに掛け離れた病院ばかりだった。

年齢的には六十代から七十代までが多く、たいがいが聞くまでもなく黒孩子に該当しなかった。二人ほど年齢的には当てはまる院長もいたが、こちらは国籍が引っ掛かった。

一人はカナダ人で、一人は日本国籍を取得したイギリス人だった。

足で稼いで、当然、それぞれの履歴や情報の裏は取った。

結果、該当者なしということになった。

指定、あるいは特定機能病院という括りがある以上、見落としということは有り得なかった。

ピンポイントでたった一人を探すのは難しいものだ。指針もなしに、ただ闇雲に動いて辿り着けるものではない。

下手をすれば離れる、潜る。最悪の場合、消える。

さて、どうしたものか。

それで、すぐさま純也に連絡した。鰻がどうのと言っていたが、このときは取り敢えず文句は言わなかった。

純也の指示で長崎に入ったのだ。その先も考えているかもしれない。

いや、間違いなく純也なら考えている。

そういう上司で、足る上司だ。

「どうしたもんですかね」

そのままを口にした。

――そうだね。じゃあ、間口を広げて、佐世保はどうだい？

純也が答えに迷うことはなかった。

――二〇一四年から、佐世保も広く国際旅客船の受け入れを開始しているし。

「えっ。佐世保っすか」

――セリさんは佐世保のこと、聞いたことないかい？

「あっと。そう言われれば」

新聞の記事で読んだ気がする。

太陽新聞の社会面で、今年の東京が暑くなる前だったか。

軍港のイメージが強かった佐世保港だが、近年は商港のエリアを確立して棲《す》み分けを図り、港湾機能の活性化を推進しているようだった。

「たしか、〈ポートルネッサンス21計画〉とかって銘打った再開発に取り組んでるって」

——そう。二年くらい前には、佐世保港にも国際旅客ターミナルが出来たはずだ。さすがに長崎に比肩するほどじゃないだろうけど、上海からのクルーズ船も入港するはずだよ。そう、大連《だいれん》や煙台《えんたい》からの船もあったかな。それで今年の七月二十六日には、国交省から港湾法第二条の三で定める国際旅客船拠点形成港湾に指定されたね。

「あっ」

思わず猿丸は膝を打った。

太陽新聞で読んだ記事のポイントは、たしかにそれだったと思い出す。

——クルーズ船が入る以上、佐世保でも条件は揃っている。佐世保の救急指定、あるいは特定機能病院を当たってもらえるかい？

了解っす、と即答した。

長崎と言われれば、長崎港だけだと思っていた。視野が狭くなっていた。

頑固、頑迷。

メイさんに近いか。

歳のせいだと言われるだろうか。

（ま、言わせねえために、少しばかり頑張るかね）

フットワークだけは、せめてメイさんより軽く。

佐世保へのアクセスはＪＲのシーサイドライナーで約二時間、高速バスを使えば一時間半ほどの旅程になった。

向こうへ行ってからの行動を鑑み、猿丸はレンタルバイクで行くことにした。機動性も重視した格好だ。

まずバイクの予約を入れてから、ネットで佐世保の病院を当たった。

長崎に比べればヒットする数はそう多くなかった。病院の規模もだ。

規模が小さければ小回りも利き地域にも密着し、よく言えば患者に開かれた病院ということになるが、悪く言えばセキュリティーが大甘になる。

だから――。

ちょっと調べればすぐにわかった。

該当すると思われる病院が二件あった。

佐世保あおぞら病院と、創世会間宮《まみや》医院の二件だ。

病院としてのスペックを見る限り、あおぞら病院の方が大きかった。規模としては倍くらいか。

この二件に当たりを付け、金曜日の朝になってから猿丸は行動を開始した。

前日に動き始めてもよかったが、やはり休日と病院業務の相性は悪い。それで一日ずらした。

平日の方が、何かと便利だ。

まず創世会間宮医院の方に向かい、佐世保あおぞら病院の方は後回しにした。

休日明けの病院はどこも混む。これは鉄板のルールだ。

混雑する大病院の事務方の対応は、どこも〈塩〉だ。

これも、ある意味では鉄板だろう。

だから規模の小さい、間宮医院の方を先にした。

クルーズ船の発着ターミナルからは、こちらの方が少し遠かったが、病院としての歴史はあおぞら病院よりはるかに長いようだった。

由緒ある病院、ということになるのだか。この辺は、院長と話をすることが出来たら聞いてみよう。

病院の外来駐車場にバイクを停めたのは、十一時少し前だった。

「ここかい」

創世会間宮医院は六階建ての、その昔は〈白亜〉の塔だったことを思わせる病院だった。

外壁は港から吹く潮風が色付けるのか、赤茶けていたが、かえってそれが、佐世保に根差した病院の歴史を物語るかのようでもあった。

病床数も専科もさほど多くはなかったが、佐世保におけるこの病院の存在意義はよくわかった。

猿丸はバイクを降り、ヘルメットを小脇に抱えてエントランスから中へ入った。

外来はひとしきりの混雑が終わったようで、ロビーにはそこはかとない静けささえ漂っていた。

午前十一時とは総合病院にとって、そういう時間だったろう。

猿丸は真っ直ぐ、〈初診・事務受付〉と天吊りの案内板が下げられたカウンターに向かった。

事務服を着た三人の女性がいて、そのうちの二人が接客中だった。

残る一人、ＰＣのモニタに顔を向け、キーボードを叩いている女性の前に、カウンター越しに猿丸は立った。

相手は五十絡みで、老眼鏡を掛けていた。

「あの、すみません」

「はい」

女性は作業の手を止め、猿丸の方に顔を向けた。

「本日は、間宮敬一郎《けいいちろう》さんは登院なさってますでしょうか」

「えっ」

本当に聞こえなかったのかと思った。それで、もう一度繰り返した。

「間宮敬一郎さんです。院長の」

女性が老眼鏡の弦《つる》を摘まみ、下げるようにした。そこから上目遣いに、猿丸を訝し気に見た。

感じが悪い、としか言いようはないが、何かが引っ掛かった。

女性の目が猿丸から、ロビーの方へ動いた。

感じるところに従って、咄嗟に猿丸は振り向いた。

二メートルと離れないところに、一人の男が立っていた。

五十絡みで、背は猿丸より若干高かった。

地味でヨレたスーツ。汚れがそのまま色になって定着したようなウォーキングシューズ。

四角い顔に短く刈った髪、鋭い目つき、歪《ゆが》んだ口元に浅黒い肌。

「失礼ですが」

錆びた声だった。けれど太く、それでも通る。

目が合った。

鼻の奥がキナ臭かった。

なんというか、自分と同類の、同じような匂いだ。

「おいは、こういうもんたい」

男がポケットから取り出したのは証票、いわゆる警察手帳だった。

巡査長、高井慎司《たかいしんじ》。

案の定、長崎県警の刑事だ。

「あんたぁ、院長になんの用のあっとね」

体裁は質問、のようでいて、間違いなく聞くだけでことが済まないのは明白だった。

ロビーの各所から、似たような匂いの男達が寄ってきた。

「まあ、なんてぇか」

猿丸は苦笑しつつ、頭を掻いた。

様子がまったくわからなかった。狐につままれた気分だ。

だから、この場はひとまず、向こうの思うままの不審者でいることに決めた。

そうして連行された警察署で、尋問を受けながら逆に情報を引き出す。

事態を把握するにはそれが一番の近道だと、長年の経験で理解していた。

六

十一月最後の土曜日になった。

純也は朝八時過ぎ、普通の職員のほぼ定時に登庁した。

本人は渋っていたが、純也は鳥居に、この土日に限っては休暇を厳命した。

鳥居には月曜から甲府に入ってもらおうと思っていた。

また、一週間や二週間では帰れないかも知れない。それだけは純也にも、今のところ測れない。

家庭を持つ者には、何があろうと、ときに連休は必須だ。

向こうでの潜入の方法は、またアップタウン警備保障の紀藤に頼んであった。

〈Bar・ストレイドッグ〉に集まる面々の、過去から現在までの話はブルー・ボックスでの一件の後、鳥居から聞いた。みな迷い多き連中だった。

中から紀藤はスジに組み込んでみれば、さすがにキング・ガードと警備業界を二分する大手の営業所長だけあって、その手広さは実に使い勝手がよかった。

紀藤の方には、鳥居にスジとしていいように使われる憾《うら》みが、もしかしたらあるかもしれない。雁字搦めだと思うことも。

が、道を外し掛けた連中には、〈使役〉することで、ある種の未来を見せられるとも純也は思っている。

頼りにし、助けにもするとは、彼らの存在意義を高めると同時に、生きる糧にもなろうというものだ。

一階の受付には奈々がいた。恵子の姿はなかった。

「あれ？　大橋さんは、今日は休み？」

聞けば、上でぇす、と朗らかな声が返ってきた。

分室に向かうと、奈々の言葉通り、恵子が花を飾っていた。珍しいことだが、少し遅めだ。

「今日は花が二回になったもので」

この日も恵子が日比谷で切花を購入してきたが、奈々も気分で買ってきたらしい。

黄色い水仙に真っ白な金魚草。

後から奈々が買ってきたのは、金魚草だという。

「可愛らしいお花ですよね」

その金魚草を今、水仙の花瓶にちょうど足し終えたところのようだった。見れば、分室の掃除もひと通りしてくれたようだ。

一礼し、退出しようとする所を純也は呼び止めた。

「掃除、有り難う。まだ早いよね。コーヒー、飲んでいくかい」

「いえ」

恵子は、首元で切り揃えた髪を左右に揺らした。

先週まではもう少し長かった。髪型を変えたようだ。

それもコーヒーの理由の一つだったが。

「私の職場は、今は下ですから。なので、その他のお手伝いはしましたけど、ゴミ出しなどはご自分達で。経費の精算も」

「ＯＫ」

純也は肩を竦めた。

「受付で、大勢と遣り取りするのは辛くはないかい？」

「そんな日もあります。でも、そんな日の辛さは、それまでの日々の楽しさと、これからの日々への期待で乗り切れます」

ああ、ここにも、ストレイドッグに集う面々と同じような人がいた。

「そう。君がそう言うならいい」

「あの」

「何？」

「有り難うございます。――あなたがいれば、いいえ、Ｊ分室があれば、生きていけます」

「ははっ。珍しい人だ」

恵子は儚《はかな》げに、けれど凜として笑った。

「ええ。珍しい女ですから」

一人になった分室で、そのまま書類整理をした。恵子に言われたゴミ出しは当然だ。

その後、十時過ぎになって長島から連絡があった。

――頼まれた物が手元に届いた。午後になったら取りに来い。

「今からでは。私は暇ですが」

――お前ほど暇ではない。俺は今、警察病院だ。

「おや？　どこか不調ですか？」

――定期健診だ。

「本当に？」

――そういう疑いを無くすために、わざわざ時間を取って受けているのだがな。

「了解しました」

そのまま午前中は事務処理を続け、昼前になって日比谷に出た。帝都ホテルのラウンジで簡単な昼食を済ませる。

内勤の日は、無理にでも動かないと完全に運動不足だ。だからよく、鳥居や猿丸を誘って外に出る。犬塚が存命中は、三人を夜のガード下にも付き合わせたものだ。

最近、有楽町のガード下はめっきり行かなくなった。

いずれまた近いうちに、復活するだろうが。

そんなことを夢想しながら、帝都ホテルを出た足でそのまま第二合同庁舎に向かう。

時刻は、午後一時を回った頃だった。

長島はいつもの執務室に、いつもと変わらない顔で座っていた。

「何か変か」

「いえ。変でないところに少し違和感を覚えまして」

「なんだ」

「病院、病人。警察庁、首席監察官。取り合わせの妙と言いますか」

「対比させるな。俺も人ということだ」

「失礼しました」

長島がデスクの向こうから、長三の封筒を押して来た。無地だ。

「ここで見るだけにしろ。当然、あまり合法ではないからな」

「それで、警察病院ですか。そういうルートだと」

長島は答えなかった。

純也が取り出した数枚の紙には、数字の羅列が整然と打ち出されていた。

氏家の携帯の通話履歴だった。発着信のすべてが含まれる。

「今週の分だ」

「今週？」

純也は首を傾げた。

それにしては薄い。件数も少ない。

「日曜から昨日まで。頼めるのは直近の、しかもそのくらいで限度だった。それ以前に遡るには、正式な手順が必要になると言われた」

誰に、とは聞かない。それが礼儀だ。

「それにしても、すぐには確認出来なかった。最近は、特に煩いからな」

「ああ。例の通達」

「そうだ。まあ、当然、範を示さなければならない立場ではあるしな。堂々とした強権の発動も出来ない」

この年の三月、窃盗事件の上告審裁判で、最高裁が令状なしのGPS捜査は違法だという判決を出した現状、警察庁は全国の警察本部にその旨の通達を出していた。

当然、今後は〈やるな〉という通達で、首席監察官は違反を摘発する立場だ。

それでも必要とあらば、というところに長島の正義も胆《たん》も、俠気も見える。

「見ればわかるが、発信の最後は申請のあった、休暇初日の二十日だ。その夜の通話を最後に、二十一日からは電源が落ちている。つまり、記録は正味、日、月の二日間限定になる」

改めて通話履歴に目を落とす。

長島が言うように、最後の発信は二十日、月曜の夜だった。発信場所が少々気になった。

その他には、この日は着信が十件ばかりあった。

前日の日曜日は発信が一件で、最後に掛けた先と同じ番号だった。

〇七五で始まる市外局番は――。

「京都」

純也が呟けば、そうだと長島が頷いた。

「どうやら、氏家の別れた奥さんの家だな。実家だ」

一瞬、言葉が遠いものになった。

「は？　別れた？」

「なんだ。知らないのか？　俺が知っていて、お前が知らないこともあるのだな」

「初耳ですが」

「まあ、俺も首席監察官になってから知ったことだ。氏家が家族用の官舎から出ていたのでな。それでわかった。まあ、もうずいぶん前のようだ。日比谷公園で自爆テロに巻き込まれた後だな」

ペルー人による自爆テロ。

それは、藤代麻友子《ふじしろまゆこ》という過激派の狂気が海を越え、小日向和臣を狙った事件のことだ。氏家が裏理事官としてオズを率いていた頃で、巻き込まれて肋骨を三本折り、表皮の三十パーセントに火傷《やけど》を負った。

最終的な決着を付けるため、帰国以来初めて純也が海を渡った事件でもあった。

「そうですか。離婚を」

これも一つの、職場の犠牲だ。心に刻まねばならない。鳥居も猿丸も、周りの誰をも悲しませないよう。

「京都。行ってみるのか」

「さて、どうでしょう」

と、純也の携帯が振動した。知らない番号だった。

――あんた。小日向さん？

無遠慮な濁声《だみごえ》が聞こえた。

――こっちは、佐世保警察署ばい。

男は続けて、高井と名乗った。

――猿丸俊彦《としひこ》て、名前は運転免許証でわかったとばい。罪状は、公務執行妨害ばい。そいが、のらりくらりでどがんもされん。やっとくさこの番号ば聞いたったい。そんで掛けよるとよ。警視庁って言うとるけど、警察手帳ば不携帯て。なら確認ばせんばって警電ば使おうにも、部屋に引かれとらんって。一般回線のあるだけって、そがん部署のありますか？　本当にこん人、警視庁の人ね。

捲《まく》し立てるように方言混じりで話されたが、要約すればつまり、猿丸が佐世保警察署に勾留されているらしい。

なかなか、事態としては興味深い。

「なるほど。では確認用に警電でお掛けしましょうか。今こちらは警察庁の長官官房におります。そちらの部署は」

――ほ？　えっ。

あからさまに戸惑っている様子だった。

――いや。はぁ？

戸惑いは続き、おそらく埒《らち》は明かないのでそのまま切る。

J分室は表に出る部署ではない。いや、部署ですらない。だから警電が引かれていない。

「お願いします」

長島に任せる。

佐世保警察署、高井。

それだけでも相手先はわかるだろう。

「わかった」

長島は受話器を取り上げた。

「なら先に、任される駄賃に聞こうか。──で、行くのか」

「ええ。どちらも」

「どちらも、か。まあ、そうだろうな」

長島は頷いた。

「その間、分室は空《から》か。無駄な部屋だ」

「いえ。鳥居主任を。別で動かすつもりでしたが、変更で留守番にします」

「そうすると駒が、いや、人手が足りなそうだな」

「と言って、猫の手は要りません。期待して、一人を待ってます」

「新規入庁の犬塚か」

「さて」

答えなかった。

一礼して、外に出る。

どちらも、と長島には言った。

「セリさんには悪いけど」

佐世保警察署内にいるなら、ある意味安全だ。

まずは京都。

氏家の足跡を、辿るのだ。

劉春凜のブログ、その抜粋

二〇一五年二月

この年の春節は、少し楽しめなかったかな。大哥の優しい笑顔は忘れられないわ。爸爸の顔も妈妈の顔もどこか朧気《おぼろげ》だけど、大哥は覚えている。もうあの笑顔に会えないのかと思うと、ちょっと寂しい。だって、会いに来てくれてまだ、二年は経っていないもの。だから、その死は哀しかったけど、春節のお祭りが控えていたから、少し救われたわ。お祭りで二胡に心を籠《こ》めれば、きっと晴れると思っていたの。

マイアミの私のコミュニティでは、民族衣装のパレードや獅子舞もあって、それは楽しいのよ。私も、いつも二胡奏者として参加してお祭りを盛り上げるの。

でも、この年は少し嫌だった。

――なあ、永哲は一体、なんに関わったんだ。知らないかい？　郭英林《かくえいりん》がえらい剣幕で捻じ込んできた。ほら、そっちで一回、お前も会ったことがあるだろう。お前を産むための手筈を、こっちで全部整えてくれたシンジケートの顔役だ。

今までほとんど電話すら寄こさなかった爸爸から、そんな電話が掛かってきたのが始まり。

――どこを探してもない。お前ら、預かったものがあるだろう。ブラックチェインには随分な先行投資をしたんだ。奴らの資産は、俺のものなんだって、郭英林がまた来て、そんなことを喚いていたぞ。お前、何も知らないのか？

とか、こっちからは何も聞いていないのに、

――潰すぞ、と脅されたが、私も負けるものではない。出来るならやってみろと言ってやった。さすがにもう煩すぎる。力には力だ。なぁに、それぞれの店が関わる地域の警察には、大枚を払っている。心配はない。

とか言ってた。私が電話に出ないと怒るし、怒られたことなんか今まで一度もなかったのに。

それに、何度知らないって言っても、

――けど。なあ。本当に何も知らないか？　永哲は一体、何をしたんだ。というか、どこを調べてもって言ってたが、郭英林は永哲の、国家安全部の内部まで調べられるのだろ

うか。なあ、なあ。

本当にもう、私は知らないって言ってるのに。

だからこの年の春節のお祭りは、ちっとも楽しくなかった。

まあ、爸爸の愚痴のお陰で、大哥を失った悲しみもどこかへ吹き飛んだのは事実だけど。

二〇一五年十月
この年の国慶節は、まるで楽しめなかったわ。私もいつも通り二胡奏者として参加したんだけど、心が入らなかった。ここにあらずってやつね。

国慶節の前に、爸爸から電話が掛かってきたの。春節のとき以来、またぱったりと止まっていたから普通に出たけど、内容には本当にびっくりしたわ。

爸爸のお店で食中毒騒ぎがあったって。それも、経営しているお店、全店で。期限切れの食材を使ってるって噂も立って、近々、衛生部弁公庁の査察が入るって。

電話はくれたけど爸爸の機嫌はとても悪かった。

――郭英林の奴が仕掛けてきたようだ。警察も役に立たん。まったく、どれだけ金をくれてやったと思っているんだ。こうなったら、市長や市委書記にでも直談判する。なんでもしてやる。

そんな話なら、わざわざ電話なんかくれなくてもよかったのに。

二〇一六年五月

この年の端午節はもう最悪、もうダメ。私は参加する気さえ起こらなかったわ。とてもじゃないけど無理。

前の年の国慶節から、もう無理の連続。無理、無理、無理。

そう言えば、国慶節の前だったな。機嫌は悪かったけど、爸爸は電話をくれたっけ。出来たら、妈妈の声も聞きたかったな。

でも――。

ない物強請《ねだ》りになっちゃった。

爸爸の声が聞けただけよかったって、そう思わないと。

今年の春節が始まる前に鳴った電話から聞こえたのは、久し振りに聞く全道安の、ゆっくりとした声だった。

落ち着いて聞くんだよ。

君の両親は自殺した。首を括って。

お店が潰れたんだ。

そうなんだ、と思ったわ。

やっぱりねって、思わなかったって言ったら嘘になる。

お金はあってもたかが拉麺店の経営者が、黒社会の人と戦おうなんて、無謀もいいところだもの。

なんて言うの？

そう。蟷螂《とうろう》之《の》斧《おの》ね。私、こういうのは得意なの。

でも幸い、爸爸と媽媽が死んでも、コンドミニアムの家賃は先払いでこの年一年分が支払われていたし、私の口座にはさらにもう一年を更新出来るくらいのお金はあった。

口座のお金は、私がマイアミで開かれるコンサートの客演や、地元のフェスティバルの伴奏で得た演奏料よ。

そう、一年くらい前からファンベル・アメリカの支援を受けられるようになったのはラッキーだったわね。

だから、爸爸から現金はもう、何年も貰ってない。私は自立しているもの。

もっとも、家賃やクレジットカードは爸爸におんぶに抱っこ。一年分の家賃を演奏で稼ぐのに、一セントも使わず貯めても五年は掛かったけど。

ああ、そうそう。でも、信販会社って素早いものね。

ホッと胸を撫で下ろしたのも束の間、爸爸から貰っていたカードはすぐに使えなくなったわ。

これには焦った。いえ、これこそに焦った。

ねえ、爸爸、妈妈。どうして死んじゃったの？　いえ、どうしてお店を潰しちゃったの？

私はこれから、どうやって生きていけばいいのかしら。

二〇一六年九月
もうすぐ国慶節だったけど、コミュニティのみんなの浮揚してゆく気分ほど、私は浮かれなかった。

カードが使えなくなってからは、私も頑張ったのよ。

そうね、もう三カ月になるかな。

けど、日常の生活コストと演奏料のバランスは、すこぶるコスト高で推移したわ。

減ってゆくだけの口座に焦って、私は全道安に連絡を入れた。携帯は取り敢えず、なんとか支払いを継続していたから。

何かな、と久し振りの声は少し冷たく聞こえたけど、

「ねえ。〈日本の黒〉って、全道安はなんのことか知ってる？」

私が一つの疑問を口にすると、彼の声は急に熱ぽったく豹変《ひょうへん》した。

——春凜。どうしてそのことを黙ってたんだい？　劉警督が死んだとき、何回も聞いたよね。

「じゃあ、この〈日本の黒〉が、大哥を殺した犯人に繋がる何かなの？　そんなの私にわかるわけないじゃない。ただ日本人の名前と住所がいっぱいあるだけなのに」

全道安の喉が鳴った気がした。

——いっぱい、なんだね。

それで私は、確信した。

これはきっと、いいものだわ。

まるで金鉱を掘り当てたフォーティーナイナーズの気分。

きっと高値で売れる。私を幸せにしてくれる。

「そうよ。——ねえ、全道安。誰か、この名前と住所を買ってくれる人はいないかしら」

——ああ。当たってみるよ。待ってて。

それからしばらくして、全道安の代理人だっていう人が来たわ。

国慶節の最中だったかな。綺麗な人だった。

「リストを」

そう言ったけど、私は首を横に振った。

「そんな物、ないわ」

相手は怪訝な表情をした。それから少し、怒ったかもしれない。

でも、負けない。

焦らして勿体を付けないと。

私は負けない。

「覚えろって言われたの」

全部本当じゃないけど、嘘でもない。

二年前の端午節のプレゼントだったわ。大哥からの最後のプレゼント。リサイタル用のドレスが入った箱。

大哥は電話で、注意書きをよく読めと言っていた。ドレスに注意書きってって思ったら、箱の裏に封書がついていた。

それが、〈日本の黒〉って大哥の字で書かれた物だった。

日本人の名前と、住所だか所属先だかの羅列。

それと、大哥からの手紙が入っていたわ。

〈春凜は、記憶力がいいと言っていたね。このくらいは覚えられるかな。私は簡単に覚えたよ。覚えたら、焼却するんだ。少しくらい忘れてもいい。春凜の記憶は私のバックアップで、どちらも少し欠けたくらいではどういうことはない。いずれにせよ、これは私達家族を幸福に導いてくれるかもしれないものだ。私が上手く立ち回りさえすれば、という注釈が付くけれど。記憶して、奥深くに仕舞うんだよ。開けるには、絶対に私という鍵が必要だ。そのことだけ、くれぐれも忘れないように〉

覚えられるかなって書いてあった。

何言ってるのかしら。そう書かれれば、私は絶対覚えるわよ。私はとっても負けず嫌いだし、記憶力には二胡と同じくらい自信があるんだもの。

「どのくらいの人数？」

「四十人くらい」

代理人がそう聞いてきた。

「そんなに？　大丈夫？」

「覚えてるかってこと？　無問題《モーマンタイ》よ。何人かは怪しいけど、許してね。でも、普通の人よりは断然よ。私は暗記が得意なの」

「じゃあ、教えてくれる？」

「買ってくれるんでしょ」

一瞬怪訝な顔をしたけど、代理人はすぐに頷いた。

「ええ。買うわ。でも、確認しないとお金は払えない」

「それは私も同じ。お金が確認出来なければ教えられない」

その後、交渉に入ったわ。

でも、何度も言うけど、私は負けない。

「ねえ、春凜。これって、あなたの記憶が間違ってても払うの？」

「そうよ。だって、教えてももう亡くなってたり、どこかへ移住してたり、氏名が変わってる人もいるかもしれないわ。正解と不正解は曖昧よ」

「費用対効果が曖昧って、普通はないと思うけど」

「普通か特別かも曖昧よね。私の知識にお金を払ってくれるかどうか。私に必要な答えはイエス、それだけ」

代理人はあからさまに目を泳がせたっけ。

才能って言うのかしら。私はこういうのも得意みたい。

最終的に、交渉はなかなか満足いく金額で妥結したわ。

代理人はどこかに、多分、全道安に何度か電話を掛けていたわね。でも、向こうは渋々だったみたいだけど。

一人で、そうね。コンドミニアムの家賃一年分ってところかしら。まあまあよね。

それで――。

横浜藍誠会・桂木。

まずはそんなところを教えたわ。

他意はないの。〈日本の黒〉の一番上に書いてあったから。
お金は、一週間後に私の口座に入ったわ。
福岡白心パートナーズ・堀川。
次に教えたのはこれ。二番目に書いてあったから。
これもお金が入ったのは一週間後だったわね。
山梨甲府・高橋秀成。
これは、入金までに二週間は掛かったかな。
それからは、そう、大体二週間間隔だったかしら。
久し振りに口座にお金が貯まっていったわ。
楽しいものね。
爸爸や妈妈がお金儲けに夢中になった気持ち、私も少し、わかっちゃったかな。

第六章　拉致

一

翌日、純也は新幹線で京都を目指した。

本格的な冬が到来する前の、京都は観光にいい時期だ。

新幹線も乗車率は高かったが、京都駅は人また人でごった返していた。

東京は地方人の坩堝《るつぼ》といわれるが、京都の観光シーズンもまた、各地からの人の坩堝だ。

それでも、JRで東福寺に行き、京阪本線で出町柳に向かい、叡山電鉄叡山本線に乗り換えると、乗客の様相は一変する。

観光スポットから離れるに従って観光客は減り、車内の会話にもこの場所に住み暮らす人々の声が増えてゆく。

そうすると次第に、京都の日常に紛れ込んでゆくような気分にもなる。

古めかしい線路の響きを聞き、列車に揺られ、三宅八幡の駅で降りると、静けさと〈空気〉は軽くも重くも、なるほど、京都のものだと実感出来た。

アパートが建ち、新築の一軒家や大手カーディーラーの営業所などが立ち並んでいても、風と緑と大地に通底する〈古都〉の佇まいは紛れもないものだ。

鄙《ひな》びた駅舎を出、そのまま北上して高野川沿いに出る。

国道三六七号は古《いにしえ》の若狭路、敦賀街道だ。

そこから高野川を渡った橋向こうが、純也が目指すところだった。

左京区上高野川原町は、西明寺山の山裾に抱かれた、見るからに緑の匂い豊かな風が吹く、閑静な土地だった。

新旧の家並みが混在してはいるが、奥に歩くに従って一軒当たりの区画が広くなり、家々の構えは重厚になっていった。

駅を出て道を行き、坂を上り、およそ七分。

純也の目的地は、そんな家並みの奥まった区画にあった。

里山そのものの中に垣根を結って建てたような木造の住宅、いや、邸宅と言っていいだろう。

木々が上手く角を隠し、全体は見渡せないが、門構えといい、垣根の丁寧さといい、濁りのない由緒を感じさせる造作だった。

〈飛鳥井《あすかい》〉と大書された表札も、厚い一枚木に彫り込まれ墨が入れられ、まるで里山そのものへの入り口を示すようでもあった。

両隣の家々も向かいも、見事に似たような古民家が並んだ場所だ。

共同体、純也はそんな言葉を連想した。

停車中の車両すら、軽トラと軽バンくらいで、里山の情景を崩さない。

「ふうん」

ひと渡り、純也は周囲を見渡した。

軽トラの側《そば》、軽バンの後ろ、電柱の陰。

里山の風は、どこにでも吹く。

表札の下の、里山へのチャイムを押す。

氏家の妻、いや、元妻の名は、美智代《みちよ》と言った。飛鳥井美智代だ。

少し前、氏家が裏理事官に就任した頃、その来歴について調べたことがあった。家族構成もだ。

氏家本人の出身は滋賀県で、生家はその昔は鯖街道で商いをなし、豪商といって過言ではない分限者だったようだ。鳥羽・伏見の戦い以降は没落したらしいが、それでも近在の山野が〈いくつか〉残ったという。

いわゆる名家で、氏家は〈遅くに授かった子〉として公表され、出生届もなされた。兄弟姉妹はない。

それにしても、この段階では氏家は秘かな養子であって、黒孩子だと判明するのは遥か後のことだ。父母は最後まで、その事実を知ることはなかった。

父親が他界したのは、氏家が高校二年のときだったという。

その後は母一人子一人の境遇にはなったが、父親の遺産として残った山野を切り売りしつつ、生活に困ることはなかったようだ。

母親は京都の由緒正しい家柄である難波《なんば》家の生まれで、働くという行為とは一切無縁の人だったらしい。

氏家は取り敢えず金銭に不自由することはなく、現役で京都大学に進み、合気道部の主将としてならし、国家公務員I種一次を五番で通過し、警察庁に入庁した。

その後、氏家自身も父親同様、母親の家柄に連なるところから妻を迎えた。

それが、飛鳥井家であり、二歳年下の美智代だった。生家である難波の家を通じ、母親の口利きもあったようだ。

飛鳥井の家は、美智代のすぐ下に弟が生まれたようで、早くから跡取りはその弟に決まっていたらしい。難波の家からの口利きは、願ったり叶ったりだったという。

その後、夫婦となった氏家と美智代は、結婚から三年となる十年前に一男・正真《しょうま》を儲け、五年前に一女・秋奈《あきな》を儲けている。

氏家の母親は、滋賀で最高級のケア付きコンドミニアムに住み、女の子の誕生を喜びながら亡くなったという。

そうして――。

美智代は氏家美智代から、十二年の時を経てまた、飛鳥井美智代に戻ったということだ。

飛鳥井家の奥の、居間というには広すぎる大広間に通され、丸テーブル越しに対面する美智代は、ほっそりとして目の綺麗な、それだけで美しい女性だった。

品の良さは隠れもなく、それでいて芯の強さもまた、言葉や挙措の端々に見て取れた。

世が世なら、家柄が旧家でなかったら、女傑として手腕を発揮したかもしれないと言ったら、さて、美智代は笑うか、怒るか。

「祖母の頃は、朽木村《くつきむら》と言いましたか。滋賀の高島市があの人の実家で」

「朽木？　ああ」

「ご存じですか」

「うろ覚えですが」

と、口にするほどには純也にも、地理として聞き覚えがあった。二〇〇〇年代初頭まで、滋賀県に残る唯一の村だった場所だ。それが、たしか市町村合併により、高島市になったはずだ。

「あの人とは、幼馴染みたいなものなんですよ。家族ぐるみと言いますか」

と美智代は続けた。

「鯖街道は血脈《けつみゃく》の街道。行きつ戻りつ。鯖が取り持つ縁、でしょうか」

鯖街道を往来する商人の家と、街道沿いの旧家は、その昔から鯖商いを通じて気心の知れた家同士だったと美智代は言った。

氏家と美智代も当然、幼い頃からまんざら知らない間柄ではなかったようだ。

「むしろ私は、――いえ」

美智代は言葉を濁し、顔を下向けた。

その後ろから、わずかに顔を覗かせる可愛らしいシニヨンがあった。

美智代の着るセーターの脇を小さな手でつかみ、じっと純也を見詰める女の子だ。

美智代は母の顔で、シニヨンを優しく撫でた。

「この子は、秋奈と言います」

頷き、声を掛けてみる。

「秋奈ちゃん。こんにちは」

すると首から引くようにして、秋奈は美智代の背に隠れた。

美智代は微笑み、顔を庭に振り向けた。

一朝一夕には成らない配置と手入れの妙を感じさせる庭だった。

周囲の風景を借景とし、周囲にも溶けて自らが借景となる。

降り積む年月が少しずつ少しずつ馴染んで織りなす、調和の絶妙ということだろう。

「この辺は、秋の紅葉が特に美しいと」

美智代は微笑みのまま、まるで独り言のように言った。

「は？」

「今でこそ硬い表情をいつも動かさないあの人が、この家に来るたび、目を細めた季節が秋でした」

「そうですか」

出された緑茶をひと口含み、それから話を前に進めた。

氏家の来訪について尋ねた。

美智代は背筋を伸ばした姿勢で、はっきりと答えてくれた。

たしかに、日曜日に来たと。

京都駅前から急に、今から行く、泊まっていいかと聞かれたと。

「久し振りに泊まっていきましたよ。昔のまま、紅葉に目を細めて。叡山電鉄に乗りますとね。日暮れてからは紅葉がライトアップされて、それはそれは綺麗なんですのよ」

「ああ。いいですね」

この庭を見るだけでも、来た道を重ねれば簡単にイメージ出来た。

カクテル光線に輝く、紅葉のトンネル。

「氏家情報官も、見たんでしょうか」

「ええ。この子と一緒に」

また脇から覗く、シニヨンを美智代は撫でた。

「翌日は早くに出て行きましたけど、夜にも電話をくれました。他愛もない話です。場所は言いませんでしたし、だから聞きませんでした。そういう仕事だと、昔から言われています」

それ以上の話は、続けてみたがないようだった。シニヨンが飽きたようで、母親の背を離れて駆け出した。

純也も潮時とみて、暇《いとま》を告げた。

門から出て垣根沿いに歩くと、

「あの」

飛鳥井家の庭先に、一人の少年が立っていた。

ほっそりとして、目の綺麗な少年だった。

一見するだけでわかった。

氏家と美智代の息子、正真だ。

少し巻いた癖毛なのは、おそらく氏家の遺伝なのだろう。だから氏家は普段からオールバックに固めていたのかと納得も出来る。美智代は綺麗なストレートヘアだった。

正真ならたしか、十歳のはずだ。ほっそりとしているからだけでなく、年の割りに背は高いか。手足ものびやかに長い。

「あの」

もう一度声を掛けつつ、正真は垣根の際に寄ってきた。

庭掃除の竹箒《たけぼうき》を手にしているが、最初から純也をそこで待っていたのかもしれない。

「父のことで、ここに訪ねてこられた人は、あの、初めてだったから」

正真は竹箒の柄を握り締めた。

一生懸命だった。

それで、と話に棹《さお》を差してやった。

「誤解されやすいですけど、父は、その、いい人なんです」

正真は純也に向かい、頭を下げた。

「父を、お願いします」

「何故だい？　何故、僕に」

「その、あなたはどこか、父に似ているから」

正真は澄んだ目を、真っ直ぐ純也の目に合わせた。

父を想う子の目とは、こういうものか。

「よく似ているから。だから、父をお願いします」

また頭を下げ、正真は母屋《おもや》の方に駆け去った。

「ふふっ。参ったね」

純也ははにかんだような笑みを浮かべ、髪を掻き上げた。

「似ているのかな」

似て、非なるもの。

非なるからこそ似ているもの。

無明の光明。

光と影のバランス。

出口のない入り口、袋小路。

真の逆は偽、いや、それもまた真。

「氏家情報官。正真とは、そういう意味ですか？　大きな名前を背負わせたものだ」

空に問い掛け、足を踏み出した。

次の場所へ、次の場所へ。

それにしても――。

「さても、京都は異界だ。人に覚悟をさせる。やる気にもさせる。ははっ。これは僕に限ったことかな。異邦人の住む世界は、そもそもどこだろう」

歩を進めながら顔を周囲に広く動かした。

「ガードですか。ご苦労様」

隣家の庭先から、停車中の軽トラの向こうから、うっすらとした人影が姿を現した。

見たことがあった。

オズの連中で間違いなかった。

「よろしく。気を抜くことのないように。僕が命じます。なんたって僕は、氏家さんに似ているようなので」

影のいくつかが、揺れたような気がした。

笑ってくれたのだろうか。

二

火曜日は、猿丸が佐世保警察署の留置場から解放されて四日目だった。

ただし、本当の意味では初日だ。昨日までは間違いなく、佐世保署の捜査員が張り付いていた。

猿丸は、土曜のうちには佐世保警察署から釈放された。

〈警察庁長官官房首席監察官〉の肩書きはただ長ったらしいだけでなく、抜群の破壊力を持っていた。

「あんたぁ、おっとろしかこと知っとらすね。惚けた振りばしとったんは、情報ばひっかくためとかね？　まあ、腹掻いとらんばってん、がばいこすかぁ。もしかして、あんたぁ、公安ね？」

わかったような、わからないような言葉だったが、態度で恐縮していることだけはわかった。

ただ、ひっかくつもりはないが、情報は得られた。

二十二日朝六時三十分、前畑埠頭《ふとう》南の造船所近くで釣りに興じていた、近所に住む一般会社員のジギングルアーが、海中を漂う男性の遺体を引っ掛けた。

特に服装に乱れもなく、全体に争った痕跡もなく、持ち物の中に免許証があって、すぐに人物は特定されたようだ。

これが、間宮敬一郎だった。

解剖の結果、死亡推定時刻は二十二日午前零時を芯に、前後一時間と断定された。胃の中に特にこれと言った残留物はなく、血液からは大量のアルコールと睡眠薬の成分が検出されたようだ。

捜査は、主には自殺ということで進んでいた。

佐世保湾は外海との出入り口が一カ所しかなく、水深が深く、形状がヤツデのように入り組んでいる湾らしい。入水《じゅすい》しようと思えば、それこそ思い立った場所から、どこからでも入水出来るという。

だが、捜査陣は通報からさして時間を置くことなく、病院を定時に出たという間宮の、入水までの足取りはほぼ特定していた。

事後、佐世保競輪場近くの港に臨む、県道一一号線の路側帯に乗り捨てられていた間宮の乗用車を発見したからだ。

道路を挟んだ向かいにあるコンビニのレジの防犯カメラには、二十一日午後十時半過ぎ、ウイスキーのボトルを購入する間宮の姿がはっきりと残っていた。

そこから、捜査陣は集中的に前畑埠頭一帯を洗った。

大規模工場や倉庫が多い埠頭の主要道路は、のノ字を描くように周回する約二・五キロメートルの県道だけだった。

夜間には人も車も往来が乏しく、防犯カメラやセキュリティーの類は、それぞれの工場や倉庫への無断侵入を防犯するものばかりで、〈通り掛かり〉に関する情報を得るには適さなかった。

それでも捜査陣は、入水場所は埠頭西側のどこか、という当たりは付けたらしい。

遺体が埠頭南の造船所地近くに流れ着くということから、刻一刻と変わる潮流を考慮すれば自《おの》ずと、土地勘のある捜査陣には西側ということで誰からも異論は出なかったようだ。

結果、西側ほぼ中央部にある、佐世保湾に面した生コン会社の砂利・砂置き場が入水場所と特定された。

ゲートらしき辺りの防犯カメラには、ウイスキーのボトルを片手にフラフラと敷地内に侵入する間宮の姿が映っていたという。

砂利・砂置き場の先は、そのまま船が着岸するバース、つまりそのまま海になる。薄く堆積した砂の上には、千鳥足を踏みながら海に向かう、間宮のゲソ痕が残っていたようだ。

最後は、飛んだらしい。

二十四日の朝には、自署の手紙が間宮の自宅に届いたという。消印は二十二日、すなわち、自殺した後のものだった。

死ぬ前、つまり二十一日の最終集配後に、ポストに投函したのだろう。

〈医者とは人命を助け、人生を救うものだと考える。人命を助けられなければ医者たり得ず、人生を救えなければそもそも、人たり得ないと考える。私は今、医者か、人に非《あら》ずか。その岐路に立つ。私は医者で、最後まで人で有りたい。

ただ、育ててくれた両親には申し訳もなく、申し開きもなく〉

哲学のような文章だったが、自筆ということは鑑定結果から間違いはなく、これは遺書と推定された。

ただこれだけの証拠が揃っても、〈主に〉自殺として捜査が進められたことには理由があった。

間宮が車を乗り捨てた路側帯近くは、佐世保湾に向かって広く堤防になっており、よく釣り人が朝まで溜まるような場所だった。

そのうちの数人かが、この間宮の車周辺から聞こえる男達の声を、時間をおいて何度か聞いていた。

最初に聞こえたのは、一人の男の声だったという。

――仕舞った。間宮っ。

やら、

――あれほど。くっ。

さらには、次こそとか、今度こそ止めるとか言っていたのを、何人かが分けて聞いたらしい。

総じて男の口調は悔しそうだったと、このことに関しては聞いた釣り人達全員が口を揃えた。

また、その後に聞こえた声は、二台の車でやってきた複数人の連中だったという。

――クソ。あん男かっ。

――なんばしてくれよっとか。いらんことば！

――間宮はどこだぁ。探せよ。おい。

――知んもんか。探さんぎいかんとは、きさんらやなかか。

――こっちぁ、手前《てめ》えら日本人と違ってよ、ぎりぎりなんだぜ。

――騒ぐな。この、ふうけもんがぁ。

などと、口汚く言っていたようだ。証言を突き合わせる限り、三人から四人はいた計算になる。

その後、暫くして連中は、車のタイヤを軋ませながら走り去ったらしい。

これがどうにも、自殺の線にうっすらと犯罪の影を落とす要因だった。

捜査方針として捜査は継続され、のこのこと病院の受付に現れた猿丸は方針に従った張り込みに引っ掛かって連行されたということだ。

佐世保警察署の調べでは、このところ間宮は何度か、陣幕《じんまく》会の連中と接触があったようだ。

陣幕会は竜神会系二次の大どころである金獅子会系の下部で、長崎の港湾に大きく根を張る武闘派のヤクザだった。

接待のような席も移動の車中も、間宮が連中と一緒にいる場面の目撃証言はあった。

だが、間宮の楽しそうな顔は一度も見なかったと証言者、特に病院関係者は断言する。

聞くだけでも怪しいが、だからといってその一連が、間宮の死と直接にどう関係するかは判然としなかった。

どちらかと言えば薄い。

限りなく透明に近い。

なぜなら——。

一番最初に声を聞いたという釣り人は、午前二時は過ぎていたと証言した。他の目撃者もほぼ同様だった。

その後の連中に関してはさらにその後だ。午前三時は回っていたということで証言は一致した。

つまりは、やはり間宮は入水自殺なのだろう、か。

（どっちも、死亡推定時刻より後ってか）

猿丸はこの三日間、取り込んだ情報を元に、間宮の足跡を辿ってレンタルバイクを走らせた。

まあ、通り一辺倒だ。特に新しい発見もあるわけもない。すでに佐世保署の連中が通った後だ。

それで、この日は隙を付いて佐世保署員の行確を外した。

真っ当な捜査で行き詰まるなら、猿丸には猿丸の遣り方がある。

一か八かで当たるなら裏のルートも考えなければならず、となれば、陣幕会に潜り込むのも一手だ。

そんなことを考えながら、猿丸がバイクを停めて立つのは、釣り人が間宮の遺体を発見したという前畑埠頭南の造船所の近くだった。

何もない場所だった。ただ前面に佐世保湾が広がるばかりだ。

「間宮さん。あんたぁ、黒孩子だよな。けど、――いや、けどじゃねえ。何よりも、医者なんだな。――立派な、な」

そのときだった。

〔だぁれだ〕

いきなり、猿丸の耳元でふざけたような中国語が聞こえた。

背後を振り返る暇はなかった。

強い力で羽交い絞めにされ、と同時に、背後から回されたタオルが猿丸の口元を覆った。

濡れたようなタオルの感触だった。甘い匂いがした。

「くっ」

迂闊《うかつ》の誹《そし》りは免れないかもしれないが、分からなかった。

考え事をしていた分、いや、相手が手慣れていたのか。佐世保警察以上に。

藻掻《もが》いていると、別の誰かが前に回り込んできた。

「きさん。何者ばい」

そう聞いてきた男の他に、もう一人いた。

真正面からしげしげと猿丸の顔半分を眺め、目を細めた。

「ああ。お前の顔、知ってる」

その声だけで、猿丸には瞬間的に察知された。一度聞いた声は忘れない。公安マンの基本だ。

「甲府のアジトで見た。俺の肩を、撃ったよなあ」

顔は違うが、間違いなくブラックチェインの二夫《アルフ》だ。

背筋に悪寒が走った。

ただし、藻掻けば藻掻くほど、タオルは堅く口元に押し付けられ、わずかに緩むことさえなかった。

〔九夫。離すなよ〕

二夫は今、九夫と言ったのか。中国語でもそのくらいはわかった。

なら、先程ふざけた中国語を使い、今も猿丸の背後からタオルを押し付けているのが九夫か。

〔わかってるよ〕

甘い匂いに、脳髄が痺《しび》れるようだった。

(いけねえ)

猿丸の全身から、次第に力が抜けていった。

——運べ。おい、もたつくな。中国人。貸せしろ！

この場で最後に聞いた言葉は、そんな長崎弁だった。

（くそ。二夫と九夫か）

猿丸の意識はそのまま、ゆっくりと闇の中に溶けた。

三

その日は快晴だったが、寒い朝だった。

猿丸は、クルーザーの後甲板に転がっていた。

正確には転がされ、立てなかった。

全身の痛みもあり衰弱もあり、寒さもあり、なにより手足には頑丈な手錠がそれぞれ掛けられていた。

（ちっ、抜かったぁ）

後の祭りというやつだが、他に現状、することはない。

祈りなどは特に、まったく性に合わない。

猿丸の他に、クルーザーには四人の男達が乗船していた。

二人はブラックチェインの二夫と九夫だ。どちらも顔はまったくの別人だったが、声で間違いのないことは知れた。互いの呼び方もそうだった。

あとは、陣幕会の二人だ。一人は若頭だという。

もう一人は若い衆らしいが、そいつが船舶免許の保持者、現在のこの船のキャプテンのようだ。

とにかく、クルーザーはそんな日本人ヤクザ二人とブラックチェインの二人、そして、〈荷物〉としての猿丸を乗せ、どこぞのマリーナを出港した。

どうやら、陣幕会の息が掛かったマリーナらしい。

国道二〇二号、南環状線、と猿丸は押し込められた大型クーラーバッグの中で断片的に聞いた。

外海に出るのだろうと、そんなことだけはわかった。

前畑埠頭南の造船所の近くで、拉致され眠らされた。

気が付いたらもうどこかの倉庫で、少し魚臭かった。

猿丸は、パイプ椅子に縛り付けられていた。身動きも取れなかった。

半日くらいは経っただろうか。

数少ない磨《す》りガラスの窓が、陽の色と角度でそれくらいは教えてくれた。

見る限り何もない倉庫で、陣幕会の連中は中にはいなかった。

その代わり二夫と、おそらく九夫の二人だけがいた。

五メートルほど離れた、猿丸を眺める位置だ。

「へっ。ようやくお目覚めかい」

間違いなく、九夫の声だった。長テーブルに肘をつき、前のめりにニヤつきながら猿丸を見ていた。

隣に座る二夫は、テーブルの上の缶ビールを大きく傾け、缶を握り潰した。

目が燃えるように赤かった。酒倦《う》み、ではないだろう。

「お前《め》ぇら、二人とも顔が違うな、おい。直したんかい」

聞いてみた。

からかってみた、の方がより正確か。

案の定、二夫の手から潰れた缶が飛んできた。

猿丸の頬を掠《かす》め、コンクリート打ちっ放しの床で耳障りな音を立てた。

「直した？　ふざけるなっ。手を入れたんだ。いや、入れざるを得なかったっ。唯一、自分だったものにだっ。それもこれも全部、お前ら日本の警察のせいだ！」

激情に駆られたようで、二夫が立ち上がった。そのまま寄ってきた。

猿丸は、腹に力を溜めた。

少し擽《くすぐ》りが過ぎたかと思うが、後には引けない。引くくらいなら前に出て、吐露されるものの中から拾えるものを拾う。

「へん。上から見られんのは好きじゃねえな。顔無しならなおさらだぁ」

いきなり拳が降ってきた。

パイプ椅子ごと転がった。

続けざまに腹を蹴られた。

「げぁっ」

胃が収縮したが、吐く物はなかった。

ただ、痛みだけが腹から背中に突き抜けた。

「手前《てめ》ぇ、二夫」

睨みつけてやった。

「よくも戻りやがった。よくもまた、罪もねぇ男を殺しやがったな」

「俺らが何をやった。まだだ。これからだった。俺達の生きる道が、ようやく開けるところだったんだ。それを、このっ。あの男が。馬鹿が！」

また蹴られた。

「馬鹿に馬鹿って言われちゃ、間宮も浮かばれねえなあ」

「黙れっ」

またさらに蹴られた。

挑発し、殴らせ、蹴らせ、激情をさらに引き出す。

そうして聞き出すことにどれほどの意味を持たせられるかはわからなかったが、希望は常にある。

ようは持つか、持たないかだ。

ブラックチェインの二人、特に二夫の口は、主には恫喝だったがかなり滑らかだった。

殴る蹴るは思うより手足が痛く、疲れるものだ。

罵声《ばせい》も恫喝も、場合によっては猫撫で声も、リンチにおける一種のテクニックではあったろうか。

開示する内容の濃さと、声と言葉の強さを以て相手の恐怖を煽《あお》りつつ、自分達の優位性を誇示し、相手の心を殴る、または蹴る。

暴力のうちに、二夫は色々と吠えた。

ずいぶんとつらい〈再調整〉を、軍の中で受けたようだ。

それに耐え切ったのだと胸を張った。

九夫も大きく同意した。

が、耐え切ったところで所詮、黒孩子は黒孩子で、だからといって正規軍人の資格は得られなかったらしい。

どこも同じだ。

仲間でないものはすなわち、それだけで人外・化外で、扱いは虫魚禽獣と同じになるのかもしれない。

闇に入るパスポートと、外で働くビザを手に入れただけだと、二夫は猿丸を蹴りながら吐き捨てた。

呻きながら血を吐きながら、猿丸は細大漏らさず聞き取った。

生き残りの六人に職場を与えてくれたのは、二夫達の前に現れた新たな爺夫だった。国家安全部の男だという。

「ふん。全道安、かい」

猿丸の問いに、二夫は肩で荒い息をつき、否定も肯定もしなかった。

代わりに答えたのは九夫だった。

「聞いたかもしれねえが、忘れた。国の所属も名前も、そもそも何もない俺達からすりゃ、どっちもよ、単なる記号にしか過ぎねえってもんだ。爺夫。この呼び名の方が、遥かに重いぜ」

「けっ。ま、負け惜しみにしか聞こえねぇけどな。ほ、他の連中は、今どこで何してんだい。お、お前ぇらと同じく、また古い手順、繰り返してんのかい。芸もなく、品もなく、薄汚くよ」

「知らねえって言ってんだろ」

寄ってきた九夫が、猿丸のパイプ椅子を引き起こした。

二夫がまたぞろ、いたぶるように殴ってきた。激情は去り、手足に鈍痛も疲れも滲んできたのだろう。

その分というか同様に、そろそろ猿丸にも全身の感覚は薄らいでいた。

だからそもそも、自分の言葉が二人にきちんと伝わっているのかも、実はよくわかってはいない。

「俺達は爺夫と会ってから、一人一人面接を受けた。席次の順で、俺が一番先になった。前に入り込んでいたとき、日本で何をしていたか。主にそんな、当時の役割分担の話だった。俺は、九州地方には明るいと言った。白心ライフパートナーズの堀川は、よく知っていたからな。暫くして、二人部屋に入らされた。そこに九夫がいた。それから福岡に入った。それから」

金獅子会の手伝いをした、と、二夫が言った。

「な、なんだよ。その、手伝いってのはよ」

二夫が大きく息をつき、長テーブルの向こう、パイプ椅子に腰を下ろした。

「跡目相続。バーターだ。俺達は、爺夫がどこからか仕入れてきた情報に従って、間宮を知った。だが、知るだけだ。取り込むには二人では足りない。昔だって、爺夫から九夫まで、俺達は十人はいたのだ」

——おっとっと。そんくれぇで、もうよかろうもん。あんたらの遊びは、終わりたい。

外に音がした。

誰かが入ってきた。

右目が腫れ上がって、視野がほとんどなかった。

転がされている位置で転がされたまま、左目だけでかろうじて視野に捉えた。

少しぼやけていたが、二人だった。

どちらも、眠らされる前に見た顔だった。ガタイのいい年嵩《としかさ》の男と、独楽鼠《こまねずみ》のような若い衆だ。

意識を失う直前一瞬のことだったが、集中すれば忘れない。公安マンだ。

船の準備、早朝、鱶《ふか》の餌食《えじき》、見物、そんなことをブラックチェインの二人に言っていた。

「で、俺らぁ、それまでどうしてりゃいいんだ。陣幕会の本部で寝泊まりかい」

九夫が言った。

こういうひと言にも、なにげない隙は見えるものだ。

情報はどんな場所の、いついかなる状態からでも取ることは出来る。

そうか、こいつら、陣幕会か。

ブラックチェインの二人が〈本部で寝泊まり〉というからには、猿丸が運ばれたここはもう佐世保ではなく、陣幕会本部がある長崎の港付近か。

「知らんばい」

年嵩の方が言った。

「ああ？」

九夫も凄んだが、明らかに貫禄はなかった。

鼻で笑ったのは年嵩の男の方だ。

「あんたらぁ、いつまでお客のつもりか。間宮も死んでしもうたばい。なんじゃい金獅子の手伝いばしたばってん、こんだけで俺らにゃあなんもなかよ。これまでの分もばい、明日の船もばい。こりゃあ、そっちから金獅子の跡目に、なんか言うてもらわんば、釣り合わんばい」

双方からどす黒い気配が湧き出し、ぶつかり、わだかまるようだった。

床の上でまともに受け、猿丸は低く唸った。

「若頭、その辺で」

陣幕会の誰か、おそらく若い衆が言った。

情報の取得。

そうか、こいつが、若頭か。

陰鬱とした黒い気配は散った。

それだけでなく、若頭は、

「明日は早か。船酔いばせんごと、コンビニで麻婆豆腐でん買《こ》うて食うて、どっかでよう寝とくとがよか。おっと、あんたら、四川じゃなかったとか？」

と言い残し、若い衆と出て行った。

やがて、

「けっ、やくざがぁ！」

二夫が、床に転がるバケツでも蹴るように、横倒しになった猿丸の身体を正面から蹴った。

せり上がってくるきな臭い物があった。

吐いた。

鉄の錆の味がした。

無防備だった。わかっていても防備する体力はなかった。

猿丸の五感は、そこでいきなり閉じた。

だからその後、二夫や九夫がどこで麻婆豆腐を買ったか、どこで寝たかは、猿丸にはわからなかった。

四

一瞬のシャットダウンだと思ったが、猿丸の気絶は思うより随分と長かったようだ。

なんといっても、身体が芯まで冷え切っていた。

そのせいで痛みが軽減されているのは有り難かったが、かえって生きた心地もしなかった。

パイプ椅子に縛り付けられ、横倒しになったままの状態だということは理解は出来たが、感覚はまるでなかった。

どうやら、人の近付く気配で猿丸の意識は戻ったようだ。

いつの間にか夜、だったのだろう。倉庫の中は暗かった。

そこに、ハンドライトの明かりが二つ、入ってきたようだ。

二夫と九夫、だった。

猿丸は無言で引き起こされ、パイプ椅子から解放される代わりに、後ろ手で手錠を掛けられた。

脇に腕を差し込まれ、引き摺られるようにしてそのまま外に連れ出された。

猿丸は、あまり早くは歩くことが出来なかった。

冷えて固まっていた身体は、一歩ごとに痛覚が蘇るようで、外に出る頃には口から呻きが絶えず漏れた。

激痛だった。

肋骨は間違いなく、何本かは少なくとも罅《ひび》は入っているようだ。

「うるせえなあ」

九夫の声が耳元で冷ややかに聞こえた。

外は、間もなく黎明《れいめい》の頃のようだった。空が全体に青みをつけていた。

昨日の陣幕会の二人もいて、ワンボックスカーがアイドリング状態で停まっていた。

リアハッチが開き、すぐ近くの地面に、大型のキャスター付きクーラーボックスが置かれていた。

「ほら。愚図愚図するんやなかっ」

腕組みの若頭は早朝から少しばかり苛立《いらだ》っているようだった。

いや、早朝だからか。

クーラーボックスの前まで引き摺られ、そこに入れと若頭に言われた。

九夫に背中をどつかれ、身体は泳いでクーラーボックスに頭から突っ込んだ。

が、後ろ手に手錠をしたままでは身体はそれ以上曲がらなかった。

「ちっ。ほれ、ケンタ」

若頭が恐らく若い衆に指示を出した。

「へい」

どういう字か知らないケンタが、小さな鍵を持って猿丸の後ろに回った。

手錠が後ろから前に変更され、しゃがみこんで足を振り上げた格好でクーラーボックスに押し込められた。

　上蓋が閉じられる前に、

「へへっ。念には念ば入れるけん」

と、下卑た笑いを見せ、ケンタが猿丸の足にも手錠を打った。周到なことだ。

そのまま、狭いクーラーボックスの中で猿丸は身体を丸めた。

大型の魚類も入るクーラーボックスは窮屈だったが、苦しくはなかった。

ただ、堪えた。身体が身体ではなく、激痛で身体の形を感覚として伝えてきた。

そう言った意味では、案外と死は、近いかもしれない。

色々なことが、勝手に猿丸にそんな感覚を強く押し付けてきた。

(どうでもいいけどよ)

猿丸は奥歯を噛み、痛みを甘んじて受け付けることで、死に直結するありとあらゆるマイナスをすべて拒絶した。

一縷《いちる》の希望は、必ずある。

一縷という言葉は、わずかということだけを意味するわけではない。

一縷とは、一本の糸だ。決して途切れず、希望に繋がる一本の糸。

猿丸にとって、繋がるということはそれだけで、万全にして盤石《ばんじゃく》に生きることだった。

クーラーボックスに傾斜がついて大いに揺れた。

キャスターが付いているのは当然、運ぶためだからだろう。

振動が伝える痛みは半端なものではなかったが、耐えた。

やがて、移動が終わった。

下ろされたのは、船の上のようだった。揺れていた。

これが前日に若頭が言っていた、〈明日の船〉なのだろう。

強い振動と音があった。

間違いなく船のエンジン音だった。

――出港ばい。

エンジン音の奥で、恐らく若頭がそう告げた。

出港は、猿丸にとっては死出の旅路か。

(にゃろっ。諦めるかよ)

最後の最後まで、希望は捨てない。放さない。

クーラーボックスの上蓋が開けられたのは、船が動き出した後だった。

猿丸は自力で、膝を抱えるようにして起き上がった。胸に激痛が走ったが構うものではなかった。

現状確認は、最後まで足掻くためになにより今、必要なことだった。

東雲《しののめ》の空に眩しい光が弾けた。

朝が始まろうとしていた。

クルーザーはちょうど、防波堤から外に出ようとするところだった。

猿丸が乗せられた船はやはり、全長で五十フィート近くはあろうというクルーザーだった。後甲板も前甲板も広い、豪華な船だ。乗り合いの釣船にも余裕で使えるだろう。

猿丸は漠然と、そんなことを思った。

そんなことを思いつつ、蹴倒された。

クーラーボックスがけたたましい音を立てて飛び、猿丸は開放的な後甲板に転がった。

二夫と九夫が勝ち誇ったように立ちはだかった。

その後ろに聳《そび》えるような外部操舵《そうだ》席があって若い衆がシートに座り、キャビンの中には若頭がいてビールを呑んでいた。

どちらも、猿丸のことはどうでもいいようだった。

二夫が寄ってきて、猿丸を力任せに立ち上がらせた。

「よく見ておけ。見納めだからな。ふふっ。この世の。日本のな」

九夫も笑った。

笑い声が重なった。

そのときだった。

チィイン。

後甲板を取り巻くステンレスの手摺りが、猿丸のすぐ目の前で火花を発した。

「ん？」

ブラックチェインの二人は訝しんだ。

が、猿丸は違った。

猿丸の全身を、有りっ丈の血が駆け巡った。

火花は猿丸が握って離さなかった、一縷の希望に違いなかった。

一度、猿丸は見ていた。

だからわかる。だから感じる。

三カ月前の、陸上自衛隊東富士演習場畑岡射場での総合火力演習で。

あの人は五百メートル以上離れた地点に据え付けられた、揺れに揺れる四十メートル型のハイパーデッキの上から、小さなスマートフォンのど真ん中をぶち抜いた。

今の火花はその予兆、照準調整の一発に違いなかった。

「へへっ」

どうしようもなく笑いが込み上げた。

「なんだ。お前っ、何が可笑しい！」

怒鳴る二夫の胸に次の瞬間――。

風穴が開いた。

信じられないものを見たようにして目を見開き、二夫はそれっきりになった。声もなかった。

血が噴き出したのは、その直後だ。

二夫の身体はそのまま横倒しになり、近くにいた九夫に寄り掛かった。

「げっ」

一瞬棒立ちになった九夫だったが、さすがに鍛えてはあるようですぐに正気に返った。

寄り掛かってくる二夫を振り捨て、警戒するように周囲を見回す。

だが、遅かった。無駄なことだ。一縷もない。

遠い海原に何を見出《みいだ》せるわけもなく、死の照準はすでに、九夫の命を捉えているはずだった。

エンジン音と風の音の他に、猿丸は耳の近くに擦過音を聞いた気がした。

刹那、九夫の胸にも一点の染みが生まれ、みるみる広がって血の花が咲いた。

二夫と九夫、だったものが後甲板に折り重なった。

「な、なんね。何が起こったとっ」

若頭がキャビンから飛び出してきた。

猿丸を見る目に怯えが見えた。

猿丸の芯に力が湧いた。

攻守、大逆転の瞬間だった。

衰弱も激痛も、この瞬間だけは感じなかった。

おもむろに、手錠の両手を高く差し上げた。


ギンッ。


改めて思う。

大した腕だ。

軽い衝撃と金音を残し、猿丸の両手は自由になった。

若頭は、口を開けたまま固まっていた。

操舵席の若い衆も同様だ。高い位置から見下ろし、そのまま動けないでいた。

「ストップしろよ」

猿丸はそう指示したつもりだったが、声は嗄《しわが》れて言葉になったかどうか。

「エンジン、中立っ！」

有りっ丈の声を絞った。

我に返った若い衆が慌てて前を向き、エンジンをニュートラルにした。

風が消え、エンジンが静かになった。

「無駄に動くと、死ぬぜぇ」

まずこの一声で陣幕会の二人を縫い留める。

次いで、若頭に手錠の鍵を放らせ、足を解放した。

それから一歩、二歩と、重い足を動かし、猿丸は自ら若頭に近付いた。

携帯を取り上げ、掛けた。

――やあ、セリさん、大丈夫かい。

天使だか悪魔だかは、普段通りの朗らかな声でそう言った。

「手荒っすね。それにしても、もう少し早くやってくれると助かったんですけど」

――悪い。ちょっとした飛び道具の調達に時間が掛かってね。長崎はなかなか不便だ。

何を、とは聞かない。

そのくらいの距離感が、この天使だか悪魔だかわからない上司には必要だ。

「間に合わなかった場合、どうする気だったのかって、これくらいは、聞いてもいいっすか」

――そうだねぇ。あまり深くは考えなかったけど、、出船直後のマリーナからなら、シグでもエンジンルームくらいは撃てるし。すぐに海保に連絡すれば、まあ、色々と後は面倒だろうけどね。

「あれっすか。この事態は、面倒じゃないんすか」

――ああ、それについては、まあ、考えないじゃない。セリさん。電話を、そこにいる若頭に代わってもらえるかい。

「了解」

すぐに代わるが、若頭は聞くだけで口を開くことはなかった。

が――。

聞くだけでも、次第に若頭の顔色が変わっていった。

「か、会長が」

明らかに驚愕《きょうがく》の声で、恐怖の顔だった。

電話を終えた後、若頭は肩を落とし、落とした位置から猿丸を見上げた。

「あんたら、一体なんやと」

「公安さ」

このところ吸わなかったが、こういうときは、軽めの煙草が欲しかった。

五

思えば、防波堤から出るぎりぎりのところだった。

そのまま防波堤内に、猿丸は陣幕会のクルーザーを停泊させた。

携帯で純也と話して以来、滝上《たきがみ》と言う若頭は、猿丸から離れてキャビンに入り、脅しを掛けなくとも見える位置にいて大人しかった。

やがて、純也が自ら操舵するプレジャーボートが寄ってきた。こちらのクルーザーより、ひと回りは小さな船だった。

接舷したばかりのプレジャーボートに、猿丸は乗り換えた。

「ははっ。酷い顔だね」

サングラスを掛けた純也は、いつものはにかんだような笑顔を見せた。それだけで、

(ああ。生き延びた)

そう、猿丸は確信出来た。

緊張感が一気に、溶けるように解けた。すると全身のいたる箇所が、一斉に軋むように悲鳴を上げた。

「ぐ、あっ」

どうにも、立っていられなかった。

クルーザーに残る陣幕会の二人や、〈元ブラックチェイン〉の後始末が気にならないことはなかったが、それよりなにより、全身が言うことを聞かなかった。

プレジャーボートの後甲板に片膝を突き、そのまま舷側に寄り掛かってへたり込んだ。

意識が飛びそうだったが、かろうじて耐えた。

クルーザーのキャビンから、陣幕会の滝上が出てきた。

プレジャーボートの操舵室から、純也は右舷の小窓を開けた。

そこから陣幕会の若頭に対し、サングラスの顔を向けた。

「上手く処理することだ。何もなかったように、何もなかったと。それがそのまま、あなた達が生きることに繫がる。デッド・オア・アライブ。生と死の間で道を誤れば、生に繫がる道は、そこに転がる二体に繫がるかもしれない。くれぐれも、気を付けるように」

朝の陽を撥ね返し、底冷えのするような声だった。

陣幕会の連中から、言葉はなかった。

純也が、スロットルレバーをゆっくり倒した。

プレジャーボートのスクリューが回った。

大きく転回し、プレジャーボートはクルーザーを離れ、広い港湾の奥を目指した。

「セリさん。ご苦労様。このまま長崎港に入るよ。もう係留場所は確保してある。病院もね」

先程とは打って変わって、降るような声の温かさが染みた。

言いたいことはあったが、聞きたいことも多かった。

純也の言葉から、やはり長崎港近辺だということはわかったが、納得出来たのはそれくらいだ。

頭の芯は生きているが、その外周部が今のところまったく働かないイメージだ。

身体は熱も激痛も伴い、胸を膨らまそうとする呼吸すらが苦しかった。

唇も腫れ上がって、実は動かすのも億劫《おっくう》だった。

「ここぁ、長崎っすか。佐世保じゃ、なく」

「そうだね」

「いつ、こっちに来たん、すか」

月曜だよ、と純也は続けて快活に答えた。

「それから少し、長崎に馴染みながら全体を見せてもらった。セリさんも込みでね」

「ああ。――てことは、俺、餌っすか」

「餌じゃないけど、そうだね。セリさんを確認したときにはもう、色々、取っ替え引っ換えにくっ付いていたからね」

刑事、ヤクザ。

そういうことか。

それから、ブラックチェインの特定。

それもか。

「することは多くてね。どれから手を付けようかと思案していたら、なんとセリさんが捕まった。と言って救出に動こうにも、セリさんが連れ込まれた倉庫の場所と囲む人数は最悪だった。あそこは、漁協や漁師達の生活の場でね。うろつく人間は多いし、まずブラックチェインどころか、ヤクザと漁師の区別すらつかなかった。こう言ってはなんだけど、板子一枚下は地獄なんて漁師の世界でも言うしね。命掛けと切った張ったの雰囲気は、良くも悪くも、どっちも似たようなものになるんだろうね」

なんとも純也は楽しげだった。

「はあ」

その行動の間に、自分はブラックチェイン二人にリンチを受けていたのだと再確認すると、少しばかり猿丸の背に悪寒も走る。

いや、熱がますます上がってきたからか。

「ただ、最低でもブラックチェインを特定しないと手も出せないからね。デッド・オア・アライブ。そういう部隊に組み込まれて後、彼らが再上陸したことだけはわかっていた」

「デッド・オア・アライブ。生か死の部隊、すか」

「それもあるかな」

「とは？」

「デッド・オア・アライブの本来の意味は、生死の如何《いかん》に拠らず、だ。生きても死んでも、日本に骨を埋める。そんな片道切符だけを渡され、放たれた部隊かもしれない」

なんとも――。

「ああ。そいつぁ、なんとも――」

哀しいっすね、と言おうと思ったら、波にぶつかりボートが跳ねた。

堪らず、猿丸の口から呻き声が出た。

だが、

「そう。哀しいね」

純也は、言えなかった猿丸の心を拾ってくれたようだ。

「哀しいからこそ、終わらせてやることにも意味がある」

純也はサングラスを外し、目を細めた。

「セリさんも、大変だったね。でもまあ、痛みがあるのは生きてる証拠さ」

「そっすね」

「でも、待った無しだったのは間違いない。まあ、少し遅れた気がしないでもない。けど、あと半日早かったら、いや、あと三十分早かったらって、そんな後悔はしたくなかったからね。それで、僕もちょっとだけ無理をしたかな」

ちょっとだけ——。

純也のちょっととは——。

「聞かせて、下さいよ」

「ん？　聞きたい？　聞いてもねぇ」

「痛みが、紛れます」

じゃあ、と言って純也は前を向いた。

陣幕会の会長に、とにかく直談判したという。

「方法は、そうだね。あまり警察官が口にすることじゃないかな。命ギリギリとまではいかなくとも、そう、スレスレってとこ？　ああ、法スレスレ、かな？」

「はあ。そうっすか」

「そう。なんにしても、良い子は真似しないようにって、そんな感じだね。ただ、顔を出してみたら、この辺選出の議員と一緒だったのはラッキーだったね。もちろん民政党のね。名乗らなくても、向こうはなんとなく知ってたみたいでね。仰《の》け反るほどに驚愕してた」

「顔を出す、ですか。分室長が口にすると、簡単そうっすね」

もう終わったことだからね、と純也は肩を竦めた。

「過ぎたことは出来たこと。こうして生きているから。これからのことは、全部が難しいこと。一秒先のことはわからないから」

「哲学、すか」

生き方だね、と純也は言った。

「とにかく、議員とヤクザの写メは何枚か取った。シグは携帯していたからね。構えて、動かないでって言えば、そうね。結構いい写メが撮れた」

横顔だけだが、純也は笑っていた。

この辺がまあ、法スレスレの部分か、
構えたシグとは、シグ・ザウエルP239JP、警視庁の制式拳銃のことだ。

急襲されて使う暇はなかったが、猿丸も携帯している。

そう言えば、猿丸のシグはどこだろう。連中に没収されたままのようだが——。

「それをバーターにして、色々聞き出した。まあ、バーターって言っても、議員とヤクザの関係を僕が知っているってことは消えない。会長の方は腹に一物抱える感じだったけど、議員の方はわかっているはずだ。それくらいの頭はあるだろう。僕が本気になったら、どうなるか。会長の不服そうな顔見て、怒鳴ってたね。——ああ、セリさん。自分の拳銃は気になるかい？　でも大丈夫。どうせ取り上げられてるだろうから、必ず手元に引き上げて、大事に保管しといてって頼んでおいた。怒鳴られて尻尾を巻いた会長に僕も、そう、僕なりに強くね」

純也は、猿丸の考えを読んだように先回りした。

することなすこと、呆れるほどに大胆にして細心にして、周到だ。

「それで、聞き出したことだけど」

若頭以下が、猿丸とブラックチェインを乗せて船を出すこと。その時間と場所。

船上で猿丸をブラックチェインに始末させること、など。

その後死体は――。

「鱶の餌食、って言ってたね。昔から聞くけど、本当に食べるのかなあ。――ま、軽口はともかく、ブラックチェインは特定しなければならなかった。窮鼠《きゅうそ》は猫を噛むというけれど、この場合は絶対にセリさんは道連れだ。でも、最後まで顔はわからなかった。だから逆に、船に乗り込む陣幕会の連中の画像を奪取した。総人数引く陣幕会引くセリさんイコール、ブラックチェイン。だから、どうしても船でね。船しかなかった」

だから、銃を調達した、と純也は言った。

「さすがに、長いのは携帯出来ないから、いつものは持ってなくてね」

いつもの――。

聞いたことがある。

スイスアームズの、ＳＩＧ ＳＧ７５０。同じシグでも、こちらはアサルトライフルだ。

「調達って、どっからっすか」

「福岡県警本部だよ。福岡には、ＳＡＴが編成されている。ＳＡＴには、特殊銃が配備されているからね」

「――ああ」

特殊銃。警察官等特殊銃使用及び取扱い規範では、拳銃以外の物を特殊銃として規定している。サブマシンガンやアサルトライフルもその範疇《はんちゅう》だ。

色々あるが、福岡にはアキュラシーＬ９６Ａ１が配備されている。

「あれっすか。また、公安部長から」

「そう。使えるものは、とことん使う」

あっさりと純也は答えた。

――緊急装備点検とでもなんとでも、お好きなように。

――弾丸は７・６２ＮＡＴＯ弾ではなく、・３３８マグナム弾を。

――銃は、マグナム用に換装済みの一丁を。

――照準器はシュミット＆ベンダーのスコープを。

――三時間後に、持ち出します。

そんなことを一方的に言って、通話を終えたという。

「どうなったかの結果は、セリさん。言わずもがなで、今に繋がっているよ。あの人は、やらせれば出来るオジサンさ」

また、横顔で笑った。やけに楽しそうだった。

(そうか)

今、納得出来た。

天使だか悪魔だかわからない、ではなく、天使でも悪魔でもある上司。

この人は堕天使だ。

「さあ。着岸するよ」

顔だけを向ければ、遠くに救急車の赤色灯が見えた。

「堀川さんがね、長崎で一番の医療スタッフと待ってるはずだ。絶対に助ける。そう言ってくれたよ」

「ああ」

ああ。

それなら大丈夫だ。なんの心配もいらない。

純也が操舵桿を大きく回し、スロットルレバーを戻した。エンジンを中立にする。

速度が出ていた分、水の抵抗で一気に減速した。

腰が後甲板を滑り、背中を船底に打ち付けた。

「うっ」

激痛が大波のように押し寄せ、猿丸の意識は深みに嵌まった。

落ちてゆく。

ただ、魚臭い倉庫で感じたものとは違い、激痛の中にも、穏やかな光が感じられた。

六

鳥居は、朝八時前には東京メトロ千代田線霞ヶ関駅、A2番の出口から陽射しの降り注ぐ地上に出た。

荒川区町屋の家からは、駅to駅で約二十分、家から本庁でも四十分は掛からない。町屋は生まれ育った町であり、家だ。

警視庁に奉職しようと思った大きな理由はもう忘れるほど大昔だが、本庁勤務になれば通勤が便利だと、そんなことを思った気はした。

本庁舎に吸い込まれるようにして入ってゆく人の流れに乗る。

そんな出勤風景は、警察も一般の会社も変わらない。同じだ。

土曜日ということで、平日よりは明らかに〈出勤〉の数は少ない。が、かえって背中を丸めて歩く個々の姿が目立ち、その全員が警察官だと思うと、それはそれで不思議な感覚に囚われる。

（そういや、本社とか支社とかって、若い時分にゃずいぶん、俺もそんな言葉も使ってた

っけな）

主に所轄時代に使ったが、本庁を本社、所轄を支社とは、今でも時々耳にする、少し妬《ねた》みや嫉《そね》みの入った隠語ではあった。

時間的にほぼ同僚達の声と足音だけが反響する、一階ロビーに入る。

花の名前はよく知らないが、今日も受付に飾られた〈花〉が香り良く、艶やかだ。

「お早うさん」

片手を上げ、鳥居は花一輪に声を掛けた。

「お早う御座います。今日も、お一人ですか？」

恵子がカウンターの向こうで笑顔を見せた。

「ん？　なんだい」

「暫くお世話になりましたから、わかっているつもりですけど。分室長でもう一週間、猿丸さんだと、もうずっとですから」

「ああ。そう言や、そうだったかね」

空っ惚ける。見え見えで構わない。

気にしてくれるのは有り難い。有り難いが、口には出来ない。

公安は秘匿で動くものだ。

相手を除け者にするわけではなく、累が及ばないようにする。

それが非情で動く公安の、せめてもの情だ。

「ま、来週には出てくるさ。そんな連絡があったよ」

「まあ。そうですか」

花開く笑顔の恵子は、やはりどの花よりも華やかで、警視庁本庁舎の受付に相応しく見えた。

ただ、口にすれば昨今はセクハラと言われることも多いだろう。

オジサンだからよ、と自分を卑下して許しがもらえた時代ももう遠い、らしい。

じゃ、と片手を上げ、エレベータに向かう。

鍵を開けて分室に入る。

カウンターには一階で見るものと同じ花がいつも通り飾られ、すでに芳香を放っていた。

一階の受付にというか、恵子には分室の鍵を渡してある。こういう心遣いのためにだ。

時に奈々が恵子に代わって上がってくるが、有り難いと思いこそすれ、咎《とが》めることはない。

入室のTPOは弁えているし、そもそもどこにも存在しない分室に、重要書類や秘密データなどあろうはずもない。

「いや。そうでもねえか」

ハンガーにコートを掛け、鳥居は苦笑いでドーナツテーブルの上を見た。

作成途中の会計処理ノートやファイルが諸々、昨日のまま乱雑に散らばっていた。

ほぼ小日向純也のポケットマネーで運用されている部署とはいえ、いや、だからこそ一円まで拘り、無駄は省きたい。

そんな意味では重要書類は、出金伝票と領収書だ。大して機密ではないけれど。

新鮮な花の香りに包まれながら、電波シグナルジャマーを掛ける。アナと雪の女王のメロディーが流れる。

コーヒーメーカーをセットする。

やがて香ばしい香りが流れる。

その香りが花に混じり、花の香りがひっそり、アクセントとして退き下がる。

手早く掃除を終え、自席に座る。

誰もいない分室だが、座る場所はほぼ固定だ。その方が落ち着く。

「さぁてな」

来週には、と恵子には言ったが、大丈夫だろうか。

長崎での作業そのものの処理には、露ほども不安は抱いていない。

純也本人が関わっている事案は、必ず純也の掌の上で動くからだ。

今までが、自分達との出会いからしてがそうだった。

実績は、不可能を凌駕《りょうが》して力ずくで捩じ伏せる。

問題は、猿丸の容態だった。

一昨日に長崎の大学病院でＩＣＵに入った。肋骨が肺に刺さったりはしていないようだが、とにかく医療チームは全力を尽くしたと言ってくれたらしい。

夕べから今朝方が、山場だと聞いていた。

だが、朝になったが今のところ、猿丸の意識が戻ったという連絡はない。

コーヒーメーカーが、出来上がりを無機質な電子音で知らせた。

一人で飲むだけだ。大量には作らない。

全員が揃ったときより味気なく、実際にも味わいは軽い。

「いけねえ、いけねえ。終わんなくなっちまう」

暫時、鳥居は伝票の処理に集中した。

十時になっても、猿丸について純也からの連絡はなかった。

少し、気になった。

気になると集中は大いに乱れた。

コーヒーメーカの中には、冷めたコーヒーがまだだいぶ残っていた。

内線電話が音を立てた。

受付からだった。

「おや？」

疑問が思わず声になった。

土曜日だ。いや、曜日に関係なく、珍しいことだった。

出ると、恵子の声がした。

——あの、ですね。

鳥居に負けず劣らず、困惑気味だった。

「なんだい？」

——お客さん、なんですけど。

よくわからない。

だが、答えは自発的に、すぐに出た。

受話口の恵子の奥から、特に聞きたくもない声が聞こえた。

——メイさん。いいじゃないですか。上げてくれれば。減るもんじゃなし。あ、ちなみに、僕はここに立っているだけで、お腹が減りますよぉ。

間違えようもなく、陸上自衛隊仙台駐屯地に勤務する、東北方面警務隊所属の和知友彦《ともひこ》一尉だった。

（ああ）

予感はまあ、なくはなかった。

（デジャヴってやつかね）

猿丸が九州に飛んだ。

苦情のような定時連絡ではまず最初に、なんで師団長が一緒なんすかね、と言っていた。

遠方に猿丸と矢崎が飛ぶ。

この瞬間に鳥居には予感があった。

いいものではない。〈どちらかと言えば〉、悪い予感だ。

鬼の居ぬ間の洗濯は、和知の得意技だった。

「放っといていい」

——でも。

「恵子ちゃん。甘やかすと癖になる。餌やると居つく。だから無視でいいわ。じゃ」

その後、ふたたび伝票整理に向かおうとすると、携帯が振動した。

「んだってんだ」

思わずきつい言葉が出てしまったのは当然、和知の第二弾だと思ったからだ。

だが、携帯の液晶に浮かんだ名前は違った。

切望して止まなかったものだった。

猿丸だ。

飛びついた。

「お、おい。セリか。本当かっ?」

——ああ。メイさん。生きてるよ。

弱々しいが、間違いはない。

たどたどしいが、それでもいい。

猿丸だった。

南無。

生き延びた。

――へへっ。心配、掛けちまったかい？

「馬ぁ鹿。誰がよ。お前《め》ぇなんか。この――良かったなぁ。いいや、――良く、戻ったっ」

鼻の奥が痛かった。

――あれぇ。泣いてんのかい？

「そうだよ。悪《わり》ぃかよ」

――有り難うな。

「言うな。馬鹿野郎が」

堪え切れず、涙が零れた。

そのときだった。

電話の向こうで、かすかに携帯の振動音がした。

そう言えば、一人ということはないだろう。

「セリ。分室長はよ――」

聞こうとした瞬間、喚くような声が猿丸の奥から飛び込んできた。

――はい。小日向です。もしもし！

純也の声は、いつにない緊張感を孕《はら》んで聞こえた。

――氏家情報官っ。もしもし！

「なんだ？　おい。セリ。一体全体」

言い掛けると、

――セリさん。ちょっと貸して。

猿丸の携帯に純也が出た。話の枕などは一切無しだ。

――メイさん。悪い。今日は大橋さん、受付に出てるかい？

「えっ？　ええ」

――頼みたいことがある。ああっと。頼んでいいかどうかわからないが、大至急だ。

「なんですね」

――氏家情報官の携帯からだった。繋がったけど、切れた。ただ、リダイヤルすると留守電になった。電源だけは入ってるってことだ。だからメイさん。許可を取っている暇はないかもしれない。いや、ない。本人の安否もあるが、その前に携帯のバッテリーのことがある。

「あ、GPSっすか」

――そう。一番は携帯電話事業者の携帯紛失時サービスだ。

「えっ。それって、潜り込めっていう――」

――だから大橋さんなんだ。なんにせよ、高度な知識と技術と、ブレない正義が必要だ。

「正義っすか」

口にした瞬間、脳裏でリー・ユーチュンがVサインを出した。

「分室長。高度な知識と技術と、ブレない図太さと厚顔無恥でもいいですかね」

――なんだい？　わかるけど。

「なんと、今ちょうど下の受付にいるんですわ」

――急いで！

了解と言いながら携帯を切り、固定電話に飛びついた。

受付に掛ければ、すぐに恵子が出た。

――はい。なんですか。

「悪いっ。恵子ちゃん、陸自のバカはどうした？」

――えっ。あの、まだここで粘ってます。カウンターに手を突いて、跳び跳ねてますけど。

「代わってくれ。――いや、上げてくれ。――いいや。いい。物騒だ。俺が降りる。絶対帰さねえようにっ」

言うと、

——うふっ。どうしようかなぁ。

いつの間にか、電話の相手が和知本人になっていた。

——僕、こう見えて暇じゃないんですよぉ。これから秋葉原に出てぇ。

面倒だった。

「煩《うるせ》え。馬鹿」

問答無用で電話を切り、鳥居はハンガーのコートを手に取った。

劉春凜のブログ、その要約　二

二〇一七年正月以降

お金は、どんどん貯まっていったわ。

代理人は少なくとも、この年の内は付かず離れず、私の近くにいたわね。一緒に住んでいたと言っても過言ではないわ。それくらい、私のコンドミニアムにいたから。

本当なら、家賃も折半にしたいくらいだったかな。言わないけどね。私も、お金が貯まって、ようやく気持ちに余裕が出たみたい。余裕が出来ると、いいことって重なるのかしら。

新年を迎えてすぐ、ファンベル・アメリカの文化事業部から、ファンベル本社の五十周年記念コンサートの出演を打診されたの。日本に行かないかって。

大哥に貰ったドレスを着ようかしら。でも、背中の空きが少し大胆過ぎやしないかな。目標とは違うけど、せっかくの機会だし。

だって、日本よ。日本だもの。

大哥が渡った国。

死んだ異邦。

そして、大哥が最後に、私に電話をくれた場所。

——参った。小日向純也。美しい花には棘《とげ》があると言うが、まさしく要注意だ。鋭く強く、決して折れない棘。いずれ、その棘が我らの行く手を阻むかもしれない。

大哥は我らって言ってた。我らってことは、私も入ってるのかしら。

気になったから聞いてみた。

綺麗な人なの？

気になったのはそっち。

マイアミでも一度帰った中国でも、何人かの男性と付き合ったことはあるけど、みんな物足りなくて。

私は刺激が欲しいの。

鋭く強く、決して折れない棘を持つ美しい男性って、女なら誰でも気になるもの。

――ああ。春凜。彼はね。とても――。

そこで会話はいきなり途切れた。

それが、大哥の運転するレンタカーが爆発した瞬間だったみたいね。

知ったのは後になってからだから、悲しくもなかった。

ファンベル・アメリカからの打診にＯＫを出した後、四月の終わり頃だったかな。この年は代理人任せじゃなく、全道安本人もマイアミにやってきたわ。

そうしてそのまま、長期滞在したの。

夏は丸々いたわね。マイアミが一番輝く、いい季節よ。

だから、代理人も交えて三人でよくサウス・ビーチにも出掛けたし、マイアミのコミュニティにも揃って顔を出したし。

全道安はやっぱり、私に気があるみたいね。どこへ行っても、私をプリンセスのように扱ってくれた。代理の人がやきもちのような目を向けるくらい。

この年の端午節は、コミュニティのパレードを三人で見て、私は、お祭りの舞台で二胡の腕前も披露した。

全道安も代理の人も、手を叩いて褒めてくれたわ。

そう言えば、代理の女性も二胡を弾くって聞いてたけど、セッションしないって勧めてみたら思いっ切り固辞されたわ。

私の前じゃ、霞んじゃうからかな。それはそうだろうけど、私はプロなんだから、気にしなくてもいいのに。

端午節が終わるとすぐ、ときどきマイアミにやってくる日本在住の中国の人がコミュニティに顔を出したわ。

そんな関係で私はその人をなんとなく知っていたけど、全道安も仕事の関係で以前から知っていたみたい。

私も誘われて、全道安と代理人とその人と、四人で食事をしたわね。

でも仕事の関係ってことは、その人、魏老五《ウェイラオウー》って言うんだけど、魏老五も警察関係の人なのかしら。いつも柔和だけど、ときどき怖い目をするのはそういうわけね。納得。

全道安と魏老五が二人でバーに消えた後の話は知らないけど、いい話が出来たって、後で全道安は満足そうだったかな。

全道安は翌日になって、

「今月中には日本国内の組織構成が大きく動き、来月には郭にトラップが仕掛けられるそうだ。こっちも支度を始める」

代理人にそんなことを話していたわ。郭ってまさか、郭英林のことかしら？　誰でもいいけど。

けど、ちょっとだけ文句を言わせてもらうとすれば、本当はそういう打ち合わせめいた話は、私のコンドミニアムじゃなくて、外でしてほしいかな。

でも、言わないわ。全道安も代理人も、日本人のリストをどこかに高く売ってくれる、私のエージェント様だから。些細なことは、我慢しなくちゃ。

この後、全道安は一度マイアミを離れたわ。国に帰ると言っていたけど、どうかしら。チラッとみた航空券には鶴のマークがあった気がするけど。

全道安が去ってからすぐ、代理人もキャリーケースに荷物をまとめたわ。久し振り。

「帰るの？」

「ええ。リストの続きはもう電話でもいいわね。じゃ」

でも、それで帰ればいいのに、最後の一言がちょっと癪《しゃく》に障ったわ。

「最近、練習してないいんじゃない？　頑張って、訪日までにコンディションを整えることね」

だって。なにさ。馬鹿にしてくれるわ。

でも、練習が足りてないのは本当。頑張らなきゃ。私のヘルパーだった老太婆は言ってくれた。今でもきっと会えば言ってくれるはず。

あなたには凄い伸びしろがあるよ。やればやるほど伸びる。やればやるほど上手くなるよ。

そう。私には伸びる才能があるの。だから大丈夫。訪日までには、まだ五カ月もあるんだもの。

次に全道安がやってきたのは、七月の二十日過ぎだったかな。

同じ日に魏老五もまたマイアミに入ったみたい。二十二日の夜には、三人でディナーの席を囲んだわ。

ああ、このとき、魏老五の携帯に電話が掛かってきたわね。蔡宇《さいう》っていう部下の人からだったはず。そう言ってた。

電話を切った後、魏老五はそのまま携帯を置かず、私達に向かって失礼、と断った。

「頼まれていた調査の結果だった。聞いたらすぐ伝えないと、私もだいぶ物忘れが激しくなったし、相手はこういう、些細なタイムラグを根に持つ小市民でね」

それから、どこかに電話を掛けた。相手はすぐに出た。

掛けた先は日本だったみたいね。日本語だったから、会話の内容はよくわからなかったわ。

爺叔《イエシュウ》、サマータイム、フロリダ、ディナー、ステーキ、ポイ。

それくらいしかわからなかった。

でも、この夜のステーキは、本当に美味しかったな。

そうそう。全道安と魏老五はこの夜もまた、ディナーの後でバーに消えたわ。

「オールOKらしい。これで、日本にちょっかいを出す上海の邪魔者は消える。九州ではちょっとした手伝いをすれば、向こうも手を貸してくれるそうだ。千載一遇、だな。乗るしかない。GOだ」

全道安の次の日の連絡って、恒例なのかしら。そんなことを、電話で誰かと上機嫌で話していたわ。二夫とか四夫とかって、誰かしら。誰でもいいけど。

全道安の今回のマイアミは、短かったな。八月になる前に腰を上げたわ。

「春凜、日本で会おう。まだ、全員を教えてもらっているわけではないからね」

それはそう。今まででちょうど半分くらいかしら。〈日本の黒〉のリストにあった数から、ならね。

実際のところだと、覚えているって自信を持って言えるのはあと十人くらいかな。

それでも、だんだん確認に時間が掛かって、その分入金が遅くなっていることもあるから、少なくとも年内一杯は同じような遣り取りが続くんじゃないかしら。年をまたぐかも。

「じゃあ、日本で」

全道安は、手を振って去ったわ。

さあ、そろそろ本腰も気合も入れて練習しなくちゃ。あと三カ月くらいだもの。

まだ見ぬ日本って、どんな国かしら。

そう言えば、二十二日のディナーのステーキも美味しかったけど、日本にもたしか神戸ビーフっていう、美味しいお肉があるって聞いたわ。神戸ビーフって、神戸よね。たしか大阪も回るはず。神戸って近くよね。ちょっと楽しみ。

だから練習。練習。

だって私は練習すればするほど、上手くなるんですもの。

中略
三カ月、三カ月。

そう思って一生懸命練習に励んでいたら、ふいに全道安から連絡があったの。

ロスで、ユニバーサル・スタジオ・ハリウッドやディズニーランドパークに招待してくれるって。

――今年の端午節の頃は、ずっとそっちにいたのに。失念していた。遅くなったけど、バースデイ・プレゼントだよ。

全道安は、訪日記念のサプライズでもあるかな、と言って電話の向こうで笑ったみたい。それで、十月も間もなく中旬に入ろうかとする頃、つまり今日、私はマイアミからデルタ航空でロスに出るの。

ファンベル・アメリカの一行は、私より一カ月くらいは遅く出発するみたいだけど。

全道安とは、ロスで合流する予定よ。

私はロスをゆっくり堪能して、その後は、仕事だって言う全道安とは別れて、一人で日本に向かうらしいわ。

けど、日本ではいつもの代理人が待機していて、ユニバーサル・スタジオ・ジャパンや東京ディズニーランドに連れて行ってくれるって言うから、このプランに乗っちゃった。

ロスまでと成田までのチケットも全道安が用意してくれたし。

どれもこれも、まだ一度も行ったことがないんですもの。すごく楽しみ。

だから先に出たの。ビザの発給も終わっているから、なんの障害もないわ。

もちろん、二胡の練習はロスでも大阪でも、ホテルで怠りなくやるし、ばっちり、無問題。

ファンベル・アメリカの一行とは東京のホテルで落ち合うつもり。日本のファンベル本社がアテンドした観光やリラクゼーションも用意されているみたいだけど、私はそんなお仕着せはパス。

だいたい、例えば〈シンフォニック・プラン〉とか〈鉄心〉とかの、超有名人でツアーに出ているミュージシャンなんかは、最初からギリギリでこっちに合流する予定にしてる人も多いそうよ。

私も同じ。

なんか、超有名になったみたいでちょっといい気分。

それも、全道安の招待に乗った理由の一つかな。

ファンベルの事業部の担当者も、約束のスケジュールに遅れなければ別に構わないって言ってた。私は会ったことはないけれど。私が知っている人は、部署を移ってもういないわ。会社勤めって大変ね。好きなら続けられるってわけじゃないんだもの。

なんにせよ、私はとってもワクワクしてる。

色々なことが楽しみ。大冒険。

だから私は今から、夢見気分でコンドミニアムを出るわ。

チャオ。

私の部屋、私のマイアミ。

暫く、留守にするわね。

終章　監禁

一

鳥居は月曜になって、石和温泉の緑樹園へ向かった。

冷えた風と抜けるような青空を堪能しながらブラブラと歩く。

「いいところだ。和子と、余生はこういうとこで送りてぇなあ」

愛美が一人前になる頃には、鳥居はもうとっくに定年を迎えている。いつでも動ける身軽な身体だ。

冗談ではなく、鳥居はそんなことを考えた。

この日の目的は、特に気を張らなければならないようなものではなかった。

今日来て、確実に今日帰ることが出来る。そんな内容だ。

先日はある意味、和知の独壇場だった。しかもタイミングはピンポイントだ。

首根っこ捕まえた和知を、さてどこで作業させるかを、まず鳥居は考えた。

仮にもハッキングだ。しかも侵入するのは、携帯電話事業者のサーバーだ。

鳥居には難しいことはわからないが、作業環境はしっかり整えなければと考えた。

だが、さすがに和知を分室に上げることは憚《はばか》られた。理由は簡単だ。和知は和知だからだ。快く引き受けたところで、どこまで本気か、真剣かは今までの本人の行動が物語る。

分室のPCを弄られ、何かを仕込まれても鳥居にはわからない。

腕を組んで唸ると、

「あ、どこでもいいよぉ。仙台のにバックドアから入って、僕のWSで作業するから」

やけにあっけらかんと和知は言った。

よくわからなかったが、恵子を見ると微笑みながら頷いた。

それで、庁内のスジに連絡し、生安の一室でPCを借りた。

性根の捻じれ方はさておき、言うだけあって和知の作業は速かった。PCを与えてから、間違いなく二時間は掛からなかったろう。

それよりなにより、鼻歌混じりだ。

「何か貰えるかなぁ。楽しみだなぁ。大橋さんとデート。ぐふふっ。そんなオプションが付いちゃったりして。えぇい。付けちゃえ、付けちゃえYO」

と、胡乱《うろん》なことを変わったリズムに乗せて呟いていた。

「はい、終わりましたよぉ」

と言われたとき、実は少々疑心暗鬼だった。あまりに早かったからだ。

だが、和知が得た情報は意表を突くものにして、かえって納得させられるものだった。

その場で、すぐさま純也に報告した。

――ふうん。それはたしかに、なかなか意外だね。僕としては山梨のどこかだと思っていたんだけど。でも、悪くない。

鳥居も同じ考えだった。

何か貰えるかなあ、と和知がまだ呟いていた。

――メイさん。スピーカーにしてくれる？

指示通りにすると、

――やあ、和知君。ありがとう。助かった。

純也がまず、和知に礼を言った。

「あ、小日向分室長。ご無沙汰《ぶさた》でぇす。相変わらず、スレスレなところで働きますねえ。ところで、今はどちらに？」

長崎だよ、と純也が言うと、目聡く耳聡い和知は一瞬固まった。

「あれ？　聞き間違いかなあ。長崎って聞こえたような」

――聞こえた通りさ。ついては、これから師団長と会うんだけど。ああ、そう言えば師団長が、このまま視察を仙台に振り向けるかって言ってたけど、今日一日なら足止めしてあげてもいいけど。

「えっ。あ、じゃ、じゃあ、秋葉原だけでも行かなくちゃ。さよーならぁ」

押っ取り刀で和知が、生安の一室から駆け出して行く。

鳥居は苦笑しつつ携帯を通常通話に戻し、耳に当てた。

「いいんですかい？　バタバタと帰っちまいましたけど。なんか、後が怖《こえ》えような」

――大丈夫。仙台の方に、最新の二十一インチ型クワッドモニタを手配しておくよ。

平然とした純也から、鳥居は次なる新たな指示を受けた。

それがこの日の、〈日帰り石和温泉の旅〉だった。

ただ、到着した緑樹園では、あいにく目的の女将は出掛けていた。

月曜の、しかもチェックイン前なら、と想定したが、どうやら組合や寄合のスケジュールがここぞとばかりに入るらしい。

初美は老舗旅館〈緑樹園〉の女将ということで、理事も務めているらしい。

「へえ。忙しいこった。ま、人のことはあんまりとやかく言えねぇが」

対応の仲居頭に典明のことも聞くと、

「あの、声の大きい、親方とか呼ぶ方と、そのお弟子さんですかね。三人でお散歩中ですが。よく出掛けられるんですよ。健脚健啖。ホント、お元気で」

日帰りのつもりだが、取り敢えず、女将の帰りを待つと言えば、仲居頭がフロントと相談して一室を用意してくれた。

少し横になって微睡《まどろ》んだ。三時過ぎになった。茶の一杯を飲んで、ひと息つく。

「あと二人。いや、全道安までカウントすりゃ、三人か」

二夫、四夫、五夫、七姫、八夫《バーフ》、九夫。

海を越えて戻した六人のうち、七姫は最初に死んだ。五夫も横浜の地で死んだ。

どちらも各県警の捜査に進展はないが、ブラックチェインを知るJ分室の判断では、これらは仲間割れの線が濃い。いや、間違いないだろう。

二夫と九夫は、長崎の海で死んだことを聞いた。実行者はさておき、目撃者はセリだ。

残るは四夫と八夫、そして全道安。

ただし、全道安については長崎で、二夫と九夫のコンビが爺夫を国家安全部の男と呼んだだけで確定はしていない。二人が一連の流れを、どこかに誘導しようとしただけとも考えられなくもない。油断は禁物だ。

と——。

部屋がノックされた。

鳥居は居住まいを正し、どうぞと言った。

女将の初美が入ってきて、頭を下げた。笑顔はない。

　鳥居には、久し振りに見る初美の顔、と言えた。近くにアジトを構え、彼女の夫である高橋秀成を行確したとき、初美もしばしば目にしたものだ。

　そのときより、少し痩せたか、やつれたか。

　だが、彼女は鳥居を知らない。

　このギャップが、平穏に暮らそうとする者と、その平穏を守ろうとする者の差だ。

「お越しと聞いて、切り上げてまいりました」

「なぁに。別によかったんですがね。先にフロントに伝えりゃ良かったかな。ただ、私としちゃ女将さんの反応が大事だったもので」

「と仰いますと」

「もう大丈夫」

「はい？」

「もう大丈夫だと。取り敢えず、これが私どもの上司、小日向からの伝言です」

　初美が固まる。

　鳥居が笑顔のまま、頭を下げた。

「理由その他は、ご勘弁ください。ただ、大丈夫だと。それだけで」

「いいえ」

　初美の凜とした声が、鳥居の頭の上を撫でるように通った。

鳥居は顔を上げた。

初美の口元に、仄《ほの》かな柔らかさがあった。

「あの方が大丈夫だと仰るなら、疑うことはございません。かえって、ご相談してからあまりに平穏な日常ばかりが続いたものですから、終わりと言われて、戸惑ってしまっただけです。――本当に、何か始まっていたのか。ただ悪い夢ではなかったのかと」

「夢ですよ。女将」

鳥居は首筋を叩いた。

「そう思った方がいい。お子さん達のためにも。何もなかったと」

「それも、あの方が」

鳥居は頷いた。

「では、そうします」

初美は誰の目にも明らかに、笑った。

「ところで女将。成田からのご一行さんは」

「いつものことですから、もう戻られるでしょう。折角です。鳥居さん、でしたかしら。お風呂、いかがですか。うちの露天風呂は、景色がとてもいいんですよ」

「いや。――そうですか。では、お言葉に甘えて」

一つの任務は終了した。

なら、命の洗濯も悪くない。

風呂は女将が自慢する通り、山川を一枚の額に収めた眺望が見事だった。

露天風呂に浸かり、死んだ高橋秀成を思う。

そして、犬塚の死。

高橋に、自分の心を叫んだあの日のこと。

——仲間が、死にましてね。犬塚ってんです。

——首切られて、藻掻いて藻掻いて、死んだみてぇです。

——緑樹園にあなたを訪ねてきた、若い男女。その片割れの女を追って、殺されたんです。

——へへっ。俺より先ってなぁ、ねぇですよね。

そんなことを、激情に任せて口にした。悲しみで高橋を動かした。

今よりは少し、鳥居も若かった。

(愛美ぁ、いくつだったっけ？　ああ、小三だっけ)

その分、鳥居は老いる。犬塚は不変だが、その息子の啓太は来年、警察庁に奉職だ。

「それにしても、ブラックチェインか。よくも、人の記憶を掻き乱しやがる」

顔を、柔らかい湯でひと撫でする。

七姫を、五夫を殺したのは誰か。少なくとも全道安は違う。剣持の話に拠れば、全てを確認出来ているわけではないようだが、少なくともその日、全道安は函館にいた。

真相はさて、陽の下に露わになるか、闇の中に隠れるか。

「デッド・オア・アライブかよ」

ただそれでも――。

おそらく、終わりは見えた。

和知が探し出した氏家の所在地、正確には氏家の携帯の所在地は、岐阜の可児《かに》だった。

純也が昨日のうちにそちらに飛んだ。

そこから、

――メイさん見つけたよ。緑樹園に来ていた二人。顔は違うが、おそらく、四夫と八夫だ。

そんな連絡が入った。

今もそちらは純也が動いている。

猿丸は今もベッドの上で、自分の戦いをしている。

鳥居は鳥居で、自分のすべきことをする。

「ちっ。俺がもう少し若きゃぁな」

もっと手伝えるのに、と思わなくはない。

実際思った。

けれど、

――メイさん、ここから先は足手まといだ。

そう、純也にはっきりと断じられた。いっそ気持ちがよかった。

だから、事件の終盤を前にして露天風呂に入ることも出来る。

人はそれぞれに、生きる場所がある。

と――。

なにやら、風呂の脱衣所が騒がしかった。

やがて、典明一行が入ってきた。今剣聖東堂典明とその弟子、成田山の香具師《やし》の元締め、大利根《おおとね》組の綿貫蘇鉄《わたぬきそてつ》とその若い衆、たしか吉岡《よしおか》という、二十歳を過ぎたばかりの男だ。

典明は、右の肩から長めのタオルを掛けていた。配慮だろう。

湯船に入ろうとする典明に、鳥居は中腰になって声を掛けた。

「典明先生。その、ご記憶じゃあねえでしょうが、昔、警視庁の教練でご指導を受けた」

典明は一瞥しただけだった。それだけで、光が弾けたような、なんとも強い目だった。

「知ってるよ。名前までは知らないが、なかなかいいスジだったと覚えている。そのとき、公安外事って誰かに聞いて、覚悟の違う部署もあったものだと思ったが、そうか。今は、あの警視正の部下かい」

「恐れ入ります。それで、その警視正からの伝言ですが」

そろそろ、荷物まとめてください。

これが鳥居に課せられた、石和行きのもう一つの任務だ。

よっしゃ、と真っ先に裸のガッツポーズは、若い吉岡だった。

手前《てめ》ぇと蘇鉄は拳骨を作るが、

「親分、しょうがねぇだろ。湯治なんてもんは、若い者には詰まらねえさ。三週間近くもいるとな。俺もそろそろ、ティナちゃんが恋しいし」

「そりゃ、まあ」

何か言いたげだったが、綿貫は温泉に口元を沈めた。

「説明は、ありかな、無しかな」

典明は岩場にタオルごと右腕を掛けた。

「無し、と思って頂けると」

「うん。わかった。とにかく、ここはもう、いいんだね」

「は。それだけは確実です」

「そうかい」

典明は左手で顔を拭った。

「鳥居さん、だっけ」

「はっ」

「気配に波があるね。心ここに、半分あらずかな」

「えっ、いえ」

ドキリとした。

「事件かい。まだ終わってなかったり」

図星だが、何か言えるわけもない。

「ま、人には人の分がある。預けたら預ける、任されたらやり切る。それだけだよ」

さすがに剣聖だ。

鳥居は苦笑いで、剣聖より先に湯舟を出た。

二

今が何日かは判然としなかった。

だが、場所はおそらく愛知か岐阜のどこかだ。

愛知県の犬山市から岐阜県の可児《かに》市、可児郡、美濃加茂市、加茂郡、その辺りだろう。

木曽川、飛騨川が流れ、合流する付近。

無駄にゴルフ場ばかりが多く、木曽水系の水資源を活用する企業の生産工場が多い場所だという認識が氏家にはあった。

飼料、バイオプラント、ステンレス、水タンク、いろいろだ。

その中のどこかだ。

どこかだが、現在稼働していない工場だということは間違いない。高い天井に明り採りの窓がいくつか並び、錆びたクレーンが縦横に走っている。

床は古くひびの入ったリノリウムの上に、埃だらけのよくわからない、とにかく古い工作機械の何台かと、氏家が放置されているだけだった。

正面の遠くに、場内を事務系と生産系のエリアを分ける仕切りが見えた。

腰高から上に一メートルほどが左右方向に総ガラスになった壁のような作りだ。経営や営業サイドから、生産現場が見渡せるようにしてあるようだった。

往来は中央にあるドア一カ所だけで、今はどちらにも人影すらない。

氏家が転がるばかりだった。

さても――。

(迂闊だったか)

そう思わずにはいられなかった。

――では、どうでしょう。呉越同舟といきますか。

すでにわかっているところは小日向らに任せればよかったと、そう思わなくもない。

敵にしたときの脅威はそのまま、味方でいるうちは万全以上の信頼が出来るということに相違ない。

劉永哲が死んで以降、自分だけが知るはずの連中には、仕事の合間を見て連絡を入れた。近くは自身で直接出向き、秘かにフォローした。

それでもリストのすべてではないというのは本当だが、小日向も知らない佐世保で明らかな不審にぶつかった。

事情を聞けば、なるほど小日向が言っていたブラックチェインに繋がる匂いが濃くした。もう一つ、犬山にも不穏はありそうな雰囲気があったが、こちらの方は佐世保よりまだ曖昧だった。

なによりまず、佐世保の方にはすでに、地場のヤクザだという金獅子会二次の陣幕会と、中国からのお客さんだという二人組が接触してきていた。

アルフ、ジョウフと、そんな呼ばれ方をしているということだった。

読み方は氏家の記憶でも、アルフは二夫であり、ジョウフは九夫、ブラックチェインのナンバーだ。

犬山の方、喜多村俊樹《きたむらとしき》には父から譲り受けた工場に、強引な売却話が持ち込まれているということだった。

喜多村の工場は木曽水系の豊かな水資源を背景とした、たしか五十人からが働く染色工場だ。

取り敢えず、俺が行くまで動くなと釘を刺しておいた。喜多村は快活で、水のように酒を飲む偉丈夫だった。あの男なら大丈夫だと思った。

はるかに佐世保の、間宮敬一郎の方が重大であり、先決だった。

ヤクザが絡むということもあるが、両親がまだ健在だということが大きかった。

喜多村の方は両親ともに他界して長く、本人も一人者だった。長引く不況で、家族を持つ暇もないと聞いていた。

佐世保にはまず、少しばかり融通の利く福岡のオズを動かした。それでも、さすがに専従というわけにはいかない。だから万全ではなかった。

——氏家さん。黒孩子は、人になろうとしてはいけないんですかね。

間宮からのそんな連絡が十一月の十八日、土曜日に入った。精神的に随分参っているようだった。

すぐに休暇の手続きを取り、鞄をまとめた。

ただ、ふと胸騒ぎがして、翌日は京都の飛鳥井の家に入った。

大阪と京都からそれぞれオズを連れ、家の周囲に配置した。

そのための一日だったが、それが一日遅れる理由になったかもしれない。

月曜に長崎に入り、まずは間宮の周辺を窺った。

ヤクザもブラックチェインらしき二人も、その気配すら感じられなかった。

翌火曜になって、病院に顔を出した。

間宮はこの時点ですでに、一切の表情を失っていた。

――もう、放っておいてください。

何があったと聞いた。

この日の前日だったという。

業を煮やした陣幕会の連中が間宮の両親、つまり、前院長夫妻に黒孩子の真実を告げたようだ。

あんた方の息子は黒孩子だと。そのことを世間にバラすと。

――病院を守るには、何をすればいいか。わかるだろうな。

これは相手方に言われたことではない。前院長に言われた言葉だという。

――だからもう、私には隠さなければならないことは何もない。お帰りください。

取り付く島はなかった。

その後、周辺で張っていたつもりだったが、陣幕会の動きを警戒して、間宮の覚悟と帰宅時間が分からなかった。

見失った間宮の、車両を発見出来たのはたまたまだ。

若き日の院長に手を引かれ、お母さんには内緒だよと、よく連れて行かれたのが競輪場だったと本人に聞いたことがあった。

それにしても、何も言うことはない。

遅れたのだ。

間宮敬一郎という、仁の男の死に——。

慙愧《ざんき》は血の涙が流れて唸るほどにあったが、残して引き摺る暇はなかった。

犬山へ。

まんじりともしない一夜を過ごし、始発を待つのももどかしくＪＲの特急に乗り、新幹線に乗り換えた。

犬山に着いたのは、昼前だった。そこからタクシーに乗った。

喜多村の工場に辿り着いたのは、一時過ぎになった。

辿り着けたということで油断もし、同時に焦りもあった。

工場がやけに静かだということをわかってはいたが、気に留めなかった。

敷地に入って最初の建物が事務所だった。

ノックをした。

返事はなかったが人の気配はあった。電気もついていた。

ドアノブに手を掛けると、回った。

何かを待ってはいられなかった。

飛び込んだ。

「喜多村さんっ」

本人はそこにいたが、一緒に知らない顔の男も一人いた。

喜多村が手に持っていたのは、おそらく社判だった。

（ブラックチェイン）

瞬時に氏家の脳内にけたたましいアラートが響き渡ったが、そこまでだった。

いきなり横合いから、氏家の首元にもう一人いた誰かの手が伸びた。

電気ショック。

おそらくスタンガンだろう。

「すみません。氏家さん」

消えゆく意識の中で聞いた、喜多村の言葉がそれだった。

――――。

それから、数時間が過ぎたようだった。

「すみません。氏家さん」

デジャヴではないかと思うほど、同じような喜多村の声が聞こえた。

同じ事務所の中、同じ喜多村の声。

ただし、それでも繰り返しでないのはすぐにわかった。

氏家は事務所の隅で、手足を縛られて床の上に転がっていた。

「喜多村さん。これは」

「すみません。すみません」

氏家の前に座り込み、大きな身体を丸めるようにして頭を下げ、喜多村は同じ言葉を繰り返した。

壁に、デジタルの時計が掛かっていた。見れば時刻は、午後四時に近いようだった。見回した中に、先程の男達はいなかった。気配もない。

「喜多村さん。解いてくれ、と言って、聞いてもらえるのかな」

喜多村はただ同じ姿勢のまま、さらに肩を落として横を向いた。

「さっきのあれは、契約ですか」

「いえ。仮契約です。前から、議員の口利きがもうすぐあるって。そうしたら、売却を進めましょうって言われてたんですが」

「議員。——ああ。ここはたしか」

横浜の藍誠会横浜総合病院を通じた関係を、それとなく氏家も知る。

なるほど岐阜の犬山は、衆議院議員・重守義男の地盤だった。

「けど、こっちがもうそんなに保《も》ちそうにもなくて。仮契約は、こっちから持ち掛けたんです。もともと、結構な金額を言われてました。その五分の一なら、いつでも即金で払うと。それだけでも、従業員にまとまった退職金を払えました。それだけでも、きっと死んだ親父達は許してくれるんじゃないかと。あとは残金で、本契約まで銀行の金利や手形の支払いを細々とでもやっていれば、実家はなんとか残せるでしょう。私を育ててくれた人達の家です。だから——なんとしても。だから、すみません」

待てませんでした、と言って喜多村はまた頭を下げた。

「だから、すみません。この縄は解けません。勘弁してくださいっ」

血を吐くような言葉だった。

「そうですか」

氏家は頷き、口をつぐんだ。

氏家の正義と、従業員を守り思い出と感謝を守ろうとした喜多村の行動は相容れないが、正反対ではない。

死を選んだ間宮と喜多村の行動に、その思いに、なんらの違いはない。

どちらも尊く、どちらも哀しい。

「なら、これくらいは教えてください。連中は、ここで何を」

水ビジネス、と喜多村は小声で言った。

「水。——なるほど」

三分の二の地表を覆うほど世界に〈水〉は豊かだが、そのうち人間が直接に飲料や農業で使用できる淡水はわずか数パーセントと言われる。世界は実際には大いに淡水不足なのだ。

日本の水資源が外国から狙われているとは、国テロ情報官として氏家も肌で感じていたことだった。

日本は海外資本に対する土地売買の規制が緩い一方で、憲法が保障する財産権と民法第二〇七条によって、〈土地所有権はその土地の上下に及ぶ〉と規定されている。どこの誰であろうと、一旦土地の所有権を取得されてしまえば、地下水の無制限な使用にも利用権が発生してしまうのだ。

今のところ表立った実害は報告されていないが、二〇一〇年までに全国レベルで八三一ヘクタールもの私有林が外国資本に買収され、年々でほぼ倍々の増加をしているという現実がある。

太陽光発電や風力発電用地、マンション、リゾート開発。

外国資本が取得したといっても用途は様々だが、今、喜多村ははっきり、水ビジネスと口にした。

ブラックチェインの連中が手を出しそうな濡れ手で粟《あわ》のビジネスであり、今のところ、土地さえ取得してしまえば、それは至極合法的なビジネスでもあった。しかも、一度土地を取得出来れば、その名義や所有権で次の土地も、その次の土地にも手が出せる。

だからこそ、非合法でもなんでも、形振《なりふ》り構わず取得したいのだろう。

誰が泣こうと、誰が死のうと——。

氏家は喜多村に向け、静かに微笑んだ。

「あなたが無事でよかった。いや、あなたが無事なら、それでいい」

すみませんと涙ながらにもう一度言い、喜多村は自分のデスクの方に向かった。

その少し後だった。

あの二人組が事務所に現れた。中肉中背の一人と、身体の大きな男だった。

中肉中背の方が、コンビニの袋を提げていた。

「おっと、起きてたかい。——あんたはこの先、爺夫預けになる。今のうちだ。ほれ、食えるうちに食っとけや」

男は言いながら、コンビニの袋を手近なテーブルの上に置いた。

「お前らは、ブラックチェインか」

「さあな、知りたきゃ、爺夫に聞けよ」

その後、腰縄を打たれてトイレを指示され、コンビニ弁当を与えられた。

どうなるのかわからないが、最後まで諦めないことは鉄則だ。

そのために必要なことは、何でもする。

食事を終えると水を与えられ、もう一度トイレを指示された。

出るものはなかったが、トイレから出るとぐらっと来た。

睡眠薬か。

「すみません、氏家さん」

何度目かわからない、喜多村の声がまた聞こえた。

三

そうして、二度目に目が覚めたのがこの工場だった。

やはり睡眠薬だったのだろう。

丸一日かそれ以上は経っているようだった。

数時間、ということはないと、縛られた手足と横たわった身体全体の痛みが教えた。

場所も変わっていた。事務と生産のエリア分けが為された廃工場の中だった。

「ここは」

あの二人はいなかったが、

〔私達が自由に使える便利な場所さ。まだ仮だがね。誰も来ない〕

全道安が、事務のエリアからドアを開けてこちら側に入ってきた。

口調が変わっていた。そのせいで、以前より老成して見えた。

〔お前が爺夫か〕

〔その呼び名は、あまり好きではないが〕
まずは、その答えだけで十分だった。
〔氏家さん。佐世保の間宮のことも、ここの喜多村の存在も、あんたは前々から知ってたようだな〕
〔答えると思うか〕
〔なあに。すぐにでなくとも結構。時間は有限だが、リミットまでは限りなく無限だ〕
〔ふん。小難しい哲学か〕
〔いや。要するに、あんた一人の口を割らせるくらい、どうとでもなるということだよ。手はいくらでもあると〕
それから現在に至るまでは、あまりに細かい拷問が過ぎて、一つ一つとそのプロセスに大した意味はなかった。
最初は、たしかに手荒く扱われた。ただし、殴られ、蹴られということはあまりなかった。
身体に会話が出来ないほどの重篤な欠損は、全道安の本意ではないようだった。
その代わり、手足の爪は千切られた。すでに半分はなかった。
これが初日だった。
以降、頭皮から頭髪を毟《むし》り取られた箇所は、千切られた爪の数の倍はあった。

身体中の表面を薄くナイフで、まるでプロシュートのように削がれた箇所は、それこそ無数だった。

陽が落ちると、配下の二人が来ては毛布を何枚か掛けられて放置され、日中になると、偶《たま》に現れる全道安から拷問を受けた。

全道安は、拷問の合間に刷り込むように繰り返し聞いてきた。

〔黒孩子。他に何人いる。どこにいる〕

それが全道安の拷問の目的であり、氏家を殺さない、いや、殺すことが出来ない理由だった。

日中も激痛は絶え間なく押し寄せ、夜になってからも睡眠を妨げるほど全身を苛み、この世の地獄、と言って過言ではない日々がいつ果てるともなく続いた。

ただし――。

何ほどのこともない。黒孩子の境遇と命を守るためなら、どうということもない。

脳裏に浮かぶのは、守る、安心しろと告げたとき、安堵の表情を浮かべた日本の黒孩子達の顔だ。声だ。

そして、にも拘らず死なせてしまった間宮という医師や、頭を下げさせてしまった喜多村という社員想いの社長の姿だ。

何をされても、奥歯を嚙んで絶叫を押し留め、見開いた目で全道安を睨み、〈命〉で抗《あらが》った。

そうして黙して語らずにいると、何日目かに全道安は拷問を止めた。手足の縛《いまし》めも解かれた。

だからと言って抗う体力もなく、体調でもなかった。

命そのものが、すでにぎりぎりだった。

全道安は、コンビニ袋を氏家の前に二つ置いた。

〔こんな買い物は、普段なら四夫か八夫に任せるんだが。今はここでのビジネスで忙しくてね。私が買ってきた。ほら〕

全道安が氏家の前で袋の中身を披露した。

各種の飲むゼリーの袋と、ペットボトルの水が入っていた。

〔氏家さん。大した強情だな。諦めたよ。――なら、一緒にやろうじゃないか。いい金になるんだから〕

それから全道安に聞いたのが、以下の話だった。

――いい金になるんだ。間違いない。なんたって、俺の後ろには張源がついているのだから。

十六年の九月に、劉春凛から連絡があったのは、まさに天佑神助《てんゆうしんじょ》だった。リストを覚えていると。劉警督だけが持っていた、在日黒孩子のリストを。俺は劉警督が爆死して以来、ずっとそれを探していたのだ。喉から手が出るほど欲しくてね。えっ。なんでだって？金になるからに決まっているじゃないか。

すぐさま、張源の配下に連絡を取った。劉警督が日本に行ったころから、張源はブラックチェインをいたく気にしていたのだ。

〈日本で、例の黒い宝物が見つかりそうです〉

回答を待つ期間は、十日以上になったかな。

だが、待った甲斐はあった。こっちが思うより多額の予算と、配下が下された。それがブラックチェインの面々だった。

その金ですぐ、春凜から情報を買った。あの娘もなかなかしたたかで、人名や所在を小出しにしてきたがね。

最初が横浜の桂木で、次が福岡の堀川だった。名前はブラックチェインが送還されてきたときに判明している者達だったので、新鮮味はなかった。ただ、マイアミから動いていない春凜が知るはずのない名前だから、逆にすぐに確認が出来た。それで、一気に春凜の信憑性《しんぴょうせい》は上がったな。

そのことを伝えると、張源の関係の中で俺の株も大いに上がった。すぐに、たいがいの資金が下げ渡された。

俺は有頂天になったものだ。くどいほどに、実績を見せろと言われたがね。無問題だと思っていた。

すぐに春凜から次を聞き出し、一人一人を判明させてゆく作業に入った。

だが、ラッキーが続いたのはそこまでだった。十人目辺りからもう、劉春凜の記憶は俺の想像をはるかに超えていたよ。

えっ。凄いわけはないだろう。逆だよ。全然、駄目だったんだ。

本人は自信満々だが、初めて会ったときから箱入りの我がままの、劉警督が一緒だったから言わなかったが、自信過剰は隠れもなかった。多少の美貌だけは認めてもいいが、それだけだ。

記憶力がいい？　ふん、笑わせてくれる。

あの娘の記憶力など、本当に人並み程度だった。情報の何人かはスカだったな。ただ、引っ越しや死去で外れクジになった在日黒孩子もたしかにいた。

春凜の記憶を捨て掛けると、ふと正解に辿り着く場合もなくはなかった。佐世保の間宮なんかはその一人だ。

あの娘は鼻持ちならない性格だが、たしかに人に数倍するものも持っていたかな。

何って？　運だよ。こっちが捨て掛けると繋がり、諦めかけると正解だったりした。

そんなこんなで、春凜との遣り取りは長くなったな。一年近くにはなった。

その間に、魏老五と知遇を得たのはラッキーだった。マイアミ通いも無駄ではなかった。

ああ、これも言えば、春凜の運なのかもしれない。口が裂けても言いたくはないが。

そもそも魏老五が、偶にマイアミに行くことは知っていた。劉警督と魏老五は、随分前から繋がりがあったようだからな。

それが中国公安のエリートに魏老五が擦り寄ったものか、上海の郭英林の関係かは俺は知らないし、知る気もまったくなかった。この辺の匂いを嗅ぐ鼻はいいつもりだ。

ついでに言えば、魏老五はマイアミでは日本人のコミュニティに知り合いがいるというか、そちらが目的のようだが、これも深くは知らない。知る必要もないというか、この件こそ本当に、知らぬが仏、ということだったろう。

同じ穴の狢《むじな》として、魏老五には結構気に入られたという自負はある。

結果として、魏老五は俺にひとつの提案もしてくれた。願ったり叶ったりだったかな。

ブラックチェインを分けて日本に送り込み、暫しの潜伏を命じたところだった。

横浜と甲府と福岡。

それぞれが土地勘のある場所だ。ビジネスもそこで始めさせるつもりだった。

魏老五は目敏く耳聡い男だ。俺との会話の中で、タイミングがあったからこそ、具体的な提案を構築してきたのかもしれない。

郭英林が九州で、地場のヤクザの跡目相続に絡めて自身のボディ・ガード、劉博文《ボーエン》を仕掛けるということだった。その手伝いだ。

ちょうどよかった。二夫と九夫を使った。金獅子会というヤクザと、バーターの関係を構築出来るというメリットがあった。

なにぶん、九州では黒孩子の医者が春凜の記憶から確定出来ていたが、二人だけではどうにも動きが不自由だと思っていた。

この九州の件を切っ掛けに、俺は送り込んだ連中全部にGOサインを出した。

横浜の桂木は桂木で、使い道がはっきりしていた。桂木が衆議院議員と繋がりがあるのは魅力だった。議員は当然、岐阜選出の重守義男だ。

その絡みもあるが、今いるこの辺りの案件が実は、一番堅実だったかな。石和と見せ掛けて、犬山から上流の木曽川水系だ。春凜の少ない記憶に、犬山の喜多村がヒットしたのはラッキーだった。水ビジネスは中国でも大いに関心がある。

もっとも、こっちが上手くいったら、富士川水系にも食指は伸ばす。石和はそのときに必要な、大事な〈資源〉だ。

ようやく、全部でブラックチェインの出番だった。

もともと忠誠心はあった連中だが、日本の生活が長すぎたようで、中国に送還されてきた当初は随分人がましくなっていたようだ。

これは、連中を〈再調整〉した軍部の人間に聞いたことだ。

〔感情なんかを持っていた。日本の公安の連中をずいぶん恨んでいたな。だが、駒にそんなものは要らない。国籍もない連中は仲間でもなんでもない。言われた通りのことをすればいい。そして、成功したら自分に与えられた小屋に戻って餌を食い、眠り、次の作業に出る。失敗したらそれで終わり。だれも見向きもしない。腐って終わり。それだけだ〕

上手くいったら上手くいったで、上手くいかなくとも痛くも痒《かゆ》くもないと言ったところだろう。

まあ、張源にすれば、俺も同じことなのかもしれない。

溜息が出るほど低予算の、投資の一つ。

氏家さん。あなたが承諾しさえすれば、これが限りなく、ローリスクハイリターンになるんだが。

どうだろう。一緒にやろうじゃないか。


全道安が全部を話しているとは思わないが、大筋ではその通りなのだろう。

あとは真実と真実の間、真実と嘘の接合部を見抜けばいい。

一緒にやろう。いい金になるぞ。

そんな言葉には間違いなく、ひと欠片《かけら》の真実もない。眉唾だ。

なら、四夫と八夫と聞くあの二人がここに来ないことの理由も、ビジネスで忙しいからというのは、さてどうだろう。

それから何日か、全道安が来た時の猫撫で声を黙って聞いていれば、やはり安いメッキはすぐに剝がれた。

［馬鹿野郎っ。無駄な時間ばかり使っているんじゃない。無理とわかったらすぐに退いて来い。戻って、せめて番犬をしろ。尻尾を振れ。この無能らめ！］

携帯に向かってそんなことを怒鳴りながら、事務エリアからこちらへ全道安が入ってきた。目にどす黒い怒りの炎が見えた。

［さすがに、警察庁のキャリアだな。京都、ずいぶん強固なガードが付いていると。手抜かりはなしか。さすがだ。さすがだよ］

つまりは、そう言うことなのだ。

衰弱著しい氏家を全道安が懐柔するような素振りを見せ、その間にどうにも首を縦に振らない堅物の弱点を突くべく、ブラックチェインが動く。

美智代と子供達。

そこを突けば、堅物だからこそ落ちると踏んだのだろう。

笑えた。

全道安のこめかみに血管が浮いた。

［何が可笑しいっ］

〔小者だな。その程度の策しかないのか。小者だ。所詮、敵ではない〕
〔五月蠅い。お前に何がわかる。何が出来る〕
ねっとりとした狂気が、全道安の全身から湧き上がるようだった。
これがこの男の、本性なのかもしれない。
〔随分、かさぶたが出来たようだな。どれ、空いているところを全部、剝いでみようか〕
〔剝げばいい。小者〕
口にし、覚悟を飲んで目を閉じる。
(動いているのだろう。動いているのなら、早く来い、小日向)
全道安が、ゆっくり近づいてくる足音がした。

四

鳥居を緑樹園に送った日、その夜だった。時刻にして十一時を過ぎた頃だ。

純也は、愛知県の犬山市にいた。駅前のビジネスホテルだ。十階に一室を取り、一応二泊目となる夜だった。

目指すところは、方角をやや北東に振った県境向こうの可児になるが、直接は入らない。

犬山に陣取った。

明らかに大都市ではない地方都市においては、行動の一つ一つが浮いてしまう場合がある。細心の注意を払うべき事案の場合、直接入らないのは公安としての鉄則だった。特にクウォータである純也の中東の匂いのする容貌は、ふと気を許したときにやはり異質だ。何かと人目を引いてしまう。

これはある意味、純也の弱点といってよかった。

土曜の正午にはまだ福岡にいた純也は、J分室にいた鳥居と受付で偶然にも管を巻いていた陸自の和知の協力により、氏家の失われた携帯電話の所在地を突き止めた。

携帯電話事業者の、GPS携帯紛失時サービスに触らせてもらった結果だった。だから褒めるわけではないが、誤差五十メートル内外というのは世界レベルで見ても飛び切り優秀だ。

猿丸のことは白心パートナーズの堀川と陸自の連中に任せ、純也はその日のうちに福岡から羽田に戻った。

警視庁には寄らずそのまま国立の自宅に帰って身支度を整え、翌日曜の朝には愛車、BMW M6のエンジンを始動させた。

M6以外の移動手段は考えなかった。今回はミッション的に、特にフットワークが大事だと考えたからだ。

『そうですか。それは、お疲れさまでした』

ビジネスホテルの一室で、純也は電話を受けていた。

仮眠を妨げられた格好にはなるが、許容出来る時間ではあった。アラーム代わりだと思えば、悪くはない。

電話の相手は、劉春凜だった。

――すべての公演を終え、都内に帰ってきました。

通話は、春凜のそんな朗らかな声から始まった。

――楽しい公演旅行でした。あなたに二回しか聞いてもらえなかったのは残念ですけど。

十二月の夜に有らぬ、春を呼ぶような声だった。

それから春凜は、楽しげに各地のエピソードを話してくれた。どうにも、気兼ねなくネイティブな英語で話せるのが嬉しいというのもあるようだ。

二十分、は話したろうか。

――あ、ごめんなさい。私ばかり話してしまいましたね。

『いえ。することもない平日の夜でした。楽しい時間でしたよ』

――あなたは今、どちらに?

『どこというか、仕事中ですが』

――まあ。大変ですね。あの、何時まででしょうか。

『どうしました?』

──この後、お会い出来ませんか？

『申し訳ない。少なくとも、飛んでいける場所にはおりません』

──あら。ごめんなさい。でも。

今週中にはマイアミに帰ります、と春凜は小さな声で言った。

──もう一度、どこかでお会い出来ませんか？

『出来ることなら。でも、こればかりは確約は出来ません。ただ、お会い出来なくとも、あなたが奏でる二胡の調べは聞くことが出来ます。そう、いずれ、マイアミに行く機会もあるでしょう』

純也がそう告げると、言葉の意味を噛み締めるかのような間が開いた。

やがて、嬉しい、と春凜は言った。

──あなたの言葉を抱いて、眠れます。おやすみなさい。

『いい夢を』

それで、通話は終わった。

純也はおもむろに、部屋の時計に目をやった。

デジタル時計の数字は、十一時三十分を示していた。

まずまずの頃合いだった。

「さて」

顔を洗って気を引き締め、身支度を整える。

こげ茶のコットンパンツに、ほぼ同色のシューズ。

上着は防寒も兼ねた迷彩色のジャンパー、黒いキャップ。

そして、背腰と脇に黒革のホルスター。

一応の支度は、それで終了だった。

軽くて万全ということは有り得ないが、重くていいことも何もない。

日常にほんの少しの色、かすかな匂いを付ける程度。

それが、ゲリラの本質だ。

十階からフロントに降りる。

深夜のチェックアウトになるが、特に何も問題はない。

木曽川の下流域となるこの犬山一帯は、夜釣りと言えば通る地域だ。棹もリールも、ボビンに巻かれたポリエチレン二十号、五十メートルのテグスも用意した。

――冬の走りのオイカワとかハヤ、シーバスもいいですね。わ、私もやらないでもないんですよ。

実際、純也の風貌に目を細めるフロントの女性に、チェックインのとき、そうも言われたものだ。

夜勤の若い男性フロントマンの緩い対応でチェックアウトを済ませ、外に出る。

だいぶ高く上った月が、東方の空に輝いていた。

ときおり群雲《むらくも》が流れるだけの、いい天気だった。

満月の夜だ。

少し寒いが、釣りにはいい夜だろう。

ゲリラにしても、強襲する側に有利な夜だ。

コインパーキングに停めたM６のドアを開け、エンジンを掛ける。

そのまま車体の後部に回ってトランクルームを開け、必要な物を取り出す。

第五世代型の双眼式ナイトビジョンと、マルチプライヤー、艶消しのシースナイフ、簡易医療キット。

ナイトビジョンは最新の薄型だが、滅多には手にしない。

見る者が見れば明らかに輸入規制に抵触するとわかる、〈優れ物〉だからだ。

すべからく〈優れ物〉というものは、優れ過ぎているという点で甚だ不便な代物だ。

周囲に気を配りつつ、携帯する道具のすべてを確認する。

月光を浴びた瞬間から、すでにゲリラの戦いは始まっている。

機器に問題はなかった。

それらを助手席に置き、ドライブシートに身を沈める。

やおら伸ばした手でダッシュボードから取り出すのは、ハーフフィンガーのタクティカルグローブだ。

それで、今夜の戦いに向けた準備は万全だった。

M6の車内が温まり始めていた。

純也はアクセルを踏み込んだ。

目指すのは、岐阜県の可児だった。

可児には可児市と可児郡がある。その、郡の方だ。

可児御嵩バイパスと中山道が交わる辺りの、南に向かった広大な森の中。

そこが、和知に探索させた氏家の携帯が示した場所だった。

御嵩町の町道から可児川沿いの私有地に入った、工場の敷地だ。

周囲を町有林に囲まれた場所で、ネットでも調べたが、KOBIXエステートを通じても調べた。

操業を止めてもう三年は経つという、鋼材加工会社の廃工場だった。利便性のあまりない場所で、未だに買い手はついていないという。

ただし、公の販売情報は最近になって取り下げられていた。そういう場合は、手付け金含みの〈交渉中〉ということが多いらしい。

前日、純也は朝の八時過ぎには、可児郡御嵩町の目的地付近に到着した。

まだ冬の朝陽が弾ける頃で、長閑《のどか》と言っていい場所だった。

犬山には午後になってからチェックインするつもりだった。

時間はたっぷりあった。

純也はまず、それとなく周囲を観察した。

廃工場へは町道から私道に入り、少し登らなければならないようだった。その坂道の途中までが明らかだった。

ちょうど木曽川の支流、可児川の細い流れがあり、近くで釣りに興じる者達が何人かいた。

純也はひとまず、その風情に乗ることにした。

最低限の釣り道具を購入し、私道がギリギリまで見通せる対岸から可児川に釣り糸を垂らし、太公望を装って張り込みを開始した。

廃工場への私道の様子を、こちら側の路肩に停めたM６の車内からワイヤレス操作のカメラで狙い、自分の手元のタブレットで確認する。

それから二時間余りは、カメラにも釣り糸にも当たりはなかった。

全道安、と狙いは付けてみたが、さて、どうだろう。

その代わり、二人の男を乗せたセダンが、私道の奥から出てきた。

純也は釣り糸を引き上げた。

「うん。携帯電話会社は、実に優秀だね」

当たりだろう。

出てきた二人の男は以前、緑樹園に現れた二人組で間違いなかった。防犯カメラの映像は確認済みだ。

車を追跡すると、中山道に出た辺りのファミレスに入った。食事のようだった。

二人組に続いて純也も入り、さりげなく近くに席を取った。時刻は昼時に差し掛かる前で、席は適当に埋まる程度だった。

男達は窓際の席で、通常のトーンで会話をしていた。

中国語だった。迂闊には違いないが、二人としては油断したつもりはないだろう。

――爺夫はいつ、水ビジネスを稼働させるつもりなんだろうな。ただの門番、いや、番犬には飽きが来る。

――知るか。なんでもいい。俺達に取っちゃ、生き延びた先の話だ。

――生き延びるって言えば、あの男を爺夫は、いつまであそこに置いとくつもりなんだ？

――聞きたいことを吐かせたら、だろうよ。

――四夫、なんか知ってるのか。

――爺夫のやることは知らないし、どうでもいい。おい、八夫。知り過ぎは、危険だぞ。

十分だった。

彼らの目的について得るところもあったが、それはなくとも別段、困るものではなかった。

必要なのは、廃工場に氏家が捕らわれていることの確実と、この男達がおそらく顔を変えた四夫と八夫であるということだけだ。

その場で純也が動かなかったのは、二人が拳銃を携帯している〈匂い〉がしたからだ。

ゲリラ戦は純也の中で、このとき決まった。

五

月光の下、純也はM6を目的地に向けて走らせた。

ただし、停めたのは廃工場の近くではなく、川上から森の奥のゴルフ場に抜ける、県道の路側帯だった。

廃工場の裏手まで、なだらかな山道を三キロほど下ることになる辺りだ。

生い茂った樹木と夜は、ゲリラの生きる場所だった。

車を降り、森に一足差し込み、ゆっくりと樹々の生気を吸えば、それで純也は一孤のゲリラだった。

それも、図抜けて強力なゲリラだ。

キャップの上からナイトビジョンを装着する。すると純也の目に月は真昼の明るさで一帯に射し込み、闇は日陰程度の薄さになった。

焦りはしない。

夜の中に、純也は一人だ。

ゆっくりと、そして音を極端にセーブし、純也は進んだ。

夜は長く、夜気は思うよりは温《ぬく》かった。

四時間、いや五時間ほど掛けて廃工場の裏手に出た。

疲労は微塵もなかった。心拍も上がっていない。

純也の位置は廃工場の屋根よりやや高く、敷地全体が見渡せた。

山裾を五十メートル四方ほどに開墾したような土地だった。工場はそのど真ん中に堂々とあり、周りを幅五メートルほどの砂利敷きの地面とU字溝が廻っていた。

工場はガルバリウム張りの、古い作りだった。三角屋根の窓を見れば、背は高いが平屋建てだとわかった。

遠望する限り、工場の前面方向に車は一台が停まっているだけだった。

四夫と八夫が乗っていた、あのセダンだ。

このとき、ナイトビジョンが、ノイズが入ったようにかすかにざわついた。時間を計算すれば、理由はすぐに理解された。

一度、ナイトビジョンを外した。

東の空は山向こうになって見えないが、西空に輝く月の色が、やや薄かった。

朝が近いようだった。

絶好のタイミングだ。

黄昏時《たそがれどき》に正対するは、彼誰時《かわたれどき》。

物を物として、人を人として判別しづらい時間帯だ。

ゲリラは、無言で廃工場の敷地に舞い降りた。

身を低く抑え、純也は工場の周りを一周した。

砂利敷きでは足音をゼロにすることは出来なかったが、気にしなかった。

相手が、足音を聞きつけるレベルなら戦いの前に死生の覚悟をし、聞き逃す程度なら、ただ全力で踏み潰す。

それだけのことだ。

工場内部の奥側、おそらく生産場内に気配が一つあった。

気配というか、消え入りそうなほど弱々しい生気だ。

つまり、それが氏家なのだろう。

工場は左側に消防法上の非常口があったが、雑に積まれた残材で今は塞がっていた。動かすのが困難だということは一瞥で理解された。

ふと見れば、残材の間に何かが挟まっていた。

スマートフォンだった。電池はすでに切れていたが、氏家の物で間違いないだろう。

何故という疑問はあったが、今は思考する場合ではなかった。すぐに動き出した。

正面に回れば、大型のシャッタは錆び付いていたが、右側にアルミ製のドアがあった。

外開きで、出入りの痕跡があった。そこから純也の進行方向に網入り磨りガラスの窓が並び、事務所的な部屋は工場の右手前方に集中していたということがわかった。

社長室や応接室もあったかもしれない。

右側の、ドア近くの方で気配が動いた。

（東堂君なら、その位置まで正確にわかるんだろうな）

そこまで化け物ではない、自負はあった。

足音を消し、ドアの脇に蹲《うずくま》った。

中で動いた気配は二つだった。

直後、工場内に全体的な照明が灯った。

空き巣やコソ泥の類ならそれで済むと思ったものか。ドアの内側に、足音と気配が露わだった。

純也はナイトビジョンをその場に置いた。もう不要だった。

次に取り上げるときは、生きて戻ったときだ。

鍵が開けられた瞬間、蹲った姿勢のままドアノブを勢いよく右手で引いた。

左手には、シースナイフが用意万端だった。溢れ出る照明に、艶だけを返した。

中から、ドアノブを手に泳ぐように前に出てきたのは四夫だった。

驚愕の表情さえ許さず、一歩出た右足の太ももに純也はナイフの刃を突き立てた。

筋肉の収縮が、手応えとして十分だった。

立ち上がり、言葉を発せられる前に四夫の口を顎ごと押さえた。

そのままナイフを突き立てた四夫の右足に自分の右足を掛け、思いっ切り押し倒す。

床はリノリウムのようだった。

四夫が後頭部を打ち付ける音は、鈍かったが、重かった。

「げぐっ！」

奇妙な音を発し、四夫は白目を剝いた。

まず当分の間、起き上がってくることはないだろう。

一瞬の出来事にして、一瞬の決着だった。

その後、素早く室内を見渡した。

二十畳ほどの広さはおそらく、エントランスを兼ねているようだ。

折り畳まれた状態で埃を被ったアルミの長机が、右手の端に無造作に積まれていた。それだけの部屋だった。

近くに、プラスチックのごみ箱とスタンド灰皿が一つずつあった。

〔四夫。どうしたっ〕

奥に繋がる廊下から声が聞こえた。

八夫だ。

あらかじめ端を縛ってリング状にしておいたテグスを、輪を大きく広げて奥に向かう内開きのドアの前に滑らせた。

二十号のテグスはしなやかさと強度のバランスがいい。輪を作れば小さくまとまり、引っ張り強度では三十キログラムに耐えるだろう。

テンションをギリギリに保ってボビンを握り、ドアの開く側の壁際で待つ。

〔四夫！〕

蹴り破られるようにドアが開いた。

無言で純也はテグスを引いた。

両足は捉えられなかったが、テグスはしっかりと八夫の左足首に咬み付いた。

そのまま目の前のドアノブを梃子《てこ》にして、自身の体重をテグスに掛けた。

「うおっ」

八夫にすれば、わけもわからずに強い力で足をすくわれた格好だ。

無様に両手をばたつかせながら、八夫はそのまま床に倒れ込んで顔から激突した。

「ぐっ」
それでもすぐに寝返りの要領で回転し、仰向けになったのは鍛えの賜物《たまもの》か。
懐から取り出したのは黒星《ヘイシン》だった。
——だが。
銃口は彷徨《さまよ》うだけで、ターゲットを定められなかった。
奇襲と強襲がゲリラの特権だ。
そのまま同じ場所にいると思う方が未熟、愚かだ。
そのときすでに、音もなく純也は八夫の頭上方向に回っていた。
さらなる襲撃の態勢は十分だった。
支点にした左足の靴底が、リノリウムの床で悲鳴のように擦れた。
反射的に八夫の頭が上がる。
が、構うものではなくまた、狙いは外さなかった。
蹴り出した右足は、八夫の顎先を右から左に走り抜けた。
鈍い音がした。
おそらく顎関節は砕けたに違いない。
頸椎《けいつい》まではどうだろう。
全身を痙攣《けいれん》させ、すぐに八夫は動かなくなった。

天井を指していた黒星の腕を取り、銃は取り上げてうつ伏せにした。

両腕を後ろ手にし、足に咬み付いたままのテグスを絡めて引き絞った。

それで、絶対に一人では解けない海老反《えびぞ》りの完成だった。

取り上げた黒星には、全体にクロムメッキが施されていた。

「ふうん」

それは黒星の中でも、人民解放軍に制式採用された真っ当な五十四式ではなく、その粗悪品の代表、通称〈銀ダラ〉と呼ばれる物だった。

金獅子会、陣幕会を含むヤクザのルート、つまり、竜神会の息が掛かったルートで手に入れたものか。

「所詮、ブラックチェインはブラックチェインか。銃すら紛い物とはね」

純也は呟き、近くにあったごみ箱に放り込んだ。

鉤《かぎ》の手に曲がった廊下を抜ける。通路としてはH形になっているようだ。

奥には、左右に長くガラス窓のサッシが埋め込まれた壁があった。

事務と生産の現場を分けるものだったろう。

通路までは照明がすべて生きていたが、奥側の生産場内は薄暗かった。

高い天井で水銀灯が、左右に一つずつしか点いていない。

球切れか、あるいはかつての、省電力化のままということか。

古い工作機械の間、場内の最奥の薄暗がりに、消え入るような気配があった。

左右に長い壁のど真ん中に一カ所だけのドアがあった。

ノブに手を掛けたが、鍵が掛かっていた。

考えるまでもなく、純也はサイドホルスターからシグ・ザウエルＰ２３９ＪＰを抜き取り、撃ち抜いた。

そもそも公安が関わり、ブラックチェインが関わり、日本国内の黒孩子が関わる案件だ。陽の下に出せるものでないことは、最初から明らかだ。

金属が焼けた臭いと共に勝手に開くドアに、ついて回るようにして純也は場内に入った。

奥へ。真っ直ぐ奥へ。

その薄暗がりに、毛布の山があった。

近寄り、剝ぎ取ってみた。

毛布はベタつき、まるで糊のようだった。

中に、赤黒い奇妙な生き物が包まれていた。

それがほぼ全裸の、氏家だった。

六

氏家は取り敢えず、生きてはいるようだった。

その証拠に硝煙や銃声の余韻も残るその中で、氏家はかすかな呻き声を漏らしつつ、わずかに身動《みじろ》ぎした。

純也は傍《かたわ》らに寄り、剝ぎ取った毛布の上に片膝を突いた。

「相当、やられましたね」

眉一つ動かさず、氏家を抱き起す。

血と膿《うみ》でべたつくような身体だったが、忌避するものではなかった。

その昔、そんな状態の傷病兵を、戦場のあちこちでよく見掛けた。

そんな臭いは、カンボジアの医療用テントの中でよく嗅いだ。

懐かしいものだった。

そのまま抱えると、痛みにか、氏家が今までに倍する声で呻いた。

が、構わずそのまま、毛布を足で引っ掛けて移動させ、氏家をその上に座らせるようにして背を近くの工作機械にもたせかけた。

やおら、純也はジャンパーの内ポケットから医療キットを取り出した。

注射器とアンプルと針と糸、消毒液、その他諸々がコンパクトに入っているキットだ。

アンプルを二本取り上げた。注射器も取り出す。

二本を、順番に氏家の腕に打った。

一本は化膿止めの抗生剤で、もう一本は痛み止めだった。

痛み止めは、即効性の抜群に高い物だ。

まあ、少々日本では違法でもあるが。

純也は氏家の顔色を注視しつつ、暫時、待った。

やがて、氏家の腫れ切った瞼がほんの少し上がった。

〈死んでいない〉目だった。

「こひ、なたか」

「やあ、そんな目でも見えるんですね」

「お、遅い」

「はい。それについては、弁解の余地はありません」

「だ、が、間に合った」

「ええ。それは僕も、大いに自負するところです」

純也はチェシャ猫めいた、いつもの笑みを見せた。

と――。

そのとき、ゲリラの勘が何かを察知した。

目を閉じ、大きく息をして、次に目を開けたとき、純也の目には冴え冴えとした光が宿っていた。

見ようによっては冷たく、見ようによっては温かい光だ。

「さて、氏家情報官。終わらせようと思いますが」

言って、純也はわずかに顔を動かした。

どんな状態であれ、氏家にはそれで分かっただろう。

わかるからこそ、かつてはオズの統率者であり、今は国テロの情報官であり、非情の情を以て部下を死生の間で動かすことが出来るのだ。

「どうされますか」

「どう、とは」

「この場は、あなたの案件です。自ら動かれた、あなたの処理すべき場です」

言いながらジャンパーを大きく開き、純也は氏家の前に、自分のシグを置いた。

「生きる、死ぬ。生死の如何に拠らず。デッド・オア・アライブは、あなたの正義に委ねられる」

純也の声は初冬の寒さよりなお、凍えるような氷の刃として響いた。

その直後だった。

〔小日向、貴様ぁ！〕
殺気を孕んだ怒声が響いた。
刹那。
純也は片膝を突いたまま、右に大きく身体を開いた。
方向は、生産場外に向かうドアの方向だった。
開けっ放しのドアの向こうに、目を血走らせた全道安が立っていた。
手に制式の黒星を握っていた。
〔殺す！〕
だが――。

轟っ！


火を噴いたのは、全道安の黒星ではなかった。

純也のヒップホルスターから抜き放たれたバックアップガン、セマーリンLM4の四十五口径でもない。

「ぐあっ！」

全道安の右肩を粉砕したのは、身を乗り出すようにして突き出した氏家の手の、シグ・

ザウエルP239JPから放たれた銃弾だった。

黒星を手放し、全道安は身体ごと後方に吹き飛んだ。

氏家が呻きながら両手をついた。純也はその身体を支えた。

「こ、小日向。これが、俺の、正義だ。何があろうと、何を、されようと、俺は殺さない。正義と、殺人は、どこまでいっても、交わらないっ」

氏家の声は血を吐くようで、熱を伴っていた。

全道安が右肩を押さえながらよろよろと立ち、通路を逃げて行った。

すぐに追うことは憚られた。

氏家をどうするか。

「こ、日向っ。馬鹿なっ。お、追え！」

声を振り絞った直後、シグを取り落として、氏家はそのまま気を失った。

「――了解です」

純也は氏家を支えながら、自分のジャンパーを脱ぎ、氏家に着せ掛け、また工作機械にその背をもたせかけた。

セマーリンをヒップホルスターに戻し、まだ熱を持ったシグ・ザウエルをサイドホルスターに戻す。

もう少し氏家の様子を窺いたかったが、立ち上がった。

おもむろに携帯を取り出し、掛けながら歩を進める。

夏目でもよかったが、ひとまず連絡の相手は皆川にした。

現在地を指定する。

「あなたでもどうとでも出来る現職を、三、いや、四人。それと高度な治療が可能な病院を」

それだけを告げ、電話を切る。

表に、絡み合うような気配の一叢《ひとむら》があった。

そもそも、全道安の到来はかすかな機械音、エンジン音を聞いた気がしたからだった。

全道安がたしかに、内部に侵入しながら四夫と八夫をそのままにしたとも思えない。

おそらく蹴り飛ばすか、声を掛けるかはしただろう。

正気付いた気配が、一叢に集まったものか。

こちらに向かってくるならまだしも、外に向かわれると厄介だ。

だが――。

それらは、どうやら杞憂のようだった。

走り出そうかと足に力を込めた、そのときだ。


轟っ。

爆発するような音が聞こえた。粗悪品の黒星の特徴だった。
反射的に身を低くすると、もう一度鳴った。
純也は警戒を怠ることなく、すぐには動かなかった。
銃声は二回だったが、それで一切の気配が絶えた。
いや、ひとつだけ、今にも消えてなくなりそうな生気があった。
注意深く、純也は表に向かった。
エントランスで、八夫が眉間を撃ち抜かれて絶命していた。
ゴミ箱の中の黒星がなくなっていた。
外に出てすぐのところで、四夫がほぼ同様に死んでいた。
純也のシースナイフは、四夫の太股に見当たらなかった。
そこから車までの間で、全道安が藻搔いていた。
右手にまだ硝煙の臭いのする黒星を握り、虫の息だった。
喉に、純也のシースナイフが突き立っていた。
「さて、仲間割れかな」
純也は暫し、その場に佇んでいた。
やがて、全道安が動かなくなった。

それでも純也は微動だにしなかった。
鳥の鳴き声が森に蘇った。
夜が、静かに明け始めたようだった。
霧が出ていた。
「さて」
純也は、狭霧《さぎり》にささやかな呟きを流した。
ブラックチェインが、全員死んだ。
全道安もだ。
「どうにも、これで終わりなのかな」
釈然としないものが残った。
理屈ではなく、理由もない。
ただ、邪念が濃く巻きついたような一件だった。
その割りに、結末があまりにも呆気なかった。
「さてさて」
純也の携帯が振動したのは、そのときだった。
クラウディア・ノーノからだった。
――やあ、Jボーイ。よく出たわね。そっちは夜明けかしら。こっちは午後三時過ぎだけれど。

『ああ。ノーノ。悪いけど、今ちょっと忙しいんだ』

――おっと、仕事ね。それは悪かった。では、手短に。と言っても、Jボーイ、良くはわかっていないんだけど、気になることがあってね。その、ちょっと動いて、ネット上のブログらしきものは手に入れてみたんだ。これはそっちにも、後で送る。けれど、それだけじゃあ、なんとも心許ないものでね。いえ、何をどうと疑うつもりはないのだけれど。

Jボーイの意見が聞きたくて。

『なんだい。ノーノ。要領を得ないね。あなたらしくもない』

――おお。それを言われるとね。では、はっきり聞くわ。ねえ、Jボーイ。

その後、ノーノの言葉にはささやかな疑念が列をなし、最後に、それらを合わせて大いなる疑問がついてきた。

ただひと言だったが、その衝撃力は大きかった。

「ふうん。そう」

一つ一つの出来事、一つ一つの言葉が渦を巻いてただ一点に収斂《しゅうれん》してゆく。

純也の目に、冴えた光が灯った。

『ノーノ。またね。今度はこちらから連絡するよ』

通話を終えた純也の口元には、いつものはにかんだような笑みが浮かんでいた。

七

土曜日の昼前だった。

純也はM6を駆り、国立の家を出た。

帰国の途につこうとする、春凜に会うためだった。

――コンサートも無事に終わり、今週はリラックス出来ました。レンタカーを借りて、ホテルから色々なところを回りましたのよ。もちろん、自分で運転して。日光はもう、感激でした。涙が出ましたわ。反対にディズニーリゾートは、もう楽しくて楽しくて。そうそう。あしかがフラワーパークのイルミネーションは幻想的で、溜息しか出ませんでした。近いところでは浅草も秋葉原も、思ったよりずっと素敵な街でした。日本はどこへ行ってもみんな優しくて、綺麗で機能的で、本当にいい思い出ばかりです。でも、もうマイアミに帰らなければなりません。心残りがあるとすれば、そうですね。あなたです。

そんな連絡が、先日のうちに春凜からあった。

――明日、成田からの遅いフライトで帰ります。最後にもう一度、どこかでお会い出来ませんか。

春凜はそう言った。懇願にも聞こえるものであったろうか。

土曜日の予定を聞けば、レンタカーで鎌倉へ行き、そのまま成田空港で乗り捨てると言う。

偶然ではあったろうが、その旅程は純也の心を決めるには十分だった。

では、お会いしましょうか、と切り出し、場所を決めた。

海ほたる。

因縁に偶然を紐付ければ、そこには新たに必然が生まれる。

海ほたるから見渡す景色の中で、春凜の兄、劉永哲は天に昇った。

当時は氏家の、オズの裏作業だと思っていた。

だが意外にも、現実はそうではなかったようだ。

純也が真相を知ったのは、当事者だと思っていた氏家が、事件から三年を経て初めて口を開いたからだった。

聞いたのは、水曜日だった。

氏家を、御嵩町の廃工場から救出した翌日のことだ。

皆川公安部長に電話を掛けた火曜の朝、岐阜県警に配されたおそらくオズがそれぞれの配属先からやってきたのは、事後一時間から二時間が過ぎてからだった。

全員が車で臨場した。最初の一人が氏家を乗せて先に出た。

純也はこのオズ課員に、まずは各務原《かがみはら》にある陸自の駐屯地に立ち寄るよう指示した。

先方には矢崎を通じ、すでに話は通してあった。駐屯地で緊急手当てをしてもらう手筈だった。

残るオズに愛車、ＢＭＷ Ｍ６の移動と事態の処理を頼み、純也は氏家を乗せた車に同乗した。

各務原では、陸自の医療班が待機してくれていた。さすがに、〈応急処置〉の手際は見事だった。

その後、同日の午後になって、氏家は名古屋市内にある巨大な総合病院のＶＩＰルームに入った。

そこが皆川と何らかの繋がりがある病院だということは、聞かなくともわかった。院長の姓が皆川だった。

処置室に入った氏家は夜まで出てこなかったが、少なくとも命に別状がないことだけは各務原の段階で確認されていた。

ただ、精神に別状が残らないかどうかは、これは誰にもわからなかった。

氏家は苛烈にして、見るも無残な拷問を受けたのだ。

各務原の駐屯地でも名古屋の病院でも、様々な傷病を見慣れているはずの医師でさえが、氏家の惨状には目を見張り、あるいは顔をしかめた。

純也は、氏家の目覚めをその場で待った。

――父を、お願いします。

氏家の息子、正真にそう頼まれたのだ。

ただその間にも、進めなければならないことは多かった。

J分室に戻っている鳥居に色々、スジの動員も視野に入れつつ作業の指示をした。

報告が入れば、そのレスポンスとしてまた新たな指示を追加したりもした。

氏家が目覚めたのは、翌日の朝だった。丸一日眠った格好だ。

「調子はいかがですか」

ベッドサイドから、純也は穏やかに声を掛けた。

「最悪だ。が、悪くはない」

このひと言の明瞭さだけで、わかった。

氏家の心身はしなやかで、強靭《きょうじん》だった。

「では、ご自身の単独行動を振り返ることは可能ですか」

「もちろんだ。――終わったのか」

「ええ。ひとまずは」

「ひとまずは、か。曖昧は、常にお前らしい。昼と夜の間に生きる、お前にはな」

大きくひと息つき、氏家は自身の行動と、全道安について語った。

「全道安は劉永哲の部下だ。最初から、分かっていた、はずなのだが、な。胡散臭いと」

「と、言いますと」

　劉永哲のことが氏家の口に上ったのは、この後だった。

「劉永哲、ね」

　春凜との待ち合わせの海ほたるへとM6を走らせつつ、純也はそのときの氏家のモノローグのような話を回想した。

　息遣いの間に混ぜたような途切れ途切れの、実際には長い話になったが、要約すれば以下の通りだった。

　――もともと、すべての在日黒孩子のリストは劉の頭の中にあったのだ。帰国間際に、あいつはお前にも処分すると言ったのではないか？　俺にもだが、そんなのは嘘っぱちだ。すべてのリストは劉の頭の中。処分するなど嘘っぱちだ。

　――嘘？

　――そうだ。最初に現れたときから、あいつは傲慢だった。人を見下したような目も態度も、まあ、いい。その辺は小日向、お前と大して変わったものではない。だが、あいつは俺に言った。従順に従っていれば、お前にもいい目を見させてやると。

　――いい目、ですか。

――ああ。それは、功績を積み重ねることかとも思った。昇進、昇任。一瞬はな。だが、あいつにつけたオズ課員から妙なことを聞いた。ささやかな独り言だったようだが、中国語が出来る奴がついていたときだ。あいつは、使いっ走りの課員に中国語が出来る男がいるとはつゆほども思っていなかったようだ。油断だな。だが、俺は大いに引っ掛かった。

――へえ。何を？

〈もうすぐ、俺がトップだ〉

劉永哲は、そんなことを口走ったらしい。

――下世話だな。それで、俺は向こうの公安の、〈交流〉のある筋に連絡を入れた。バーターにはなった。こちらは機密費から随分な額を支払った。だが、あの国とはな、たとえ〈交流〉があろうと、金銭の遣り取りほど信頼できるものはない。――結果、劉永哲は伸し上がるために、ずいぶんな金を使っていたようだ。親の資産から引っ張ってな。ただそれも、先細りはもう目に見えていたようだ。蘭州拉麺のチェーンもな、後発の新業態も多く、売上自体鈍化していたらしい。ビジネスも出世も、どうやら頭打ちだったようだ。

そこへ、お宝を見つけたというわけだ。

お宝、つまりは徐才明の遺品。

日本に売られた黒孩子のリストとデータだろう。

——弟、劉子明が入っていたのは付録のようなものだろう。前から弟を探していたのは本当らしいが、それは出世の資金を出す代わりに、親から厳命されていたことでもあったようだ。多少の才を鼻に掛け、ある意味では家業を捨てた永哲に代わって、蘭州拉麺の店を継がせるために。いや、もしかしたら、見つけ出せば自分の手駒が一枚増える。額に汗して拉麺を作り、自分に金を生む。その程度には考えていたかもしれない。それにしても、その程度だろう。その程度でも弟の死に慟哭出来るほどの、欲の亡者なのだ。あの男はっ。

苦しい息遣いの中でも、氏家は最後に吐き捨てた。

——それが、帰国する段になった。俺のこともある。ないとは言わない。だが、どうにもそのままには出来なかった。帰れば小才《こさい》で、日本に住む黒孩子をな、向こうから鎖につなぐ手段を考えるかもしれない。あいつはおそらく、リストの人間が、今も現存するかを調べに来たのだ。あいつがあいつ一人でブラックチェインに成り代わるために。

——あれ？　けれど、劉は在日の黒孩子に、死ねと言って回ったんじゃないですか？

山梨の高橋や横浜の桂木はそう言っていましたが。

——これは俺の憶測だが、劉に死ねと言われた連中は、おそらくブラックチェインの手垢のついた黒孩子だったからだ。少なくとも俺は、いい目を見させてやるとは言われたが、死ねとは言われなかった。

――なるほど。自分で一から始める。トップになる。ありそうで、納得出来る話だ。

――だから俺は、〈交流〉のあるスジに聞いた。挑発した。どうする、と。習近平が睨みを利かすあの国は、バーターには寛容だが、腐敗は絶対に許さないのだ。その結果は、お前が海ほたるから目撃したあの光景だ。小日向。それがあの劉永哲の正体で、あのときのすべてだ。

――その部下が、全道安だと。

――そんな男の、忠実な部下だったと言ったのだ。あの男は。今になってやってきた、あの全道安という男はな。

八

氏家の独白にも近い告白とも言えるこれらは、実際には四時間以上に及ぶ長いものになった。

何度も休憩を入れ、氏家の体調を見ながらの話になったからだ。

すべてを話し終えた氏家はまた眠りに落ち、以降現在までも、眠りと目覚めを繰り返している。

まだまだ全快には程遠い。

そんな身体で、よく話し切ったものだと思う。

話さなければならないという、氏家の気概と覚悟の賜物だったろうか。

それにしても――。

「劉永哲と、そして、劉春凜か」

アクセルに掛けた圧力を感じつつ、純也は呟いた。

M6が、海ほたるのエリアにフロントノーズを差し掛けるところだった。

駐車場に入り、M6を停め、純也はその足で展望スペースに上がった。

時計を見れば、時刻は間もなく午後一時になるところだった。

右肘を手摺りにもたせ掛け、海ほたるからの絶景を眺める。

海風が少なく、立つ波もなく、上り下るアクアラインの両側に広がる海原が、まるで鏡のようだった。

雲一つない快晴だったが、土曜にしては人の数は少ないだろうか。

十二月の午後ということも、ランチタイム後のエアポケット、ということもあったかもしれない。

手を蒼空に翳《かざ》せば、すでに太陽は西に傾き始め、少し朱みを増していた。

春凜が現れたのは、それから一時間ほど後だった。待ち合わせ時間より三十分ほど遅かった。

首元に巻いた春凛のスカーフが大きくはためいた。

風が出始めていた。

『ごめんなさい。お待たせしてしまいましたわ』

駆け寄ってこようとして、春凛は小首を傾げた。

真っ直ぐに春凛を見詰めながら、純也の口元に浮かぶ微笑みに、優しさ以外の何かを感じ取ったのかもしれない。

春凛はゆっくりとした足取りで近寄り、純也の隣に立った。

『怒らせてしまったのかしら』

甘えるような声と笑顔に純也は答えず、反応もせず、アクアラインの車線と大海原に目を向けた。

風が波のざわめきを連れ、水面には整然とした波が立っていた。

『ようやく辿り着いたよ。色々考え合わせれば、答えは自ずと一つになった』

『えっ』

春凛の声は、幾ばくかの戸惑いが含んで聞こえた。

御嵩町の廃工場での早朝、

——Jボーイ。私もスポンサーの一人だからね。送られてきたコンサートの大盛況を見たわ。演奏も聴いた。その上で、首を傾げざるを得なかったことがあったの。

クラウディア・ノーノは突然の電話を掛けてきて、純也に問い掛けた。

──ねえ、Jボーイ。あのコンサートで二胡を弾く、春凜の顔をした女は、一体誰なのかしら。

音が違うと言った。

違うとすぐにわかるほど、上手過ぎるわとノーノは言った。

──春凜はその、こう言ってはなんだけど、大して上手くはないの。いえ、アマチュアというわけではないわよ。でも、プロとしては食べていけるほどではない。その程度。だから、わかるの。

あの、ずば抜けて上手い奏者は誰かしら、とノーノは、純也に疑問を投げた。

オズを待つ間、純也はノーノが送ってきた春凜のブログにも目を通した。

諸々は収斂し、純也を一つの結論に導いた。

『七姫だね。君は』

風に騒ぐ前髪に手を差し、純也は隣に立つ春凜を見た。

『ご丁寧にタトゥーまで施してあったけど、桐生で死んでいた女性が本物の劉春凜。そうだね』

『えっ』

春凜は一瞬、強張ったような表情をした。

だが、次の瞬間には、解けた。

『へえ』

何がどう変わったということはない。

けれど、すべてが違った。

真逆、反転、反転からの流転。

まとう雰囲気も、柔らかいだけでなくしなやかになり、しなやかに加えて、強くなった。

おそらく仮面はそのまま、劉春凛がブラックチェイン、七姫に戻った瞬間だった。

『どうして、そう思うのかしら』

『それが答え、と言ってもいいけど。まず一つは、二胡の腕前。まったくの別人だと指摘した人がいる』

ああ、と七姫は頷いた。

『他には？』

『そう。演奏時のドレスも、理由の一つだ。春凛のブログを手にしていてね。その中にお兄さんからの誕生日プレゼントについて書いてあった。深い海の色をしたドレス。コンサートでは絶対着ようと。けれど、僕の記憶でも、君は二回とも、形はわからないが、少なくとも赤系のドレスを着ていた。僕はね、昨日までに他のすべての会場のも確認した。君は、一度も深い海の色を想像させるドレスは着ていなかったはずだ』

『あら。私には深い海の色って、赤のことだけれど。とか言われたら、あなたはどうするの？』

『残念だけど』

純也は肩を竦めた。

『ドレスについては、もう一点あるんだ』

『へえ。何かしら』

『クラウディア・ノーノがね。そう、君の腕前を褒めた人だけど。彼女が春凛に贈ったドレスもあるそうでね。直接、日本に行くなら一度は着て欲しいとも言ったそうだ。関係性から言って、このドレスを着ないという選択肢は有り得ない。なんたって、彼女は劉春凛のスポンサーだから』

『ふうん。そうなんだ。でも、ねえ』

小首を傾げる。

この期に及んでも愛らしいものだ。

余裕のなせる業、なのだろう。

『それだけかしら。それって証拠じゃないわよね。心象、かしら』

『そうだね。うん。そうなるかな』

『それぞれの事件。私はコンサートよ。もちろん、常に誰かと一緒だったかと言われれば、ノーと言うけれど』

『ああ。それで特に知り合いも友達も作らなかったとか。周到だね』

『どこかの事件、その一つでも私をこの国に足止め出来るような証拠はあるのかしら』

つまりは、そう言うことだ。

出国ならいざ知らず、七姫は形的には劉春凜として帰国を目前にしている。

本人が口にするように、日本に繋ぎ止めるには、それ相応以上の証拠が必要だ。

『その辺は、さすがにブラックチェイン、という外はない。あちこちをそれこそ、現在も総動員で当たっているけどね』

『それは、まだないってことかしら？』

『そう。今のところはね。さすがに時間が足りない』

『今のところで十分よ。日本の警察を、いえ、あなたを甘くは見ないわ。だから、今だけでいいの』

七姫は、ゆっくり首を左右に振った。

『ちょっとしたミスが、破綻が、もちろん仮定の話だけど、あったところで、私はマイアミよ。私は劉春凜。大哥のリストで貯めたお金を元手に、自由に生きるわ。そう。二胡のソロアルバムを出してもいいわね。そっちの方が儲かるかも。私には、本物の才能があるのよ。そう、顔を変えて生きてもいいわね。この顔、あんまり好きじゃないし』

『そんなことのために、仲間を殺したと』

『そんなこと？　大事なことよ』

七姫の目が吊り上がった。

『自由はね、すべてを懸けなければ得られないものなの。あなた達にはわからないわ』

『それで五夫を殺したと』

『どうかしら。でもあの男はいずれ私と二夫を殺そうとしていたみたいだし。腎臓の一つくらい、なんだっていうのよね』

『それで、四夫と八夫を殺したと』

『それはあれよ。全道安でしょ。私の色香に迷って、一緒に自由を求めようとしたみたいだし』

『それで、邪魔になって最後に全道安本人を殺したと』

『そもそも最初から、あの男だけは特に仲間じゃないし。って、もちろん、これはみんな冗談よ』

『冗談ね』

『そう。悪い冗談』

『冗談で劉春凜を桐生のフード・ワークでマシンに掛け、黒蜥蜴のタトゥーを施した』

『順番が違うわ。それじゃ、タトゥーに生体反応がなくなっちゃうでしょ。来日直後に施術して、きちんと定着するまで監禁して、それからマシンに掛けたの。ふふっ。板ヒューズもちゃんと交換してあったでしょ？　わかるように。だからちゃんと見られたでしょ。本物を。かつての私と同じ、黒蜥蜴を』

『それで入れ替われると？　それこそ悪い冗談だ。君が劉春凜でないという証拠なら、DNA鑑定で一発だ』

『それは無理。どこにもないもの』

『なんだい？』

純也はわずかに眉を顰めた。

『日本に来る直前、春凜はロスに行ったの。で全道安とユニバーサル・スタジオ・ハリウッドやディズニーランドパークを回って。その間に、マイアミのコンドミニアムから何から、劉春凜の関わる場所や私物は徹底的にクリーニングしたもの。髪の毛一本、唾液の一滴すら残ってないわ。断言出来る。だって、掃除をしたのは私自身だもの。ああ、七姫か。劉春凜？　どっちでもいいわ。だってもう、二人を分ける証拠はどこにもないんだから。ふふっ。もっとも、これも悪い冗談だけれど』

なるほど。それが余裕の根元か。

『悪い冗談は、まったく聞くに堪えないほど悪趣味だ』

『なんとでも言えばいいわ。私は怒らない。私は、今は劉春凜。世間知らずでわがままで頭もあまりよくない、箱入りのお嬢様だから。でも、二胡は上手いのよ。二胡は本当に好き。いつも私を癒してくれた。どんなときも、私が狂わなかったのは二胡のお陰。二胡があったから。――それを、あんな下手くそが仕事にしようなんて。ソロコンサート？　ふふっ。笑っちゃうわ。そんなことを思うだけで、あの娘の万死は最初から決まっていたようなものよ』

七姫は劉春凜の顔で、ねっとりと笑った。

右手を上げ、指先を小刻みに動かす。

『じゃあね。チャオ。色男さん。本当は、違うところで会いたかったわ。この後のマイアミで。ううん。この後で私の前に広がる、自由な世界で』

春凜の顔をした七姫は、純也に背を向けた。

風が運ぶ甘やかな匂いが純也の鼻腔を擽《くすぐ》った。

けれど、それだけだ。

純也の手は七姫に届かなかった。

残り香はすぐに潮風に消えた。

純也はしばし、その場から動かなかった。

けれど――。

動けなかったわけではない。

「やれやれ」

肩を竦め、おもむろに純也は携帯を手に取り、メールを打った。

送信先は、クラウディア・ノーノだった。

〈あなたの耳は正しく、劉春凜の運命は悲しい〉

それだけで、わかるはずだ。

『劉春凜、七姫。いや、七姫、劉春凜』

純也は、海の遠くに目をやった。

『僕も偶然。君も偶然だったのだろうね。けれど、偶然に偶然が重なれば、奇跡にもなる。あるいは数奇だ』

風が唸った。

いや、風の唸りだけが、やけに際立ったのかもしれない。

このとき純也には様々な他の音、人の動きが、遠近取り混ぜてすべて途絶えた感じがした。

実際、絶えていたのだろうと思う。

アクアラインの上りも下りも、直近には去る車両、入ってくる車両もあったが、その後続が絶えていた。

純也は、その光景に目を細めた。

口元に浮かぶのは、チェシャ猫めいた微笑みだ。

『僕は、いい』

純也は呟いた。

『この案件は、全体として氏家情報官の正義をフィルターとしている。三年前のあのブラックチェイン事件のときから。だから、僕はいい』

海ほたるから木更津方面に下る、七姫のレンタカーが見えた。

そのまま、成田空港に向かうのだろう。

純也は蒼空に顔を上げた。

流れゆく雲は見当たらなかった。

「けれど、クラウディア・ノーノはどうだろう。あの人は情念の人だ」

顔をアクアラインに戻した。

七姫のレンタカーがだいぶ遠かった。

未だ記憶に鮮明な、劉永哲のレンタカーが爆発した場所を超えようとしていた。

「僕はいい。そして、氏家情報官は思うより人がましい正義の人だ。けれど、七姫。クラウディア・ノーノは情念の人で、怖い人だ。あの人はきっと、お前を許さないだろう」

記憶の場所を、七姫のレンタカーが超えた。

その直後だった。

純也の言葉が切っ掛けか、あるいは呪文だったたか。

ドォォォォォオン。

まず轟音が上がり、遅れて軽い衝撃があった。
黒煙を上げて燃え上がっていたのは、劉の、劉春凜のレンタカーだった。
国外に向かって数メートル、劉永哲よりは近かったろう。
クラウディア・ノーノの情念、いや、戦場人の情けか。
純也は、燃え上がるレンタカーに目を細めた。
立ち上る黒煙の向こうに、遠く飛び立つ旅客機の機影が見えた。
「七姫。劉春凜の顔のまま、せめて心だけは国に帰るかい。それとも――」
純也の呟きは、強くなり始めた潮風の中に、掻き消えた。

この作品は徳間文庫のために書下されました。
なお本作品はフィクションであり実在の個人・団体などとは一切関係がありません。

徳間文庫

警視庁公安J

クリスタル・カノン

2022年2月15日 初刷

著者 鈴《すず》峯《みね》紅《こう》也《や》
発行者 小宮英行
発行所 株式会社徳間書店
東京都品川区上大崎三―一―一 〒141―8202
目黒セントラルスクエア
電話 編集〇三（五四〇三）四三四九
販売〇四九（二九三）五五二一
振替 〇〇一四〇―〇―四四三九二
印刷 製本 大日本印刷株式会社

ISBN978-4-19-894717-0 （乱丁、落丁本はお取りかえいたします）

黙過　下村敦史
無限のビィ〈上下〉　朱川湊人
一億円のさようなら　白石一文
計画結婚　白河三兎
殺し合う家族　新堂冬樹
ギャングスタ　新堂冬樹
制裁女　新堂冬樹
カリスマvs.溝鼠　新堂冬樹
正義をふりかざす君へ　真保裕一
赤毛のアンナ　真保裕一
株式会社吸血兵団　菅沼拓三
警視庁公安J　鈴峯紅也
マークスマン　鈴峯紅也
ブラックチェイン　鈴峯紅也
オリエンタル・ゲリラ　鈴峯紅也
シャドウ・ドクター　鈴峯紅也
ダブルジェイ　鈴峯紅也
警視庁浅草東署Strio　鈴峯紅也
トイル　鈴峯紅也

トゥモロー　鈴峯紅也
封鎖　仙川環
濁流〈上下〉　高杉良
人魚の石　田辺青蛙
ドッグファイト　谷口裕貴
義経号、北溟を疾る　辻真先
アリスの国の殺人　辻真先
定本 バブリング創世記　筒井康隆
波形の声　長岡弘樹
あなたの恋人、強奪します。　永嶋恵美
別れの夜には猫がいる。　永嶋恵美
泥棒猫リターンズ　永嶋恵美
偶然の殺意　中町信
秘書室の殺意　中町信
悲痛の殺意　中町信
ゼロ・アワー　中山可穂
東京駅で消えた　夏樹静子
デュアル・ライフ　夏樹静子
スクランブル　夏見正隆

要撃の妖精　夏見正隆
復讐の戦闘機〈上下〉　夏見正隆
亡命機ミグ29　夏見正隆
尖閣の守護天使　夏見正隆
イーグル生還せよ　夏見正隆
空のタイタニック　夏見正隆
バイパーゼロの女　夏見正隆
不死身のイーグル　夏見正隆
荒鷲の血統　夏見正隆
決戦！日本海上空〈上〉　夏見正隆
決戦！日本海上空〈下〉　夏見正隆
蒼穹の五輪　夏見正隆
ゼロの血統 九六戦の騎士　夏見正隆
ゼロの血統 零戦の天使　夏見正隆
ゼロの血統 南京の空中戦艦　夏見正隆
妄想刑事エニグマの執着　七尾与史
失踪トロピカル　七尾与史
14歳、夏。　鳴海章
からみ合い　南條範夫